この物語はフィクションであり、類似点があるとすれば、それはまったくの偶然である。

検察官の遺言

登場人物

江陽（ジアン・ヤン）……………元検察官
張超（ジャン・チャオ）…………弁護士
趙鉄民（チャオ・ティエミン）…江市警察署刑事課課長
高棟（ガオ・ドン）………………省警察庁副庁長
厳良（イエン・リアン）…………江華大学数学科の教授。元刑事
陳明章（チェン・ミンジャン）…監察医
侯貴平（ホウ・グイピン）………ボランティア教員
葛麗（ゴー・リー）
王雪梅（ワン・シュエメイ）
翁美香（ウォン・メイシャン）…侯貴平の生徒
李静（リー・ジン）………………侯貴平の恋人
岳軍（ユエ・ジュン）……………チンピラ
丁春妹（ディン・チュンメイ）…寡婦
呉（ウー）…………………………清市検察院副検察長
呉愛可（ウー・アイコー）………呉の娘
李建国（リー・ジエングオ）……平康県警刑事部部長
朱偉（ジュー・ウェイ）〔平康の白雪〕
……………………………………同刑事
孫紅運（スン・ホンユン）………卡恩（カーン）グループ社長
胡一浪（フー・イーラン）………同副社長
何偉（ホー・ウェイ）〔大頭（ダートウ）〕
……………………………………半グレ集団「チーム 13」のリーダー
王海軍（ワン・ハイジュン）……「チーム 13」のメンバー
郭紅霞（グオ・ホンシア）………江陽の妻
楽楽（ルールー）…………………江陽と郭紅霞の息子
夏立平（シア・リーピン）………清市常務副市長
呉（ウー）…………………………清市検察院主任
張（ジャン）………………………副検察長

1

二〇一三年三月二日、うららかな土曜の午後。江（ジアン）市地下鉄一号線、文化広場駅。

地上の道路中ほどにある横断歩道で、一人の男が大きなスーツケースを傍らに、辛抱強く信号を待っていた。

信号が変わると男はスーツケースを引いて駅へと歩き出した。大学生のカップルがエスカレーター乗り場で行き合わせたが、男を見ると一歩引いて道を譲り、先へ行かせた。男の風体が敬遠したくなるようなものだったからだ。

見た目は四十歳過ぎで、皺（しわ）だらけのジャケットを身にまとっている。べたついた髪、セルフレームの歪んだ眼鏡、ややむくんだ目元に血走った目。脂ぎった顔は埃にまみれ、強烈な酒と汗の臭いを全身から漂わせていた。

エスカレーターを降りると重そうなスーツケースを引いて進む。周囲の人々はその身体が発する酒の臭いに次々と道をあけたが、男はまったく気にしない様子で券売機にコインを入れ切符を一枚買い、のろのろとセキュリティチェックへ向かった。

その時、もう一つの地上出入口の階段に、中年の男が二人立っているのに気づいた。一人は怒りに満ちた表情で、拳を強く握り締めてこちらをにらみつけ、もう一人は無表情で自分の目を指さした。男は小さく頷いて眼鏡を外すと、それとわからないほどのかすかな笑みを浮かべ、また眼鏡をかけて歩いていった。

セキュリティチェックが近づくとぼろぼろのジャケットの前をかきあわせ、背を丸めて首を縮め、スーツケースを引いたまま歩調を速めて群衆とともに前へと押し寄せ、人ごみに紛れて通ろうとしたようだったが、やはり警備員に阻まれた。「荷物を上に乗せて、チェックを通してください」

「これは……中身は布団なんだ」男は一瞬口ごもり、スーツケースのバーを握る手に力を込めた。

警備員は慣れた様子で答えた。「荷物はすべてチェックを通してもらってるので」

「中は……本当に布団なんだ」前に進もうとしたが、警備員が腕を伸ばして立ちふさがった。

「荷物はすべてチェックを通さないといけないんですよ」と繰り返す。

「本当だ、調べるまでもない」男は言いながらじりじりと足を動かした。後ろには長蛇の列ができ、人々は不満げに急かしている。

警備員は顔を上げ、酒臭く落ち着きのない男をじろじろ見るとわずかに警戒し、思わず手にしたトランシーバーを握り締めた。

数秒間にらみ合ったかと思うと、男は突然、警備員を蹴り倒し、後ろに並んでいた人々を猛烈な勢いでかきわけ、フェンスをつかみ倒してスーツケースを引きずったまま走り出した。逃げる途中で眼鏡を外し、地面に落として踏みつぶした。

警備員は慌てて起き上がると警棒をつかんで追いかけ、「止まれ」と叫びながら応援を求めてトランシーバーにがなり立てた。

駅は混雑しており、スーツケースを引きながらではたいして遠くまで走れず、急行した数名の警備員に通路をふさがれた。構内派出所の警官も駆けつけてきた。

周囲の人々はこの一幕に驚き、中にはスマートフォンを出して撮影を始める人もいた。

「近寄るな！」男は逃げ場がないと見てスーツケースの前に立ちはだかり、しゃがみ込んで叫んだ。「来るな、武器を持ってるぞ！」

「武器」と聞いて包囲していた警備員や警官は驚き、思わず足を止めた。警官が慌てて人々を後退させる。

警官と警備員は男をじっと見つめ、次の動きに備えた。男も相手をにらみつけ、ふいに片手をジャケットの中に差し入れると卓球のラケットを引っ張り出し、振り回して叫んだ。

「来るな、これが見えないのか？　近づくんじゃないぞ、この中には何もない！」

男の言う「武器」がただの卓球ラケットだったと知って野次馬は笑い出し、スマホのシャッター音がますます速くなった。

警備員と警官はほっと息をついた。どうやらこいつはただの酔っぱらいのようだ。だが警官の一人が男の最後の言葉に気づき、後ろのスーツケースに注意を向けると鋭い声で詰問した。「その中身は何だ？」

「何も――何もない」男は慌て出した。

「開けろ！」

「やめろ――触るな――」

にらみ合いの中、一人の年かさの警官がひそかに背後に回り込み、素早く突進して男を押さえ込んだ。ほかの警官や警備員たちものしかかった。男は地面に押さえつけられてもまだ叫んでいる。警官の一人が振り向いてスーツケースを開けようとすると、男は突然、怒鳴った。「開けるな、爆発するぞ！」

「爆発する」と聞いて、警官は驚いて手を止めた。公共の安全に関わることについてはリスクを冒すわけにはいかない。

駅構内に勤務する警官はこうした事件に対応するための特別訓練を受けており、直ちに上層部に報告するとともに人々を誘導し、爆発物処理班を出動させた。現場の担当警官は慌てて構内放送を流して、同駅は臨時閉鎖され、地下鉄車輛は通過となるため、乗客はすみやかに構内を出るようにアナウンスした。

人々はすぐに外へ誘導され、地上でも交通規制が敷かれた。警官たちはスーツケースの周囲二十数メートルに非常線を張り、取り押さえられた男もその傍らに拘束された。探知機を使って内部に爆発物がないことを確認すると、警官はその場でスーツケースを開け、驚愕した——

そこにあったのは全裸の死体だった！

そのニュースに江市はたちまち大騒ぎになった。

2

二〇一三年三月二日夜。下城区（シアチョン）警察分署刑事部、取調室モニタールーム。

刑事部長と副署長が入室し、中にいた当直の警官に尋ねた。「どうだ、白状したか」

一人の警官がモニター画面の中の、椅子に拘束された男を指さした。「死体は自分が殺したものだと認めました。詳細はこれからですが、協力的です。供述によれば死人は友人で、借金がもとで争いになりカッとなって殺してしまったと」

副署長はモニターに目をやり、男の昼間の行動を思い出して口をゆがめた。「こいつはどうかしてるのか？」

「精神面は異常ありません。それに弁護士です」

「弁護士だって？」

警官は説明した。「名前は張超（ジャン・チャオ）、法律事務所を経営して、刑事事件を専門に請け負っています。江（ジアン）市ではかなり有名なようです」

「刑事弁護士の張超？」部長は眉をひそめた。「覚えがあるな。そうだ、去年事件（ヤマ）を一つ検察院に移管した時に容疑者が依頼した弁護士だ。結局、裁判で一番軽い刑になって、検察の奴らはむかっ腹を立ててたよ」

副署長が尋ねた。「駅に死体を持ってってどうするつもりだったんだ」

「棄てるつもりだったと言ってます」

「棄てる？」副署長は目を見開いた。「駅に棄てるつもりだったのか？」

「地下鉄で郊外まで行って、スーツケースごと湖に投げ込むつもりだったそうです」

副署長は画面の中の張超を疑わしげに見つめた。「そんなことできるか？　地下鉄で死体を棄てに行く奴があるか。どうして車で行かなかったんだ」

警官は説明した。「張超は持ち家の一室で被害者（ガイシャ）を殺したそうです。それから怖くなって、そのまま一晩過ごしたと。今朝、郊外に棄てようと決めたと言ってます。出発する前に度胸をつけようと酒をしこたま飲んだんで、もし飲酒運転で引っかかったらスーツケースの死体もきっと発見されてしまう。それで最初はタクシーに乗ったものの、駅の近くで追突された。交通警察に見つかったらまずいと思い、急用ができたと嘘をついて途中で降りたそうです。地下鉄のセキュリティチェックはたいして厳しくないとあたりをつけて、郊外まで乗っていこうと思ったらしいです。その結果、警備員に捕まったというわけです」

警官は続けた。「当時は酔いが回って朦朧としていた上に、スーツケースを開けられるのではないかと怖くなってめちゃくちゃなことを言ったと。酔いが醒めてからは駅での記憶が曖昧になってます」

副署長は軽く頷いて指示した。「奴は刑事弁護士だ、こっちの手法は熟知してる。話を全部信じるわけにはいかない。詳しく聞き出せ。つけ入らせるな。供述筆記を一つ一つ証拠と突き合わせるんだ。このヤマは影響が大きいからな、くれぐれもしくじるなよ」

取調室で、張超は意気消沈して悲痛な表情を浮かべ、両手で頭を抱えすすり泣いているようだった。

副署長はもう一度画面を見て命令した。「単純ないきさつだったら、ご苦労だが数日のうちに事実確認をして検察院に移管しろ。このヤマはさっさとけりをつけなきゃならん。江市の地下鉄が停まったのは今日が初めてだってんで記者たちが詰めかけてるし、市政府の方にも電話がじゃんじゃんかかってきてる。大至急、市民に経緯を説明しろって上からのお達しだ」

部長は頷いて答えた。「監察医が今晩、解剖報告書を作成する予定です。現場にはもう捜査員を派遣しました。明日、さらに詳しく調べて、供述と食い違いがないか突き合わせます。順調にいけば三、四日でけりがつきます」

続く数日間、捜査は手はず通りにおこなわれた。

張超の態度は良好で、協力的だった。実況見分がおこなわれ、事件現場、証拠品、凶器を確認した。さらに監察医による解剖報告書と鑑定報告書の提出を受けて、容疑者の供述の裏をとった。証拠はいずれも供述と完全に一致しており、矛盾はなかった。

事件は地下鉄構内で起きた衝撃的なものだったため、連日、ネットでは注目の話題となり、地元メディアも追跡報道をおこなった。

捜査によって、事件の真相はすでに明らかになったように見えた。

死者の名は江陽（ジアン・ヤン）、平康（ピンカン）県検察院に所属していた検察官で、張超とは十年来の知り合いだった。大学時代は張超の教え子で、卒業後も連絡を取り合い、関係は良好だった。しかし江陽は検察官時代に収賄をおこない、みずからも賄賂を要求したり賭博行為に加わったりした上、不適切な男女関係があった。数年前に妻と離婚した後に規律検査委員会に通報され、審査の結果、懲役三年を言い渡された。

出所後、江陽は江市の張超のもとを頻繁に訪れるようになった。張超は元教え子として親身に接し、自分の両親が遺した小さな住宅を無償で提供し、まともな仕事に就くよう繰り返し励ました。江陽もやり直す覚悟を見せ、別れた妻が単身、賃貸住宅で子どもを育てているのは忍びないと語った。のちに、清市(チン)に戻って家を買いたい、元妻と復縁して小さな商売を始めたいと言って張超から三十万元を借金した。

張超は気前よく金を貸したが、一ヵ月経つとまた借金を申し込まれた。疑問に思って江陽の元妻に状況を尋ねると、家を買う話などまったく出ておらず、ましてや復縁を持ちかけられてもいないと言う。問い詰められた江陽は仕方なく、借りた金は賭博で使い果たしてしまったと認めた。張は怒って返済を求めたが、江陽は返すどころかさらに借金を申し込み、賭博で勝って返すと言う。二人は何度も言い争い、事件の二日前には殴り合いで警察沙汰になり、派出所には当時の出動記録が残っていた。

三月一日夜、張超はまた江陽を訪ねた。二人は激しい口論の末にまた殴り合い、張は頭に血が上ってロープで江陽を絞め殺した。

事件後、張超は途方に暮れ、帰宅せずにその場で呆然と夜を過ごした。翌日、死体を遺棄しようと決め、そうして飲酒と恐慌の果てに地下鉄構内での騒動を起こしたのだった。

証拠はすべて十分だった——事件現場である居住区入口の監視カメラには、張超の車が三月一日夜七時に入っていくのが写っていた。監察医の証言によれば、江陽は事件当日の夜八時から十二時の間に死亡しており、死因はロープで頸部を圧迫されたことによる窒息だった。証拠品の鑑定結果が当時の状況を証明した。現場で発見されたロープには張のDNAが大量に付着し、死者の爪の中にも皮膚組織や血液が残され、また本人の首や腕などにも対応する傷があった。

警察はさらに、張超が死体を運ぶ際に乗ったタクシーを探し当てた。運転手によると、当時、彼は大きなスーツケースを持っており、いかにも重そうで、持ち上げようとして何度も失敗した挙句にようやくトランクに入れた。手伝おうとしたが断られた。全身が酒臭かったという。地下鉄の駅から交差点一つ隔てた場所で角を曲がってきた乗用車に追突され、急用があるからと慌ただしくタクシーを降りた。運転手の供述は張超の自白と完全に一致していた。

事件はすでに解明されたように見えたが記者たちはまだ納得せず、容疑者の考えを知りたいと取材許可を求めた。警察は協議し、本人に意向を尋ねた。張は協力的で、取材を承諾したため、拘置所で鉄窓越しの取材が認められた。

記者の質問に張はよどみなく答えた。衝動に駆られて殺人を犯したことを悔やんでいるかという質問に対してしばし沈黙すると、カメラに向かって冷静に言った。「後悔するようなことは何もありません」

その言葉に誰も違和感を覚えず、気にもとめなかったが、その時、張超の目は異様に輝いていた。

3

二〇一三年五月二十八日、江（ジアン）市中級人民法院（裁判所）。張超（ジャン・チャオ）による江陽（ジアン・ヤン）殺害事件の初審開廷日。

裁判は注目を集めた。地下鉄構内の事件は全国を揺るがし、関連報道が多くのメディアの見出しを何日も独占した。警察が事件の概要を公表すると、新たな世論が巻き起こった。「借金を返してくれない人と友人でいられるか」「親友が賭博のために借金を求めてきたらどうするか」といった議論がたちまち広がった。

被害者である江陽自身の評判がめちゃくちゃで、収賄、賭博、買春に加え服役した経験があり、元妻すら取材に対して彼をかばおうとしなかったことから、多くの人々は張超への同情心をかき立てられ、一時的な衝動による犯行なのだから刑を減軽すべきだと考えた。

初審開廷日が公表されると収まりかけていたこの話題が再び活発になり、大手ニュースサイトが特集を組んだ。全国の大手メディアの記者は次々と傍聴を申請し、続報に備えた。

一般市民が広く注目したほか、法曹界もこの事件を注視した。張超の弁護団のメンバーが大物ぞろいだったからだ。

張超自身が刑事弁護士であり、江市の法曹界ではそこそこ名を知られていた上に、彼の友人、級友、恩師の中にも数多くの弁護士がいた。家族も彼のために二人の大物刑事弁護士を雇った。一人は大学院時代の指導教官である中(シェン)教授で、全国的に有名な法曹界の権威だった。もう一人は大学の先輩で、中教授が目をかけている教え子、「本省刑事弁護のトップスター」と呼ばれる李達(リー・ダー)だった。

中教授はすでに長年、弁護を引き受けておらず、李達は第一線で活躍してはいたが、報酬が高額なために依頼者は少なかった。二人の大物弁護士が並び立つ機会はめったになかったため、多くの法曹関係者が傍聴に訪れた。

公表が憚(はばか)られるようなプライバシーに関わる事件ではないことから、審理は当然、公開となり、傍聴希望者が多いため裁判所は特別に大法廷を手配し、可能な限りの傍聴人を受け入れようとした。

開廷後に検察官が起訴状を読み上げ、証拠を示した。事件の経緯は単純で犯行過程もはっきりしているため、人々は弁護人と検察官が次にどのような弁論をおこなうかに注目した。

その時、張超は一つ咳払いをすると眼鏡を手に取り、ゆったりとした仕草でそれをかけ、容疑者が身につける黄色いベストを整えた。目を閉じ、数秒後に再び開けるとまっすぐ背筋を伸ばし、おもむろに口を開いた。

「検察側の訴状に対して、私はまったく異なる意見を持っています」

二人の弁護人はちらりと目を合わせ、殺人は主観的で悪意があったという検察の指摘に張超が自分で反論しようとしているのだと考えた。その発言の仕方にやや違和感があっただけだ。

「被告人は意見を述べてください」裁判官が促した。

張超はうつむき、ほとんどそれとわからないほどの笑みを口元に浮かべた。額をさすると落ち着いた様子で振り返り、背後に詰めかけた多くの傍聴人を見渡してから言葉を継いだ。「今日、この場所に立っていることをとても恐ろしく感じています。もっと理解できないのは、なぜ私がここで審理を受けなければならないかということです。なぜなら私はこれまでに人を殺したことなどないのですから」

一瞬で、法廷は驚きとどよめきに埋め尽くされた。

「何だって……殺してない？」検察官はすぐに反応できなかった。張超が検察側の訴状を全面否定するとは予想だにしていなかった。

中教授も非常に驚いていた。「張超、君、これは……どういうことだ？」その言葉の裏には、証拠が確実である以上、今頃供述を覆しても時すでに遅く、単に自分や李達が用意した弁護計画を混乱させるだけだ、という意味が込められていた。

張超は中教授に向かって小声で言った。「申し訳ありません、教授。いくつかの真相はこの場で言うしかなかったのです。こうしなければ手遅れになってしまいます」

そして傍聴席にいる多くの記者や法曹関係者に視線を投げ、深く息を吸うとふいに声を張り上げ、落ち着き払って発言した。「私は殺人を犯していないことを宣言します！監察医の解剖報告書によれば、江陽の死亡時刻は三月一日夜八時から十二時の間ですが、私は三月一日正午に飛行機で北京へ行き、翌日、つまり三月二日午前十一時頃に江市に戻りました。事件を起こす時間は少しもありませんでした。その時間に江市におらず、犯行現場にいることが不可能だったという証拠については、公共の監視カメラの記録や飛行機の搭乗記録、ホテルの宿泊者名簿を調べていただいてもかまいません。さらに北京にいた日、私は事務所の顧客二名と面談していました。そのうち一人とはともに夕食をとり、もう一人とはカフェで午前零時頃まで話していました。江陽は江市で絞殺されたわけですが、その時刻に私自身は北京にいましたので、犯行の時間はまったくありません。犯行を認めたのは、警察で大きな圧力を受けたためです。しかし、殺人は犯していません。私は潔白なのです。私は法を信じています！　法が潔白を取り戻してくれると！　事件の再調査を警察に要求します！」

　彼は周囲を見回し、断固とした眼差しで胸を張った。法廷には、驚き、放心、沈黙、ため息が満ちた。

　その夜、法廷での出来事は爆弾のようにネットを沸かせた。わかりきっていたはずの事件が、たちまち複雑で奇妙なものへと変わってしまったのだ。

　張超が法廷で検察のあらゆる証拠を覆したため、裁判官は事実不明瞭として審理を一時停止し、警察に再調査を命じた。

　大手メディア各社は、張超が大きな圧力を受けて犯行を自白したこと、実際には彼が現場にいなかった証拠が十分にあることを次々と報道した。人々は自白強要があったのではないかと警察を疑い始めた。

　事件に注目する多くの法曹関係者や人民代表（議員）は、真摯に調査をおこなうよう相次いで意見を表明した。

　これとともに省と市の各検察院のトップは、取り調べの過程で警察側に重大な過失があったために省の司法機関のイメージが大きく損なわれたとして、警察の事件担当者に対して強い不満を示し、担当者と個別に面会して事実確認をおこなう姿勢を明らかにした。下城区警察には大きなプレッシャーがのしかかり、署長と副署長はそろって市政府へ状況報告に赴いた。二人は、本件において自白強要はおこなわれておらず、張超の態度は終始良好で、開廷前に用意した証拠も出そろっていたと繰り返し説明したが、上層部の信頼は得られないままだった。

幹部の一人が尋ねた。「張超が事件当日に飛行機で北京へ行ったことをどうして知らなかったんだ。航空券や宿泊記録をなぜ調べていない？」

副署長は不満を押し殺して内心思った。張超が犯行を否定していれば、警察は当然アリバイを求めただろう。だが奴は先に殺人を認めたのだから、警察がその上、犯行時に北京や上海、世界じゅうのあらゆる場所にいなかった証明を求めるものか。ましてや取り調べの際、張超自身が当日は江陽に会いに行ったと述べ、居住区入口の監視カメラは彼の車が夜七時過ぎに入っていくのを捉えていたのだ。まさか張超が供述を覆し、車は江陽に貸したもので、運転していたのは江陽だったはずだ、自分ではないと言い出すなど、誰が予想しただろうか。

その後、省警察庁、市警察署、市検察院は、三者共同でハイレベル特別捜査班を設立することを決定した。江市警察署刑事課の趙鉄民課長が班長となり、各機関が中堅人材を派遣し、担当署に聴き取りをおこない、事件を再調査することになった。

4

「相手の首を絞めたのは正面からか、それとも背後からか」

「ええと……考えてみます、すごく混乱していて、あまり記憶がはっきりしてなくて。たぶん……たぶん背後からでした」

二人の取調官がちらりと目を合わせ、一人が言う。「もっとよく考えてみろ」

「それじゃ……それじゃ、正面からです」張超（ジャン・チャオ）は慌て、怯え切っている。

「犯行に使ったロープはどこへやった？」

「外に捨てたか、ごみ箱に捨てたかです。たぶんどちらでもないですね、殺した後は怖くなって、酒も飲んだので、今もまだ頭が痛いんです。頭がぼんやりして、かなりのことを忘れてしまってて、私は……私はどうしてあんなふうに人を絞め殺したりしたんだろう、私は……殺そうなんてちっとも思っていなかったのに……」

……

市検察院捜査監督課の検察官が大型スクリーンに投映された動画を一時停止し、正面に座った警官たちを見やると全員に向かって言った。「取調室の監視カメラによれば、下城(シアチョン)区警察分署刑事部に自白の強要があったことは明らかだ」

警官たちの顔に不安そうな表情が浮かび、自分たちよりも人数の多い省警察庁、市警察署、検察院の幹部を前にして、まるで間違いをしでかした小学生のように落ち着きがなくなった。

趙鉄民(チャオ・ティエミン)が咳払いをして発言した。「意見のある者はいるか」

しばらくして刑事部長が勇気を奮って答えた。「私は……これは自白の強要にはならないと思います。これは正常な取り調べです」

「ならないだと?」検察官は手元の資料を見ながら鼻を鳴らした。「取り調べで正面から首を絞めたのかそれとも背後からかと尋ねた時、張超はよく覚えていない、おそらく背後からだと答え、君らはもっとよく考えてみろと言った。これは被害者が正面から殺されたという暗示ではないかね。それに犯行に使われた道具や時刻などの細部もだ。張超はよく覚えていないと明らかに言ってるのに、供述記録ではなぜこれほど明晰に書かれてるんだ。現場検証の後で、現場の状況に基づいて君らが書いたのではないのか?」

いくつもの質問に対して部長は返す言葉もなかった。張超は逮捕後、殺人に関しては隠さず供述したが、いくつかの細部については記憶が曖昧だった。それもやむを得ない。殺人を犯した後に緊張と恐怖から細部の記憶がおぼろげになるのは自然なことで、ましてやその後で酒を飲んだのだ。警察による現場検証の後、張超自身も捜査結果に異論は示さず、最後は完全に自分から進んで犯行を供述したのだ。

聴取の際も態度は良好で、記憶が曖昧な細部については警察が現場の状況に基づいて思い出させた。殺人については包み隠さないのに、細部の供述でずる賢い手を使い、わざと警察に誘導させるなどと誰が予想するだろうか。法廷での罪状否認の後に検察院が取り調べの録画を調べた時には、その過程が「自白強要」の動かぬ証拠となってしまったのだ。

張超は逮捕されたあの瞬間から警察を罠にはめようとしていたのだ、と部長は思った。

検察官は黙り込む警官たちをしばらく見回したかと思うと、ふいに厳かに尋ねた。「本当のことを言いなさい。張超を逮捕した後、君らは自白を強要したのか」

「まさか、絶対にしていません！」部長は即座に答えた。

ほかの警官たちも口々に、張超は逮捕後は態度が良かった、初動捜査を終えてからは留置所に入れ、しかも独房を与えた、その後の数回の取り調べも簡単な事実確認だけだった、いかなる強要手段も用いていないと述べた。

検察官は戸惑ったような表情を浮かべ、特捜班のメンバーを見ながら厳しい口調で言った。「強要があったかどうかについてはさらに踏み込んで調べるが、目下の状況では誘導尋問があったことは確かであり、手続きとしては規則違反だ」

警官たちには弁解の余地がなく、検察官は一人ずつ聴き取りするために、彼らをいったん外へ出させた。全員が黙って立ち上がり肩を落として席を離れたが、部長が出入口で突然振り返り、居並ぶ幹部に向かって叫んだ。「私たちは自白強要などしていないと断言します。張超本人の言い分と突き合わせていただいてもかまいません。しかし奴が事件に関わっているのは確実です。これは奴が仕組んだことです。たとえ供述を覆しても、絶対に奴がからんでいます！」


会議の後、趙鉄民は事務室へ戻り、目の前に積まれた資料を見つめた。張超の北京への往復航空券、搭乗記録、北京での宿泊記録、監視カメラの映像、北京で面談した顧客の供述などだ。それらすべてが、被害者が死亡した時間帯に張超は北京におり、犯行の時間は一切なかったことを物語っていた。

張超は殺していないと言い張り、江陽（ジアン・ヤン）の死体を入れたスーツケースを運んだのは、三月二日の朝に江市（ジアン）に戻ってから江陽を訪ねたためだと言った。部屋の合鍵は持っていた。ドアをノックしたが誰も出ないので、自分で鍵を開けて入った。床に置かれた大きなスーツケースがすぐに目に入り、開けてみると中には江陽の死体があった。怖くなって、緊張しながらすべての部屋を調べたが、ドアの鍵は壊された形跡がなく、窓も閉まっており、ほかに合鍵を持っている者はいない。近頃、何度も江陽と言い争い、追い出すぞと宣告し、二日前には殴り合いをして警察沙汰になったのを思い出し、もし通報すれば自分が殺したと疑われると考えた。非常に恐ろしくなって酒を浴びるように飲むと考えがますます混乱し、その挙句に死体を棄てることを思いついたという。

だが、もしこれが事実だったとしても、なぜ最初に犯行を認めたのだろうか。

趙鉄民は当初、分署の刑事課が大きな社会的圧力を受けて自白を強要し、供述をでっちあげ、事件の早期収拾を図ったのではないかと疑った。しかしさしあたりわかったのは、刑事課の警官全員がそれを否定しただけでなく、拘置所に張超との面会に行かせた刑事によれば、張超自身も自白強要はなかったと言っていることだった。

強要がなかったのなら、なぜ張超は犯行を認めた上でさらに覆すようなことをしたのか。

厄介な任務だった。特捜班の最初の仕事はもちろん自白強要があったかどうかを明らかにすることだったが、より重要なのは、江陽殺害事件の真相を明らかにして真犯人を逮捕することだった。

5

「地下鉄死体運搬事件はずいぶん騒がれてますから、この数カ月間は注目なさってたでしょう」刑事は尋ねた。

「ええ、してましたよ」向かいに座る二人の男が口々に答える。

「ネットに出回っている逮捕後の容疑者の写真は、テレビのインタビュー番組も含めて、ご覧になりましたか」

「観ました」

「ニュースでは、三月一日夜に殺害したと言われてますが、あなたの方は三月一日に容疑者と夕食をとっていて、あなたの方はカフェで遅くまで話していた。ニュースを観た時、事件発生時刻に彼が自分たちと一緒にいて、江市（ジアン）に戻って犯行におよぶ時間はなかったことに気づかなかったんですか」

二人のうちの一人が答えた。「報道されてるこの人があの日に食事した李（リー）先生だとはまったく思いもしなかったんです」

「ええ、私もそうです」

「李先生？」刑事は眉をひそめた。「李先生とおっしゃいました？　彼の名前は張超（ジャン・チャオ）ですよ」

　男は思い出そうとした。「前日に法律事務所から電話があって、李先生とおっしゃる弁護士が北京に出張に来るついでに私と面談を希望している、詳しくは会ってから、と言われました。翌日、彼は北京に着いてから電話をくれて、食事の約束をしました。名刺はもらいませんでしたがずっと李先生と呼んでいて、本人も否定しなかったので、てっきりそういう苗字だと思ってたんです。今回ご連絡をいただいて、初めて実は張という姓だったと知りました」

「自分の名前は李だと嘘をついていたのですか」

　男は少し考えて答えた。「自分では名乗りませんでしたが、私がずっと李だと思ってたんです」

　傍らの刑事が細かく書きとめる。

「私もそうです。法律事務所から前日に電話があって、李という弁護士が会いに来ると言われました。江市の別の法律事務所にもう依頼してしまってたので、面談は断りました。

でも向こうはこの案件をすごく取りたがってる様子で、ぜひ会って話したい、ただ話すだけで料金は一切発生しないと言うので、応じたんです。ですが最後には、この案件はやっぱり和解する方が良い、そうでなければほかの事務所を探してくれと言って、断ってきました」

「こちらもです。食事は一緒にしましたし、向こうがどうしてもと言って会計を持ってくれましたが、最後には案件としては小さすぎて割に合わないからやめると言ってきました。元々大きな案件でないことは最初からわかってたのに、それでも熱心に面談に来て、結局は断ってきたんです。弁護士費用を何千元か上乗せするから勝たせてくれと言ったんですが、やはり断られました。まったくおかしな話ですよ」

刑事はまた質問した。「テレビのニュースで張超が逮捕された時の写真や取材を受けた時の映像が出回ってて、お二人とも観ていたのに、なぜここ数カ月もの間、容疑者は自分たちが会った李弁護士だと気づかなかったんですか」

「気がつくわけありませんよ。ニュースの中の容疑者はあんなに汚らしくて、まるで物乞いです。李先生がおいでになった時は、とても上等ないでたちだったんですよ。赤いスカーフを巻いて、シルバーフレームの高そうな眼鏡をかけて、髪はきれいに整えてたし、有名ブランドの時計をつけてました。ブランド物の革カバンまで持ってて、話し方も立ち居振る舞いも格が違いました。ニュースで観たあの人は坊主頭で囚人服を着てて、表情も態度も当時会った李先生とはまったく違いました」

「あの眼鏡は高級ブランドですよ、よく覚えてます」もう一人が付け加えた。

「捕まった時の写真でも取材でも眼鏡はなくて、髪形も変わってましたし、顔つきや態度となると完全に別人でした。言われなければ、今でもニュースのあの人が一緒に食事した李先生だったとは知りませんでしたよ」

「そうです。私も言われてよくよく写真を見て思い出して、やっと少し似てると思ったくらいですから」


「自分は李弁護士だなんて一度も言ったことはありません」張超は拘置所に持ち込みを許可されたプラスチックレンズの眼鏡をかけ、取り調べに来た市警察署の刑事をまっすぐに見つめた。「二人と直接話して、確認してもかまいません」

「だが二人からずっと李先生と呼ばれてたのに、訂正しなかったんだろう」

「訂正できるわけがないでしょう。二人が間違っただけです。前日の電話は私がかけたんです。うちの李という弁護士が北京へ面談に行くと言いましたが、その後で寧波(ニンポー)の案件が翌日に入ってたのを思い出しました。李先生の担当です。そこで李先生には寧波に行ってもらい、私が自分で北京へ行ったんです」

　刑事は尋ねた。「おまえはこの市では知名度の高い刑事弁護士だ。北京の二つの案件は小さな契約紛争だ。おまえのような大物がそこまで時間を割く価値があったのか？」

「もちろん、北京へ行った主な目的は小口の顧客二人に会うためではありません。以前、妻が本場の全聚徳（北京ダックの老舗）の北京ダックを食べたいと言ってたんです。日曜日はちょうど結婚記念日だったので、ちょっと買ってきて驚かせてやろうと思い立ったんです。翌日に戻ってきた時も、先に帰宅してダックを冷蔵庫に入れてから江陽の所へ行きました。妻に確認していただいてもかまいません。それから北京の二つの案件は大きくはありませんが、もっと小さい案件でも金は稼げるんです。うちは小さな事務所です。私を入れて弁護士三人にインターンのパラリーガルが二人だけ。仕事は当然、多いほど良いですから」

　ほほ笑んで答える張超を見て刑事は内心不愉快になり、また質問した。「北京ダックを買うためにわざわざ飛行機で北京へ行ったのか。どうしてネットで買わないんだ、そんな理由が信じられるか！」

　張超は長いこと刑事を見つめ、ふいに笑い出した。「あなたが信じられなくても、私にとっては普通のことです。価値観は人それぞれ違うじゃありませんか。外国の富豪はわざわざ宇宙開発事業に出資して、月の石を採ってきて恋人にプレゼントしてますよ。なぜ数百元で隕石を買ってプレゼントしないんだ、鑑定書までついてるぞ、と聞いてみたらどうですか。私は富豪ではありませんが、収入はまずまずです。飛行機で北京へ行って、窯から出したばかりのダックを妻にプレゼントするのは、気持ちというものですよ。ネットショッピングですか、ハハハ、それじゃあの素晴らしさは味わえないでしょうね」

　刑事は咳払いをして、内心の不満を押し殺した。「仕事は多いほど良いと言ったが、なぜ北京の二つは受けなかったんだ」

「それについてはほかの法律事務所のご友人に尋ねるべきでしょう。金をもらいさえすれば仕事を受けるのか、と。あの二つはどちらも契約紛争で、相手方も規模が小さい割に仕事は煩雑でした。その上、依頼人がサインした契約は本人にとって不利益で、訴訟の目的と私の理解との間に大きな相違がありました。たった一万元や二万元の案件で、コストは少なくないのに、最終的に依頼人が求めている結果が得られるかどうかはわかりませんから、もちろんお断りしたんです」

　刑事は張超をじっと見つめ、軽薄な話しぶりに強い反感を抱いたが、言い分には反論できなかった。

「あの時、冷蔵庫には確かに北京ダックが入っていました」張超の妻は警察の取り調べにも平然としていた。

「全聚徳の北京ダックだと知らなかったんですか」刑事は尋ねた。

「パッケージに書いてありましたが、それがどうかなさいました？」

「わざわざ飛行機で北京へ行って買ってきたものだったとは？」

「そんなことわかるわけがありません。てっきりネットで買ったんだと思っていました。あの日の午後に警察の方がお電話をくださって、夫が殺人で逮捕されたとおっしゃるので、急いで警察署へ行ったんです。その後は何日もあちこち奔走していました。こんな時に、目の前の人のことだけで大変だっていうのに、北京ダックがどこから来たか考えている余裕なんてあると思います？」張超の妻は怒りをにじませた。

「北京へ行くことはあなたに知らせてなかったんですか」

「いいえ、審理の時に初めて知りました」

「前日の夜は帰宅してませんが、おかしいと思いませんでしたか」

「思いません。仕事が忙しくてしょっちゅう出張していますし、私も自分の仕事がありますから。そのことはお互いに理解しているんです。仕事のない時にはよく家のことをしてくれますし、私にも良くしてくれます。もちろん、私も夫の事業を応援しています。あなたの奥様はまさか、夜勤のたびに根掘り葉掘り質問なさったりしないでしょ？」

刑事は顔をしかめた。この女は夫と同じで扱いづらい。

「ええ、あの日は依頼人に会いに寧波に行きました。早くから予定を組んでいたんです。重要な案件で、私がずっと担当していました」警察の取り調べに、李弁護士は答えた。

「張超は北京の二つの案件について話してましたか」

「いいえ、北京の顧客のことは知りませんでした。案件はほとんど張先生がご自分で受けるんです。依頼を受けて、状況を見てから、いくつかは私たちに回し、ほかはご自分で担当なさっていました」

「つまり、北京の二人の顧客のことは一度も話さず、自分で会いに行ったということですね。それは普通だと思いますか」

「普通とおっしゃるのがどういう意味なのかわかりません。その二つがまだ単なる依頼の段階で、正式に契約していなかったのなら、事務所の代表である張先生がわざわざ北京へ行くのはもちろん普通ではありません」

「聞きたいのは業務の流れのことです。たとえその二つを受けたとしても、張弁護士がみずから担当しないのでは？　普通はあなた方や、パラリーガルに回すのではないですか？　あなた方に状況を説明したり意見を求めたりせず、自分で直接、面談に行ったのですか」

「それは当たり前です。代表ですよ。それに張先生は私たちより優秀ですから、仕事を受けるべきかどうかの判断についてはよくおわかりです。ほとんどは張先生が受けるかどうかを決めて、それから担当を決めるんです。複雑な大型案件だけは、やるかどうか全員で協議しますが」

6

「鉄民(ティエミン)、座ってくれ」省警察庁の高棟(ガオ・ドン)副庁長は手を振って趙鉄民(チャオ・ティエミン)に腰を下ろすよう示し、タバコを出して一本差し出すと、自分でも火をつけてから口を開いた。「この後に会議がある、無駄話はよそう。今日来てもらったのは張超(ジャン・チャオ)の件だ。江陽(ジアン・ヤン)は張超が殺したのか?」

趙鉄民は高棟に目をやり、ひそかに推測した。

高棟は省警の主要幹部のうち唯一の叩き上げで、かつては省内の全警察機関に名を知られた敏腕刑事だった。数年前に趙鉄民が刑事本部に勤務していた際、高棟は本部長を務めており、趙にとっては昔馴染みの上司だ。のちに副庁長に昇進してからは、個別の事件の捜査には加わらなくなった。

張超の事件は大きな騒ぎになっていたが、高棟からすればどんな結果になろうと彼自身にはさほど影響がない。そのためこの日、わざわざこの件で呼び出されたことに、趙鉄民は興味をひかれていた。

趙は慎重に答えた。「監察医に何度も確認しましたが、解剖報告書には問題ありませんでした。被害者の江陽は三月一日夜に絞殺されてます。張超も確かにその日の正午に北京へ行って、翌朝戻ってます。その間の足取りには十分な証拠があります。ですんで……張超が殺したんじゃないってことは確実です」

高棟はもう知っていたようで、少しも驚かなかった。「検察側はさしあたって、誘導尋問があったと結論づけたそうだな」

趙鉄民の顔に困惑の色が浮かんだ。「担当刑事の取り調べに問題はなかったと考えてます。供述の件は差し置いても、当初は物証がそろってました。江陽はロープで首を絞められたんですが、そのロープには張超のDNAが付着してましたし、江陽の爪の中にも張超の皮膚組織や血液が大量に残ってて、張超の首には対応する傷がありました。典型的な取っ組み合いの傷です。担当刑事は、張超が北京にいて、二人も証人がいるなんて思ってもみなかったようです。今から考えると、奴が供述を録るのに協力的だったのは、わざと仕組んだことだったんでしょう」

「面白い」高棟はほほ笑んでタバコの灰を弾いた。「罪を認めるにしてもそれを覆すにしても、証拠はどっちもそろってる。変わったヤマだな。政府は今、司法改革を進めている。

省内でもいくつかのヤマは見直しがされたが、どれも物証に穴があったり、供述だけで判決が出たものばかりだ。こんなふうに有罪の証拠も無罪の証拠もそろってるのは初めてだ。調べる価値がある。ふうむ……張超が殺したんじゃないなら、なぜ罪を認めた？　法廷では、圧力を受けたから供述したと言ったそうだな」

「張超は、担当刑事は強要こそしなかったが、警察の空気そのものが無言の圧力だったと言ってます」

「下手な言い訳だ」高棟は笑って頭を振った。

「その通りです」趙鉄民はやりきれない思いで言った。「しかし怖かったから罪を認めたって言い張るんなら、こっちも反論のしようがありません。奴は刑事弁護士です。実に口が達者で、もう何日も続けて取り調べて、こっちは人員を交代してあたってるってのに、奴は異常なくらい元気で、故事成語やら人生哲学やらを一日じゅうしゃべってます。どんな質問だろうと、奴はいかにも理にかなったような理由で詭弁を弄することができるんです。それに……世間じゃ警察が自白を強要したと疑ってますし、検察も拘置所に常駐して何度も聴取してて、奴の説明は筋が通ってる、殺人とは無関係だとまで考えてまして。おかげでこっちは取り調べを慎重にせざるを得なくて、受け身に回っちまってますよ」

高棟はかすかに目を細めた。「それなら、なぜおまえは奴の言い分を信じない？」

「取り調べをご覧になりゃわかります。奴の精神力は並大抵じゃありません。最初の頃とは全然、様子が違うんです。罪を認めたらどんな結果になるか、刑事弁護士が知らないわけがありますか？　担当刑事も最初は騙されたんです。まじめそうで、しゃべり方も訥々としてね。今みたいに、取り調べのたんびに演説をするなんてことは少しもありゃしませんでしたよ。罪状を否認してから、人が変わっちまったようです。あたしが思うに、こいつは計略ですよ」

「ならば、なぜこんな計略を図る必要がある？」

趙鉄民はきっぱりと答えた。「他人の罪をかぶってるに違いありません。真犯人のために真相を隠してるんです」

「違うな」高棟は首を横に振った。「俺はそうは思わん。奴は――」ふいに言葉を切る。

「奴は、何です？」

「何でもない、真相は自分たちで見つけるんだ。俺がやたらに推測すればおまえたちの考えを乱すだけだ」高棟は軽く笑って言った。「だが、一つ助言しよう。罪を認めた後で否認した、その経緯が最初から最後まで奴が仕組んだことなら、そもそもわかってたはずだ。たとえ供述をひっくり返すことに成功しても、地下鉄構内の爆弾騒ぎが公務執行妨害で、公共の安全を脅かす行為だったのは確かなんだから、警察が自分を釈放するはずがないってな。勾留され続ける以上、警察は絶対に、真相を明らかにするまで捜査を続けるってことも奴はわかってた。だからおまえたちは方向を変えて、江陽の身辺調査から始めればいい。張超は江陽の大学時代の指導教授だったそうだな。卒業後も二人は連絡を取り合い、十年以上も付き合いがあった。江陽のような前科者に家を買うから三十万貸してくれと言われて、すぐさま貸してやってる。江陽が江市（ジァン）に来れば住む家まで提供してる。二人の関係は普通じゃない。張超からは値打ちのある話が聞けないだろう。だから江陽の身辺を洗うことから始めるんだ。張超が殺したんじゃないなら、初めから捜査しろ」

趙鉄民は頷き、賛同を示した。

高棟は背筋を伸ばすと話を続けた。「もう一つ言おう。厳良（イエン・リアン）に会いに行け」

「厳良に？　しかし、やりたがりますかね」趙はいささか驚いた。厳良はかつて省警察庁で刑事をしていたが、のちに重大な規律違反で警察を離れて江華（ジァンホア）大学数学科の教授となり、普段は捜査には関わっていない。ここ数年というもの、趙は何度か捜査の手助けを依頼しており、協力を得たこともあれば断られたこともあった。彼が捜査に加わる基準が何なのか、趙にはまったく見当がつかず、気が向くかどうかで判断しているように見えた。

「あいつは絶対にやるさ」高棟は自信満々に言った。「まず、ガイシャは江華大学の卒業生、容疑者（ホシ）は同じ大学の元教員で、どっちもあいつと同窓だと言え。それから俺の言葉を伝えろ。このヤマは鉄民、おまえよりあいつの方が向いてる。能力の面でも、ほかの面でも、おまえよりふさわしい、とな」

「なぜです。あいつはもう刑事じゃありませんよ」

高棟は一瞬、言葉を切ってから答えた。「おまえの階級を考えると、言えるのはこれだけだ。真相は自分で見つけるんだ」

趙鉄民は高棟を見つめ、彼が握っている情報は特捜班班長である自分よりはるかに多いのではないかと疑った。

高棟は腕時計に目をやると立ち上がり、出口を指し示した。「もう一つ言っておこう。俺がこのヤマに興味を持ってることは、誰にも言うなよ」

このヤマはますますわけがわからなくなってきたな、と趙鉄民は思った。

7

「彼が刑事弁護士だってことは最初からわかってたんだから、供述には気をつけるべきだったんですよ。刑事弁護士の仕事はこっちの証拠のつながりを崩すことだって知らなかったとでもいうんですか」厳良（イエン・リアン）はまるで面白がっているかのように趙鉄民（チャオ・ティエミン）を見やった。

多くの人々と同様に、厳良もニュースを通じて張超（ジャン・チャオ）を知った。その時は彼も、張が自白を強要されたために罪を認め、のちに法廷で供述を否定したと思っていた。だが趙が強要はなかったと何度も強調したことが事件への興味をひいた。高棟（ガオ・ドン）の二つの言葉を伝えると、すぐに捜査に参加することに同意した。

趙鉄民は現在の状況について説明を続けた。「分署で聴き取りをしたが、副署長は当時、供述の裏をきっちり取るよう担当チームに命じてた。しかし裏を取っても何も問題はなかった。江陽（ジアン・ヤン）が殺害された日の夜七時、居住区の監視カメラは張超の車が入っていくのを記録してた。解像度は低いし、夜だったから顔は見分けがつかん。張超は否認した後になって、車は江陽に貸したもんだから、乗ってたのは自分じゃなく江陽だと言い出した。奴が自分で殺人を認め、車が入っていくのも記録されてる以上、車内の人間が奴じゃなく、本人は別の土地にいたなんて考えつけるもんか。出張や宿泊記録を調べるなんて思いつくわけないだろう」

趙鉄民の言葉を聞くと厳良の顔には静かな笑みが浮かび、この事件にいっそう興味を持ったようだった。

趙はため息をついた。「どんなに深く考えたって、死体運搬で公衆の面前で逮捕された人間が罪を全部認めてて、証人にも物証にも明らかな破綻がない状況で、犯行現場にいなかった完璧な証拠があるなんて考えつくはずがない」

厳良は笑った。「こんな事件は確かに前代未聞ですね。警察が騙されたのも情状酌量の余地がありますよ。供述を覆した後、事件当日の夜七時に江陽を訪ねたと認めた上に、カメラの映像と完全に一致していたのはなぜなのか、本人は何と説明してるんです？」

「偶然の一致だと言ってるよ」趙鉄民は肩を落とした。「殺人を認めたのは圧力を受けて犯罪の事実をでっちあげたんだ、一致した部分は全部偶然だと言い張ってる」

厳良は書類をめくって供述と突き合わせ、わずかに眉を寄せた。「当日は明らかに北京にいて、江陽とは一千キロ以上離れていたのに、供述と事実には複数の一致がある。彼が殺してないことは百パーセント確実ですか」

「確実だ。解剖報告によれば、被害者は事件当夜に絞殺された。張超には現場にいなかった確かな証拠がある」

厳良は指摘した。「しかし一つ確かなことは、たとえ張超が殺したんじゃなくても、彼は事件の全体像を熟知してるってことです。供述と証拠がこれほど一致してるんですから、事前に十分な準備をしたはずです」

趙鉄民は両手を広げた。「あたしらもそう考えてる。だが奴が否認し、単なる偶然の一致だと言い張ってる以上、こっちもどうしようもない」

「悪いことじゃない」厳良は書類ファイルを閉じてため息をついた。「手続き通りにきっちり事件を解決して一人の悪人を見逃すのは、一人の善人に濡れ衣を着せるよりましです。半年前に省高等裁判所が判決を見直した殺人の冤罪事件、あれも最初は趙さんの署の担当でしたけど、容疑者は十年も無実の罪で服役してたんですからね」

趙は居住まいを正した。「言っとくが、あのヤマはあたしとはまったく関係ないぞ。あたしは数年前に刑事課に配属されたんだ。十年前はまだ本部に勤めてた。自白の強要なんてのもやったことはない。証拠と秩序を重視し、公正を重んじるのが今のうちの署のやり方だ」

「それは信用しますよ、だから付き合ってるんだ」厳良は軽く笑った。「いいでしょう、事件の話に戻りましょう。張超が殺したんじゃないなら、罪を認めた理由は何です？」

趙は答えた。「奴は真犯人の代わりに罪をかぶってるんじゃないか。事件の後に奴が真っ先に認めたから真犯人は当然見過ごされたが、奴は知ってたんだ。数カ月後に現場不在の確かな証拠によってヤマがひっくり返り、そうして自分も真犯人も無実になるって」

厳良は首を横に振った。「それはさほどあり得ませんね」

「なぜだ」

「彼は自分から捕まったんですよ。警察の高圧的な取り調べに対して、絶対に供述を間違えず、真実を漏らさずにいられるという自信はどこにあったんですか。彼は弁護士だ。たとえ最初は嘘をついて、数カ月後にひっくり返すのに成功したとしても、地下鉄の爆弾騒ぎが犯罪だという事実は変わらず、何年も監獄行きです。その間にも毎日取り調べを受ける。一度でも口を滑らせれば疑われて、真犯人もろとも道連れだ。この資料によれば、家庭は裕福で、事業は成功し、夫婦仲も良い。こんなふうに何年も捕まって、家庭も事業も手放すんですか？　代償が大きすぎますよ」

趙はまじめな顔で言った。「犯人は妻で、かばおうとしてこんな下手な手を打ったんじゃないかね」

「あり得ません」厳良はあっさりと否定した。「事件当日、彼は突然北京へ行って、翌朝戻って死体を運んだ。当日夜に江陽が殺されることを知ってて、あらかじめアリバイを用意しておいたってことです。それに女一人で江陽を絞め殺すのは難しいですよ。本当に妻を愛してるなら、その晩に殺そうとしてるのを知っててなぜ止めなかったんですか」

趙は頭を抱えた。「だったらほかの動機は何も思いつかん」

厳良はしばし考えて言った。「彼に会いたいですね。直接話してみたいです。他人の罪をかぶってるんじゃないなら、きっと別の目的があるはずです。それを果たすために、彼は必ず情報を漏らすでしょう。その情報がまだ十分に読み解かれてないだけです」

8

厳良は鉄窓越しに初めて張超に会った。

鉄窓の向こうの張超は眼鏡をかけており、鬢には白いものが増えていたが、精神状態は良好だった。落ち着き払い、自信に満ちて冷静沈着で、当初の取り調べの映像とはまったく様子が異なっていた。

「厳先生、なぜここに？」厳良が話し出す前に、張超が口を開いた。

「私を知ってるんですか」厳良は少し驚いた。

「もちろんだ」張超はほほ笑んだ。「わが校の人気教師だからな。私はとっくに教員を辞めたが、よく大学で学会に参加していたんだ。君を見かけたこともある。以前は省警察庁に勤めていた有名な刑事だったんだろう。もう警察から離れたと聞いていたが、なぜここに来たんだね」

趙鉄民が口を挟んだ。「厳先生は特別捜査班が招いた専門家だ。知り合いなら協力しろ。どんなに真相を隠しても無駄だ」

「そうか」張超は椅子の背にもたれた。「それは期待が膨らむね。厳先生が加わるならきっと事件は解決されるはずだ。早く真犯人を見つけ出して、私の潔白を証明してくれることを願うよ」

厳良は軽く笑って張超を観察し、振り向いて趙鉄民に尋ねた。「張先生はずっと眼鏡をかけてるんですか」

「審理の前に拘置所に申請したんだ。近視だから眼鏡がないと資料を読むのに不便だと言ってな。あのレンズはプラスチックでフレームはチタンだ、危険性はない」

厳良は少し頷き、張超に向き直った。「いい眼鏡ですね、おいくらですか」

張超はよくわからないというように厳良を見つめ、質問の意図を測りかねて、仕方なくありのままに答えた。「妻が作ってくれたものだ。私は知らない」

厳良は続けて質問した。「度数はどのくらいですか」

「左はマイナス二・五、右はマイナス三だ」

「中程度の近視ですね。眼鏡がないと確かに面倒が多いでしょう。以前の取り調べ映像を見ましたが、ずっとかけてなかったようですね」

張超の目が警戒の色を帯びた。わずかに身体をそむけて趙鉄民に視線を投げ、意識して厳良を避けているようだ。

　厳良は食い下がった。「そうですか？」

「そうだ」張超は仕方なく頷いた。「眼鏡の持ち込みは許可がいるが、審理の前に資料を読む必要があったので申請した」

　厳良は軽く笑った。「地下鉄構内で捕まった時の写真を見ました。あの時はかけていませんでしたね」

「それは……逃げる時に落としたんだ」

「そうでしたか。それはたいしたタイミングですね」厳良は謎めいた笑みを浮かべた。

　張超は相手の表情を見つめて思わず強調した。「あの時は混雑していたから、たぶん誰かにぶつかって落ちたんだろう」

　厳良は軽く頷き、それ以上追及しなかった。「事件の資料をいくつか読みましたが、わからないことがあるのでもう一度確認させてもらえませんか。以前の聴取と重なる質問があるかもしれませんが、気になさらないでください」

「毎日同じような質問に何度も答えているから、もう慣れたよ」

「まるで暗唱してるような話しぶりですね。言い間違えたことはないでしょう」厳良は笑って彼を見つめた。

「話したことはすべて真実だ。信じてもらえないなら私にもどうしようもない。供述を早口言葉にして、言い間違えたら嘘を言ったことにしてはどうだね」

趙鉄民は厳良にちらりと目をやった。ほら見ろ、毎日この調子でトークショーをやってるんだ、と言わんばかりだ。

厳良は笑って取り合わなかった。彼はこういう相手が好きだった。意味のない前振りを続ける。「あなたが殺したんじゃないなら、なぜ罪を認めたんです？」

張超は明らかに数え切れないほどこの質問に答えており、これからもやはり同じ答えを数え切れないほど繰り返すだろう。軽く口をゆがめ、毎日必ず記録される答えを口にした。「警察署で大きな圧力を感じて、頭が真っ白になって罪を認めてしまったんだ」

「では拘置所での数カ月間、認めたことを後悔しなかったんですか」

張超は落ち着いて答えた。「すぐに後悔したが、当時はもうすっかり大ごとになっていたし、取り調べの内容が公表されていたから、もし突然否認したらひどい目に遭うんじゃないかと思った。半年前に起きた省高裁の逆転冤罪事件では、被告は自白を強要されたわけだが、それを思い出してますます怖くなった。開廷の時に否認して世間の注目を集めるしか、身の安全を確保することはできないと思ったんだ」

厳良は頷き、質問を続けた。「殺してないのに、なぜ江陽（ジアン・ヤン）の爪の中にあなたの皮膚や血液があったんですか」

「江陽が死ぬ前日に喧嘩をして、首を引っかかれてたくさん傷がついたんだ。隣人に通報されるほどの騒ぎだった。爪の中の皮膚や血液はきっとその時に残ったものだろう」言い終えると首の引っかかれた場所を指さした。

「派出所の出動記録を見ました。時刻も確かにおっしゃる通りで、江陽が死ぬ前日です。確認ですが、その時から江陽が死ぬまでの間にもう一度喧嘩をしましたか」

張超はすぐに答えず、質問の意図を推し測っているようだったが、しばらくしてやっと首を横に振った。「していない」

「すると、少し疑問が残りますね」厳良は言いながら手元の解剖報告書を開いた。

「あなたと江陽が喧嘩をしてから彼が死ぬまで一日空いている。丸一日、手を洗わなかったのでないなら、爪の中から皮膚組織が採れるとは考えにくい。たとえいい加減に洗って少量の残留があったとしても、爪の奥からわずかな量が採れるだけでしょう。しかし解剖報告書によれば、皮膚組織や血液は大量に採取され、しかも爪の先の方にあったという。これはどういうことですか」

趙鉄民は目の前がふいに明るくなったように感じ、笑みを漏らした。

張超は口元を少しひきつらせ、しばらくして答えた。「私にはわからない。しかし話したことは事実だ」

趙鉄民は厳しい口調で言った。「まだ認めないのか？　江陽が前日におまえにけがをさせて、その後でもう一度喧嘩をしたんだろう。なぜ江陽の爪に皮膚や血が大量に残ってるんだ」

張超はなおも言った。「彼がその日に手を洗ったかどうかなんて知るわけがない。喧嘩の後すぐに誰かに捕まって殺されて、手を洗う暇がなかったのかもしれない」

趙は鼻を鳴らした。「完全に詭弁だな！」

だが厳良は頷いた。「張先生のお話も一理あります。確かにその可能性は排除できない」

今度は張超の方が、なぜ厳良が助け舟を出してくれたのかと疑った。

厳良は続けた。「今話すかどうかに関係なく、真相は必ず解明されるはずです。ですが、いくつかヒントをくださって解決が早まるなら、もちろんその方がいいでしょう。何かおっしゃりたいことはありますか」

張超はわずかに目を細め、ややあって真剣に尋ねた。「なぜこの事件の捜査に加わった？」

「関係ありますか？」厳良は興味深げにほほ笑んで見つめた。「信じてください。きっと解き明かしてみせます」

張超は何も言わず、厳良をじっと見ている。

長い沈黙の後で、ふいに口を開いた。「私は絶対に殺していない。だが君たちは江陽の身辺調査から始めるといい。あの部屋に入った時、扉にはちゃんと鍵がかかっていた。つまり犯人は江陽の知り合いということだ。遺品や通話記録などから手がかりが見つかるかもしれない」

9

拘置所を出てから、趙鉄民（チャオ・ティエミン）はずっと眉間に皺を寄せて考え込んでいた。「張超（ジャン・チャオ）が最後に言ったことは信用できると思うか」

厳良（イエン・リアン）は気楽そうに笑った。「わかりませんよ。でも言われた通りに調べましょう」

「言われた通りに？」趙は立ち止まって目をむいた。「奴が一番の容疑者なんだぞ。あたしらを攪乱（かくらん）してないってどうしてわかる？」

「そんなことはしてませんよ」厳良は首を振った。「彼がやったんじゃないなら、真犯人は当然、被害者である江陽（ジアン・ヤン）の身辺から調べ始めないと。言われなくてもそうしてたはずです」

趙が呟く。「どうやら高（ガオ）さんと同じ考えのようだな」

厳良は軽く眉をひそめ、興味を持ったようだった。「高棟（ガオ・ドン）さんも同じことを？」

「そうだ」

　一瞬黙ったが、すぐに結論を出す。「同じ考えなら、善は急げだ。江陽の遺品と通話記録と言ってましたから、まず事件現場に行きましょう」

「現場だって?」趙は言った。「引継ぎを受けて最初に人をやったが、重要な手がかりは何も見つからんかったぞ。まだ空き部屋になってるが、この間に張超の妻が掃除を済ませてる。たとえ手がかりが残ってたとしても、とっくに壊されてるよ」

「では江陽の遺品はまだ取ってありますか」

「それはわからん。行きたいって言うなら、お供してやるがね」


　趙鉄民は車に厳良を乗せて現場へ向かった。着いた時にはもう夜になっていた。

　一九九〇年代初期に建設された古い居住区だった。趙は厳良を連れて一号棟に入った。ある部屋の前で足を止め、「ここだ」とドアをノックする。

　扉を開けたのは美しく上品な女だった。

「警察の方ね?」女は二人を見て名乗った。「張超の妻です。さきほど警察署からお電話があって、もう一度調査をしたいとか」

　女は振り返って明かりをつけた。部屋は広くはなく、六十平米あまりで、玄関を入ったところが小さなリビングになっている。二間の寝室は小さなベランダに続き、玄関からはすべての間取りを見渡すことができた。

厳良と趙鉄民は室内へ入った。壁に塗られた白いペンキはすでにまだらになったり剝がれ落ちたりしていて、床にはダークグレーの人工大理石が敷かれている。家具はどれも質素で、古い布張りのソファ、シュロ縄敷きのベッド、黄色の本棚、それに家電がいくつかあった。

趙鉄民はリビングのとある場所を指し示して厳良に言った。「張超は供述を覆した後で、最初に部屋に入るとここにスーツケースがあって、開けてみると江陽の死体があったと言った」

厳良は目をやったが、気になるものは特に何もなかった。「最初はどこで江陽を殺したと言ってたんですか」

「ベランダだ」

「行ってみましょう」

三人は寝室を通ってベランダに出た。周囲を見渡したが、張超の妻の後ろに積まれている伸縮式の物干し台と、いくつかの日用品のほかには何もない。

その時、傍らの女が口を開いた。「夫の事件はどの程度進展したのか、お伺いできるかしら」

趙鉄民が答えた。「捜査中です。まだ多くの問題を調べる必要がありますんで、手がかりを提供していただけたら助かります」

「そうですか。私が知っていることはもうお話ししました」女は物憂げに答えた。夫の境遇はさほど気にかけていない様子で、背を向けるとリビングに入っていく。

厳良は後を追った。

女は二人に座るよう声をかけ、厳良は眼鏡を少し上げて探るように尋ねた。「あなた自身は、ご主人が無実だと信じてますか」

「わかりませんよ。事件そのものについてもよくわかってないんですから」

「ご主人は何も言ってなかったんですか」

「ええ、何も」女はすぐに答える。

厳良はその態度を測りかね、話題を変えた。「江陽という人物についてはどの程度知ってましたか」

「ご存じでしょうけど、めちゃくちゃな人でした。夫の教え子で、友人でもあったのに、結局うちのお金を三十万も騙し取って。そのことで夫には何度も言ったんです、あの人がまともになるなんて簡単に信じちゃダメだって。ましてやお金を貸すなんて。でも夫はどうしても聞き入れませんでした」どうやら張超と江陽の両方に強い不満を持っているようだ。

　巌良は静かに見つめた。「江陽は誰かに恨まれていましたか」

「あの人のことはよく知らないんです。人間関係が複雑だと聞きましたけど。たぶん夫の方が詳しいでしょう」その言葉には軽蔑の響きがあった。

　彼女からは何も聞き出せないと見て、巌良はその日、最も関心があることを尋ねた。

「江陽の遺品はまだここにありますか」

「ほとんど捨ててしまいました。最初は何も動かさなかったんです。身内の方が引き取りに来られると思って。前の奥様が警察の方と一緒に来ましたけど、何も持っていきませんでした。その後で私が一人で来た時に、部屋の中のものを、あの人の個人的なものを見ていたらちょっと……怖くなったんです。自分でもよくわかりません。警察の方に許可をいただいて、タオルや歯ブラシ、コップ、衣類なんかは全部捨てました。本棚に何冊か残ってるだけです。夫が元々置いていたのもありますけど、ほとんどは江さんのものです」そう言うと本棚の前に立った。

　本棚は三段で、上段には法律関係の本が順序立てて並べられていた。巌良の目が本棚を何度も往復する。上の二段はどちらも大型の法律関係の辞書類で、下段はバラバラの資料だった。

一番右の白く小さな冊子を引き出すと、表紙には『中華人民共和国検察官法』とあった。江陽が検察官だったことを考えると、おそらく彼のものだろう。

だが冊子は新しく、刊行は今年一月だった。江陽は何年も前に検察官を辞めたのに、こんな専門家向けの冊子を買ってどうするつもりだったのだろうか。

厳良は考えをめぐらした。それから表紙を開くと、最初のページから折りたたまれたA4サイズの紙が落ちた。拾い上げると身分証のコピーで、名前は「侯貴平（ホウ・グイピン）」とあり、扉にも同じ名前が書かれ、その後ろに感嘆符が三つついていた。

冊子を女に渡して確認した。「見てください。この字はご主人のですか、それとも江陽の？」

女は受け取り、明かりの下に持っていって眺めた。すぐに向き直って冊子を返すと言った。「たぶん江さんのです。夫の字ではありません」

厳良は頷いて尋ねた。「侯貴平とは何者か知ってますか」

女は淡々とした口調で答えた。「江さんの大学時代の同級生で、夫の教え子でもありました。少し……少し頑固な人だったようですけど」

10

二〇〇一年八月三十日、侯貴平（ホウ・グイピン）は苗高郷（ミャオガオ）へやって来た。

苗高郷は清市（チン）平康県（ピンカン）に属し、省西部の山地にあり、県城（県庁所在地）から三十キロ離れている。四方を山に囲まれ、交通は不便で経済的にも遅れており、よその土地に出稼ぎに行く若者が多い。古い小学校が一つあるだけで、児童は百人ほど。高齢の教師が六人、それぞれが複数の学年を担当しており、教育環境は著しく悪かった。

侯貴平は江華（ジアンホア）大学法学部の三年生だった。大学には、教育ボランティアを二年間すれば無試験で大学院に推薦される制度があった。彼はこれに応募し、苗高小学校に赴任して、そこで最も若く、最も高学歴の教師になったのだった。

学校が手配した寮はグラウンドの隣にある古い平屋の建物で、数軒の農家と隣り合い、近くには遠方出身の児童のための寮もあった。

その夜、彼は大学で同じクラスの恋人である李静（リー・ジン）に手紙を書き、そこの状況——様々な面で立ち遅れてはいるが、人々はみな純朴で善良だ――を紹介した。これから二年間のボランティア生活で、限りある教育環境のもと、より多くの知識を伝え、子どもたちの将来を変えるために力を尽くそうと考えていた。

この快活な若者は教育支援への熱意に満ちあふれ、子どもたちもすぐにこの若いお兄さんのような教師が好きになった。

一カ月が過ぎ、国慶節（中国の建国記念日、十月一日）の連休が明けた日、侯貴平は六年生のクラスで授業をしていた。葛麗（ゴー・リー）という名の女子の席が空いているのを見て、何気なく尋ねた。「葛麗は欠席か？」

クラス委員の王雪梅（ワン・シュエメイ）が小声で答えた。「病気で休みです」

侯貴平ははじめはさほど気にしていなかった。農村では繁忙期にしばしば子どもを欠席させて家の手伝いをさせる。だが、いたずら好きの一人の男子が突然はやし立てた。「葛麗は腹がでかくなったから、子どもを産みに帰ったんだ」数人の男子がつられて大笑いした。

侯貴平は男子をにらんで、同級生の悪口を言うなと注意した。だが、女子の多くが暗い顔をしているのを見て、どうやら何か事情があるようだと気づいた。

授業の後で王雪梅を呼んで尋ねた。「葛麗は何の病気なんだ？」

「ええと……麗ちゃんは……麗ちゃんは病気じゃないんです」王雪梅はつかえながら答えた。

「病気じゃないならどうして休んだんだ。家の用事か？」

「それは……」上着の裾をいじって、言いづらそうだ。「あの……もうすぐ子どもが生まれるんです」

頭を殴られたようだった。

本当に出産するのか！

侯貴平はわずかに口を開けたが、何と言えばいいかわからなかった。

葛麗のことを思い返した。無口で内向的な女子で、背が高くぽっちゃりしている。うつむきがちで、質問に答える時も目を合わせようとしない。単に太り気味なのだと思っていたが、実は妊娠していたのだ。

「ほ……本当か？」彼はその受け入れがたい話をもう一度確かめようとした。

王雪梅は黙って頷いた。

犯罪だ！　法律を学んだ彼の頭に最初に浮かんだのは、犯罪ということだった。

葛麗はまだ十四歳になっていない。中国の刑法では、十四歳未満の女性と性的関係を持つことはすべて強姦とされる。

胸の怒りを押し殺して尋ねた。「いつのことだ？」

「国慶節の頃に初めて知ったんです。月末にはもう生まれるって。おじいさんとおばあさんが連れて帰って、もう退学しました」王雪梅はうつむき、小声で言った。

侯貴平は深く息をついた。小学六年の子どもが退学して出産するなんて、夢にも考えたことがなかった。

「ご両親は？　このことを知ってるのか」

王雪梅は首を横に振る。「お父さんはもう亡くなって、お母さんは再婚して、家族はおじいさんとおばあさんだけなんです。二人とももうお年寄りです」

「どうして妊娠なんて？　誰の子どもなんだ？」

「そ……それは……」王雪梅の顔に恐怖の色が浮かんだ。

侯貴平はその様子を見て、辛抱強く言い聞かせた。「何か手助けできるかもしれない。先生に話してくれないか」

「私……」王雪梅は口ごもり、やがて泣き出した。

無理強いするわけにもいかず、そこまでにするしかなかった。その後、別の子を呼んで聞いてみたが、誰が腹の子の父親かと尋ねると誰もが途端に怯えて口をつぐんだ。子どもたちが怖がるのを見て、侯貴平は諦めざるを得なかった。

しかし、多くの人の口から事件のあらましが見えてきた。

葛麗の父親はずっと出稼ぎに出ていたが、彼女が三歳の時に建設現場の事故で亡くなった。母親はほかの男と逃げ、本人は幼い頃から祖父母に育てられ、家は非常に貧しい。こうした家庭環境で育ったために極めて内向的な性格になり、自分から同級生に話しかけることはめったになかった。

今年の冬休み頃、葛麗は誰かに犯された。祖父母を含めて誰にも言えなかった。腹がどんどん大きくなって初めて妊娠したことに気づいた。だが小学六年の子どもである彼女にはどうすればいいか何もわからず、ましてや恥ずかしい気持ちが先に立って誰にも打ち明けられない。周囲の人は単に太っただけだと思っていたが、のちに腹がもっと大きくなったために隠し通すことができなくなった。

この件をどうすればいいか侯貴平にもわからなかった。彼も一介の大学生であり、社会経験は多くない。犯罪であることは知っていたが、地元の人々はどう見ているのだろうか。もしかすると犯罪とは思っておらず、教育ボランティアに来た教師が代わりに警察に通報しても、家族や地元の人々からすれば逆に余計なことと思われるかもしれない。

考えあぐね、週末に村で話を聞いてから決めることにした。

11

金曜はその週の最後の授業日だった。午後は早く終わり、寮の子どもたちはみな自宅に戻った。校内は閑散としている。侯貴平（ホウ・グイピン）は一人で自分の寮の入口に腰掛け、落ち着かない気分だった。手には本を持っていたが、どうしても中身に集中できない。葛麗（ゴー・リー）が妊娠して退学したと知って多くの人に話を聞いたが、教師たちは意に介していないようだった。農村では未成年の女子が結婚して出産するのはよくあることだ。彼らからすれば、十歳ほどの女の子が妊娠するのは強姦されたと言い出さない限りたいしたことではなく、男の方がその子と結婚するか、金を払えば済む。こうした環境では、侯貴平はそれ以上どうすることもできなかった。

夕暮れが近づき、教室の鍵を締める時刻になった。立ち上がって本を閉じ、教室へ向かった。入っていくと、翁美香（ウォン・メイシャン）がまだ一番後ろの席に座っていた。

翁美香はクラスで一番背が高く、うりざね顔で気品のある顔立ちをしている。発育が早く、胸はもういくらかふっくらとして、くびれもできかけていた。身体の変化に羞恥心を感じているのか、胸の膨らみを目立たせまいとしていつも猫背で歩いていた。

数カ月間受け持って、侯貴平は子どもたちの家庭環境をおおよそ把握していた。翁美香は葛麗と同じで親が身近におらず、普段は祖父母と暮らしている。やはり内向的な性格で口数は少なく、話す時はいつも声が小さかった。

その時、彼女は短い鉛筆を持ち、真剣な顔つきで日記帳に何かを書いていた。教師が入ってきたのに気づいて顔を上げ、ちらっと見るとまた下を向いて書き続けた。

侯貴平は教室の窓を閉め、振り向いて尋ねた。「翁美香、まだ帰らないのか」

「はい……ここで宿題をしたいんです」

もう一つの窓を閉めて言った。「もう鍵を締めるから、寮に帰ってやりなさい。こんな時間だ、もうすぐ暗くなるぞ」

「はい」翁美香はおとなしく従い、のろのろと片づけると立ち上がって小さな布カバンを背負った。立ち去りたくなさそうだ。

うつむいて背を丸め、ゆっくりと教室のドアを出たがすぐに立ち止まる。

侯貴平は教室に鍵をかけ、傍らに立っている翁美香の方を向いた。「今週はどうして家に帰らないんだ？　おじいさんやおばあさんと喧嘩でもしたのか」

「いえ、してません」翁美香は目をそらした。「二人とも今週は忙しくて、帰っても邪魔になるから」

侯貴平は笑った。「わかった。じゃあ来週は必ず帰るんだぞ。二人とも会いたがってるはずだ。そうだ、夕飯はまだだろ？　先生が鎮（ちん）（郷に並ぶ県の下の行政区画。町）でごちそうしてやろう」

「ありがとう、先生！」翁美香は笑顔を見せた。

二人は談笑しながらともに学校を出た。校門を出たところで誰かが「翁美香！　翁美香！」と呼ぶ声がした。

声は学校の外の舗装路から聴こえ、侯貴平が目をやると黒い乗用車が停まっているのが見えた。村ではあまり見かけない車だ。角刈りを金髪に染めた中背の若者が車のドアにもたれている。先ほどの声はこの若者が呼んだに違いない。

だが翁美香は何も聴こえなかったかのように歩き続ける。侯貴平は思わず足をゆるめて振り返った。若者は駆け寄ってきて、また「翁美香！」と呼ぶ。

翁美香は立ち止まって振り返ったが、ずっとうつむいたままだ。

侯貴平は若者を見て尋ねた。「君は？」

若者は笑顔を作った。「小学校の先生っすね。俺は美香のいとこっす。今日から二日ばかり、こいつを県城に連れてくって、じいさん、ばあさんと約束をしたんす。なのにぐずぐずしていつまでも出てこねえ。まったく聞き分けがないっすよ」

「私……先生とご飯を食べに行くから」翁美香は県城には行きたくなさそうだ。

若者は怒った様子でさっと顔色を変えたが、すぐに笑顔を作った。「先生に迷惑かけんなよ、もううちの人に言ってあんだろ。行かなかったら、後でじいさんばあさんに何て説明すりゃいい？　長いこと県城で遊んでないだろ、行こうぜ」

「私……行きたくない」

若者は腹を立てて彼女をにらみつけ、やや声を低くしてとがめた。「翁美香！　わざわざ迎えに来てやった上に、ずっと外で待ってたんだぞ。もうすぐ暗くなるってのに、何を駄々こねてんだ？」

翁美香はびくついて、小声で「はい」と答え、若者のそばへ歩み寄った。

侯貴平は何かがおかしいと感じたが、本人がそれ以上何も言わないので、笑顔で手を振った。「翁美香、行ってきなさい、楽しんで！」

彼女は声を立てず、うつむいている。

「行くぞ」若者はそう言うと振り向いて車へ向かった。

彼女は元の場所に立ったまま侯貴平の方を静かに見つめていたが、少しするとゆっくり向き直り、若者とともに車に乗った。

車はUターンして、県城へと走っていく……

俟貴平はそのまま、車がしだいに遠ざかって視界から消えるのを眺めていた。ふいに、翁美香が車に乗る前に自分に向けた視線には、失望の色が浮かんでいたのを思い出した。その日は終始、何とも言えない奇妙な感覚に襲われていたが、結局何もしなかった。もし、もう一度選ぶチャンスがあったなら、彼はきっと全力であの車を止めていただろう。

12

日曜午前二時、侯貴平（ホウ・グイピン）は夢の中でせわしなく戸を叩く音に驚いて目を覚まし、起き上がって開けると、そこには慌てふためいた寮住まいの子どもたちがいた。混乱した会話を通じて、彼は状況を把握した。

数分前に一人の女子が起きてみると翁美香（ウォン・メイシャン）がトイレの入口に倒れていたため、急いで隣の寮に住む男子たちを呼び、一緒に部屋へ連れて帰ったという。

侯貴平が急いで上着を羽織って駆けつけた時には、翁美香はすでに意識が朦朧としており、全身汗びっしょりでけいれんが止まらず、服は吐瀉（としゃ）物にまみれていた。そばにいた女子は、心配のあまり涙を流していた。

すぐに子どもたちに声をかけて村の診療所に連れていった。医師の見立てによると農薬中毒だという。状況は差し迫っていたが小さな診療所では手に負えない。そこで隣人に農業用の三輪トラックを出してもらい、子どもたちとともに県城の平康（ピンカン）人民病院へ向かった。

侯貴平は道すがら気が気でなく、涙があふれるのを抑えきれなかった。翁美香をしっかりと布団にくるんでその手を握り、耳元で名前を呼んで持ちこたえさせようとする。しかし彼女は何も反応せず、身体はしだいに硬くなっていった……

一時間あまり揺られてついに病院にたどり着いた時、翁美香はもう虫の息だった。医師たちが何時間も救命措置を施したが、結局、命をとりとめることはできなかった。

農薬自殺だった。

侯貴平は救命室の前のベンチにへたり込んだ。ぐるぐると目が回り、頭は真っ白だ。どういうことだ？　なぜ農薬を飲んだ？

二日前の午後の翁美香の眼差しを思い出し、彼女の死はそれほど単純なことではないとおぼろげに感じた。

夜が明けてから校長と鎮役場の職員が病院に駆けつけ、事後処理にあたった。侯貴平は教育ボランティアに来た別の土地の大学生であり、地元には不案内なため何も手伝うことができず、子どもたちを連れて学校へ戻るように言われた。

子どもたちは侯貴平を囲んで三輪トラックの荷台に座り、じっと黙り込んでいる。女子の一人が耐え切れずに小声で泣き出した。二日前の午後の翁美香の視線が侯貴平の頭の中でずっと渦巻き、何もかもがたった一分前に起こったことのような気がする。

長い時間が過ぎ、こらえきれずに身震いをして座り直し、傍らの子どもたちに尋ねた。

「翁美香はいつ戻って来たか、知ってるか？」

「昨日の午後です」同じ寮の女子がすすり泣きながら小さく答える。

一昨日午後に車で連れていかれ、昨日午後に戻り、その夜に農薬を飲んだのだ。一日の間に一体何が起きたのだろう。考えれば考えるほど不安が募り、急いで聞いた。「いとこがいると聞いたことはあるか。背があまり高くなくて、角刈りで、黒い車に乗ってる」

「その人は……」女の子は鼻をすすった。「その人は美香のいとこじゃありません」

「じゃあ、誰だ？」驚いて尋ねる。

「それは……」口は開いたが、言い出せない。

傍らの男子がふいに言った。「そいつは小僧だ。村のチンピラだよ」激しい息づかいで、興奮している様子だ。

「小僧？　村のチンピラ？」半信半疑だった。

男子は答えず、ほかの子どもたちも黙ってうつむいている。

侯貴平は深い後悔に襲われて言った。「おととい授業が終わってから、そいつが翁美香を連れていったんだ。県城で二日ばかり遊んでくると言って……」

先ほどの男子がだしぬけに言った。「美香は小僧にいじめられたに決まってる」そう言うとまた頭を膝の間に埋めてしまった。

「いじめられた？」しばらく呆然としてやっと言葉を継いだ。「いじめられたって……どういう意味だ」

男子は答えず、周囲の女子も顔を伏せたままずっとすすり泣いている。

呆然と子どもたちを見つめたが、誰も目を合わせようとしない。

荷台は沈黙に包まれ、三輪トラックのエンジン音だけが鳴り響いていた。


車を降りると侯貴平は運転してくれた農民を呼び止め、小僧と呼ばれる男のことを尋ねた。農夫は決まり悪そうに軽く笑った。「そいつは岳軍といって、このあたりで有名なチンピラだよ。侯先生、くれぐれもあいつと関わっちゃなんねえよ、凶暴な奴だから」それだけ話すと、もう何も言わなかった。

どうすればいい？　その小僧に対しては、誰もが避けて通ろうとしている。侯貴平にもどうすればいいかわからなかった。彼はただの大学生であり、ここは辺境の農村で、教科書通りに対処できない物事が多すぎた。

ベッドに横たわって目を閉じると、翁美香のあの失望の眼差しが絶えず浮かんでくる。

苦痛のあまり拳を握り締め、二日前の午後に起きたことをすべて思い出そうとした。

ふいにあの日、教室で翁美香が日記をつけていたのを思い出した。もしかすると……何か書き残していたかもしれない。

すぐに教室へ駆け戻り、彼女の机の中に日記帳を見つけた。そこからわかったのは、小僧が数日前にやってきて、金曜夜に県城へ連れていくと言ったこと、怖いが、断る勇気もないということだった。

県城で何をするつもりなのかは書かれていなかったが、子どもたちが漏らした情報をつなぎ合わせ、葛麗（ゴー・リー）のことも考え合わせると……侯貴平はすぐに日記を閉じ、県城へ向かうトラックに相乗りして、平康県警察署に通報するとともに翁美香の検視を要求した。

13

一週間後、外はうららかに晴れ渡っていた。侯貴平（ホウ・グイピン）の恋人の李静（リー・ジン）が彼を訪ねてきて、二人は数ヵ月ぶりに楽しい時を過ごした。

「手紙で言ってたことはどうなったの？」李静は彼の目を見つめて優しく尋ねた。

侯貴平は眉を寄せて真剣に答える。「警察署が検視をして、翁美香（ウォン・メイシャン）は処女膜が破れていたことがわかった。それに膣から精液が検出された。翌日に小僧が捕まったよ。でも翁美香はもう戻ってこない。今でも思い出すたびに悔やまれてならないんだ」

「どうして？」

侯貴平は少し言葉を切った。「この一週間、目を閉じるたびにあの子の最後の目つきが浮かぶんだ。あんなふうに立ち去るのを見ていただけなんて、きっと僕という教師にがっかりしたに違いない。きっとすごく……」

話しているうちに目元が赤くなり、やがてむせび泣き出した。「明らかに何かおかしいと思ったし、車に乗りたがってないのもわかってたのに、何もしなかった。僕は……」顔を上げ、涙が頬を流れるのを拭(ぬぐ)いもしない。

李静はその肩をそっと叩き、ため息をついた。「赴任してたった数カ月でこんなことになるなんて。知ってたら来ないで、来年卒業してから仕事を探した方が良かったのに」

侯貴平は苦笑して首を横に振った。「来たことは後悔してないよ。普通に卒業するだけだったら、弁護士や裁判官や検察官として、毎日書類と向き合ってたかもしれない。でも書類の裏にある物語は知らなかっただろう。今回の経験で、本当の世の中の現実とは何なのかがようやくわかったよ」

「トラウマになったりしないよね？」李静が気遣う。

侯貴平はため息をついて背筋を伸ばした。「もちろんなるわけがないよ。法律の専門家として、遅かれ早かれ世の中の暗い側面には向き合わなきゃならないんだ。その程度の勇気もないなら、専門家たる資格なんてないだろ？」

侯貴平が前向きになったのを見て、李静は嬉しくなってからかった。「まだ卒業してないのに、もう専門家になったつもり？」

その時、突然、せわしなく戸を叩く音がした。

侯貴平が「どなたですか」と声をかける。

外から「侯貴平さんはいますか。警察の者です。調査に来ました」と答えがあった。

急いで開けようと立ち上がる。鍵を回した途端、戸が勢いよく押し開けられた。侯貴平はぶつかってよろめき、反応する間もなく、入ってきた人物に蹴り倒された。

「ただの学生が、警察にチクってんじゃねえ！　こうしてやる！」

入ってきたのは小僧の岳軍（ユエ・ジュン）で、駆け込みながらわめき散らしている。

岳軍は百六十五センチほどの中背だ。侯貴平は百八十センチの長身で身体も丈夫だったが、不意をつかれて蹴り倒されてしまった。カッとなって起き上がり、つかみかかると岳軍を外へ押し出した。二人はおもてに転がり出て殴り合った。

李静は突然のことに驚いて慌てふためき、「やめて」と何度も叫んだが、二人を止めに入ることもできない。

付近の農民たちが声を聴いて駆けつけたが、取り囲んで口々に諫（いさ）めるだけで、取っ組み合う二人に割って入ろうとはしなかった。

岳軍は名の知れたごろつきだけあって、殴り合いは日常茶飯事だ。侯貴平はしたたかにパンチを喰らい、目を回して倒れた。岳軍はさっと馬乗りになると、繰り返しビンタを浴びせ、悪態をついた。

「こんなザマで俺様を売ろうってのか！　言っとくがな、俺様はもう出てきたんだ、翁美香に手を出したらどうだってんだ？　てめえに何ができる？　てめえなんか俺様一人で片づけられんだよ！」

李静は驚いて全身を震わせ、壁の隅に退(しりぞ)いて泣くばかりだ。

岳軍は続けざまに数十発ビンタをお見舞いするとようやく気が済んだらしく、立ち上がってまた何度か蹴り、罵った。「今日は勘弁してやるよ、さっさと都会の学校へ失せるんだな！　教えてやるよ、俺様には後ろ盾があんだ、今度ちょっかい出したら殺すぞ！」

言い終えると、背を向けて大威張りで立ち去った。取り囲んでいた農民たちが慌てて侯貴平を助け起こし、中へと連れていく。

李静は真っ赤に腫れ上がった彼の顔を見て、思わず声をあげて泣き出した。

侯貴平は彼女の頭をなで、慰めるように小声で言った。「大丈夫、僕は大丈夫だ」

14

また一週間あまりが過ぎた。

「今日また平康警察署に行ってきたよ」侯貴平は村で一台しかない公衆電話の前で、受話器に向かって疲れたように言った。

「警察は何て?」電話の向こうの李静は尋ねた。

「すごくいい加減なんだ。捜査をして、岳軍の容疑はもう晴れたと言ってる。翁美香は強姦されたんじゃないかと聞いたら、精液は検出されたが、強姦だったかほかの状況だったかは捜査が必要だと言うんだ。刑法をわかってないよ。十四歳未満の少女と性的関係を持てば強姦なのに、まだほかの状況だなんて! 岳軍はあの子を丸一日県城で連れまわしたんだ、奴の精液じゃなかったとしても、何があったかは知ってるはずだ。どうして捜査をやめたのかわからないよ」侯貴平は肩を落とした。

電話の向こうで長い沈黙が続き、李静のため息が聴こえた。「やっぱり戻ってきたら?

そこに居続けるのは良くないよ」

「そんなことできるわけないだろ？　翁美香はこのまま無駄死にするのか？　あの子は僕の教え子なんだ、僕が守ってやれなかったからこんなことになったんだ！」

「あなたのこと、張先生に話したの」張超は二人のクラスの指導教授だった。「先生もまず戻ってきた方がいいって言ってた。それが嫌だったら、このまま四年に進級してもいい。ほかのよその地域のボランティアを手配してくれるそうよ。それが嫌だったら、このまま四年に進級してもいい。まだ学生だから、世の中のことを何もかも単純に考えすぎる、田舎の小さい土地では法律の認識が薄いんだ、って。それに、告発されたと岳軍が知ってたのは、警察の内部に情報を漏らした人がいるってこと、きっと不正行為があるんだとも言ってた。安全のために、すぐに戻ってきてほしいって」

侯貴平は首を振った。「ダメだ、帰れない。今でも目を閉じると翁美香の顔が浮かぶんだ。君にこの気持ちはわからないよ。あと一歩であの子を助けられるところだったんだ。法律によって正義を取り戻してやることができずに、あんなふうにむざむざと死なせてしまうなら、僕たちが法を学ぶのは一体何のためなんだ」

李静はしばらく沈黙し、ため息をついた。「最近、岳軍はまた仕返しに来てない？」

「いや。来ても僕は怖くない」侯貴平は歯ぎしりをした。

「今日また警察に行ったのなら、また岳軍に知られるかも……また手を出しに来るかもしれない……」

「ちょうどいい」侯貴平は軽蔑の表情で拳を握り締めた。「心配いらない。せいぜい喧嘩になるくらいだ」

「もうあの人にちょっかい出しちゃダメよ、向こうは地元なんだから。仲間を連れてきたり、武器を持ってきたら、私……心配なの……」言い終わる前から、耐え切れずにすすり泣き始める。

「それはこっちも考えて、準備してる。僕は怖くない。本当にどうにかなんてできるわけがない。もし僕を殺しでもしたら、地元の警察だってかばい切れないよ」

「そんなこと言っちゃダメ……」電話の向こうはもう涙で言葉にならない。

侯貴平は深呼吸をして、真剣に言った。「もし自分で経験したことじゃなかったら、この事件は僕にとってはただのニュースで、少しつらい気持ちになった程度だったと思う。でもこれは自分の身に起きたことなんだ、傍観なんてできない。このまま大学へ戻ったら、翁美香の死は誰が責任を取るんだ？　きっと一生後悔するよ」

「でも何度も警察へ行ったのに何も効果がないじゃない。この上、何ができるの？」

「県警察署でダメなら市警察署がある。市警察署でダメなら検察院がある。この何日か調べてて、いくつか変なことに気づいたんだ。最初に考えてたほど単純な話じゃないかもしれない。葛麗（ゴー・リー）の妊娠の件も含めてね。もう少し時間をくれ、必ず真相を見つけるから」

侯貴平は確信があるように受話器を握り締めた。

15

二〇〇一年十一月十六日、金曜日。

およそ半月前、侯貴平（ホウ・グイピン）は独自の調査を通じて重要な証拠を手に入れ、翁美香（ウォン・メイシャン）の死の背後にあるいくつかの手がかりをつかんだ。平康（ピンカン）県警察署の責任逃れの姿勢を考え、そこに証拠を渡すのはやめて県検察院に行った。対応した主任は詳しく話を聞いて資料に目を通すと、大きな衝撃を受けた。

一週間後、侯貴平は再び検察院を訪れて捜査結果を尋ねた。対応したのは同じ主任だった。今回は小会議室に通され、ドアを閉めた上で捜査はできないと告げられ、大学へ戻ってもうこの件には関わらない方がいいと勧められた。

侯貴平はひどく失望したが、諦めなかった。その日、休みを取ると、早朝から車で清（チン）市へ行き、清市警察署で同じ証拠を提出して状況を話した。担当者は、上層部に報告してから対応する、その際は連絡すると答えた。

苗高郷(ミャオガオ)に戻ったのはもう夜だった。冷たい空気を深く吸い込み、速足で学校へ向かう。寮へ近づくと人影がうろついているのが遠目に見えた。中背の人物で、見覚えがある。警戒して足を止め、目を凝らすと小僧の岳軍(ユエ・ジュン)で、向こうも同時にこちらに気づいた。冷静に周囲を見回すとそばに落ちているレンガが目に入り、もし手を出してくるならすぐに拾い上げて頭に叩きつけてやろうと身構えた。

だが岳軍は武器ではなく、片手に酒を二本、反対の手に料理の包みをいくつか提げて、満面の笑みで駆け寄りへつらった。「侯先生、やっとお帰りで。こないだは俺が悪かったっす。今日はお詫びに来たんすよ。ささ、中で話しましょ」

侯貴平は一体どういう冗談なのか見当がつかず、相手を冷たく眺めた。「何をするつもりだ」

「先生はよそ者(もん)だから、ここらの決まりをよくわかってないんすよ。ここらじゃ、どんな理由だろうと誤解があれば殴り合う。腰を下ろして一杯やって詫びを入れればそれで仲直りってわけです」

「おまえと仲直りだって？　冗談はよせ」彼は容赦なく拒絶した。

「あんた――」岳軍は一瞬顔色を変えたが、すぐに笑顔に戻った。「侯先生、翁美香のことは本当に俺とは関係ないんすよ。中でゆっくり話を聞いちゃもらえませんか？」

岳軍の狙いがわからず、ためらっているうちに半ば無理やり部屋に引きずり込まれた。

部屋に入ると岳軍はいそいそと料理を並べ、酒を開け、袋から大きなコップを二つ出すと酒を注ぎ、一つを手に取った。「侯先生、こないだのことは完全に俺が悪かった。俺は学がないが、先生は大学生でしょ、俺なんかのことは気にしないでください。もし納得いかねえなら、包丁で叩き切ってくれてもいい。絶対に抵抗しませんから、それでチャラってことでどうすか？」

侯貴平は眉を寄せて言った。「今日は何のつもりで来たんだ」

「謝りに来たんだって。お詫びのしるしにまずこいつをいただきますよ」言い終えると一口でコップを空にし、再び酒を注ぐと手に取って差し出した。「さ、一献差し上げますよ。度量がおありなら、こいつを飲んでくれないと」

そう言うと、こちらが黙っているのを見て、コップを掲げて待ち受ける。

しばらくにらみ合った後、侯貴平はため息をついてコップを手に取り、怒りを無理やり抑え込むように一口飲んだ。

「侯先生、今日、市警察署へ行ったんでしょ」

呆然とし、たちまち顔が紅潮した。「どうして知ってる？　尾けてたのか？　市の警察にも知り合いがいるのか？」

岳軍はしきりに手を振った。「先生を尾けたりしませんよ、ましてや警察に知り合いなんかいやしません。こういうことっす、全部教えてくれる人がいるんすよ。先生がどこへ行って何をしようと、あの人たちはみんな知ってるんす」

「あの人たちって?」

「そいつは言えませんよ、俺はボスのために働いてるんでね。翁美香のことは俺とはこれっぽっちも関係ありませんよ。ああいう子は普段、村でも誰にも面倒を見てもらえずに、食べるもんにも着るもんにも困ってる。俺はあの子たちを県城に連れてって、食わせてやって、遊ばせてやってんだ。自殺するなんて思いもよりませんよ。ちょっとことがでかくなっちまったから、先生と話すように言われたんす。これからは絶対に、二度とあんなことにはなりません。先生、大目に見てくださいよ、もうあちこち触れ回らないで」言いながら、上着の内ポケットから封筒を取り出す。

「三千元あります、ほんの気持ちってことで……」

侯貴平は怒りが頂点に達し、差し出された封筒を叩き落として冷ややかに叫んだ。

「金で買収しようっていうのか? 人が死んだんだぞ、人が!」

岳軍はさっと顔色を変えたが、無理やり怒りを押しとどめ、かがんで封筒を拾い上げると、言葉を続けた。「侯先生、みんな世の中で暮らしを立ててんすよ、そんなバカ正直になることないっしょ。言っときますがね、うちのボスはたんまり金があんだ、欲しいだけ言やあいい。二度と告発しねえなら、もっと多くたってかまやしない。俺はただの使い走りだ、もしこの件をうまくまとめられたら、俺だってご褒美(ほうび)をもらえんだ。侯先生のご厚意は忘れやしませんよ。もしここで教え続けたいなら、苗高郷じゃあんたに指一本触れさせないって約束しますよ」

侯貴平は歯ぎしりをして首を横に振った。「そんな必要はない。これで終わりにすることなんてできない。人の命に関わってるんだ、ましてやあの子は教え子だ。あの日、おまえがあの子を連れていくのを見ていた。本当なら止められたのに、そうしなかった。あの子の最後の目は一生忘れない。金で僕を言いなりにできると思うな！」

そう言うと怒りを露わにし、酒瓶を手に取って自分のコップを満たすと一息で飲み干した。

岳軍は笑った。「侯先生、先生は大学生で、前途は無限だ。ほんとの話、世の中ってのはそんなに簡単じゃない。この件には関わっちゃいけませんよ。そもそも関わりきれるもんじゃないし、これ以上いけば面倒なことになるだけだ。県にも市にも何度も行って、関わろうって人がいましたか？　これ以上触れ回ったって何の結果も出やしない。なんだってみんなを面白くない目に遭わせようとするんです？」

侯貴平は拳を握り締め、テーブルを強く叩いた。「それは脅しか？　そんな言い分には屈しないぞ。県や市でダメなら、省へ行ってやる。省でダメなら、中央政府へ行く。おまえたちの悪事は絶対に明らかにしてやる」

岳軍は冷たく笑った。「いいっすよ。俺はただ言われた通りに伝えただけ、いいことも悪いことも知らせましたよ。どうするかは先生自身で考えるんすね」

「その汚い金を持って出ていけ！」侯貴平は怒鳴りつけた。

岳軍は鼻を鳴らし、封筒を仕舞うと戸を開けて出ていった。

一人になっても侯貴平はしばらく怒りが収まらなかった。考えれば考えるほど気が沈み、テーブルの酒を取って八割がた空(から)になるまで立て続けに何杯も飲んだ。赤い顔で荒い息をつき、ポケットからペンを取り出すと、便箋を広げて書きつけた。

静(ジン)へ

証拠をいくつか手に入れた。翁美香の件は思っていたよりずっと複雑だ。犯人には大きな力があり、僕は平康(ピンカン)に長くいられなくなった。奴らにどうにかされることは心配してないが、この件は平康では対処できない。早いうちに大学に戻らなければば。大学は法的環境が整っている。帰ったら必ず省警察庁と省検察院に報告して、被害に遭った子どもたちに手向けるつもりだ。明日の朝、残りの授業の手配をして、午後に江市（ジアン）に戻る。

貴平

二〇〇一年十一月十六日

書き終えると酒が回ってきて、全身が熱くなったように感じた。手紙を封筒に入れて切手を貼ると、寮を出て校門の前のポストに投函した。

連なる山々を覆う暗い夜空を眺めながら、侯貴平はやり場のない怒りに身を震わせた。以前はこの夜空に黒い宝石のような静けさと美しさを感じていたのに、今この時ふいに、この暗闇は底知れないほど深く、一筋の光もないように思った。

ゆっくりと部屋へ向かったが、灼けつくような全身の熱さは変わらず、鼓動がだんだん速くなってきて眩暈（めまい）もしてきた。小僧が持ってきた酒はずいぶんきついな、と彼は思った。

部屋に入ると石炭ストーブをつけて湯を沸かし、よく身体を洗って頭をはっきりさせ、最後の夜をぐっすり眠ろうと考えた。明日引継ぎを終えたら、この土地を離れるのだ。

その時突然、戸をそっと叩く音がした。

警戒して振り向く。「誰だ」

「侯先生、私です。家にお湯がなくなってしまって。分けてもらえませんか」女の声が伝わってくる。

侯貴平はほっとして立ち上がり、戸を開けた。立っていたのは学校のそばに住む若い寡婦、丁春妹（ディン・チュンメイ）だった。髪を無造作なポニーテールにし、白いVネックのセーターを着ている。襟ぐりが大きく開いて真っ白な肌が露わになり、ふくよかな上半身の肉づきがはっきりとわかった。

それを見て侯貴平の胸はドキドキと高鳴り出した。真っ暗闇の中、独身の男と寡婦が一緒にいるのはどこか不自然な気がして、仕方なくきまり悪げに挨拶をした。

彼女は燃えるストーブを見てほほ笑んだ。「侯先生、お湯を沸かしてるんですね。うちは薪（まき）がなくなってしまって。身体を洗うお湯を沸かしたかったんです。分けてもらえませんか」

「ああ……持ってってください」

「それじゃ、ポットをお借りしますね」

彼女はしなやかな足取りでテーブルの下のポットに近づき、手に取ろうとした。侯貴平はよけたが、丁春妹はふいによろめき、胸の中に倒れてきた。

彼は面食らって身体がこわばり、酒臭い息を荒々しく彼女の顔に吹きかけた。
彼女は突然、彼をぎゅっと抱き締め、手を下着の中へと差し込んできた……

16

「侯貴平（ホウ・グイピン）は親のいない女の子に性的虐待をして、女性を強姦した末に、怖くなって入水自殺したと？」厳良（イエン・リアン）は資料のファイルを閉じ、デスクの向こうにいる趙鉄民（チャオ・ティエミン）と目を合わせた。

趙は頷いた。「わざわざ平康（ピンカン）警察署に人をやってその資料を取って来させたんだ。事情を知ってる大学の先生にも確かめた。当時は平康警察が大学に事件を通知したんだが、江華（ジアンホア）大学の学生たるものがボランティア中にこういうことをしでかしたってんで、大学は世間への影響を考えて、過（あやま）ってダムに落ちて死んだと発表した」

捜査書類によると、二〇〇一年十一月十六日夜十一時、苗高（ミャオガオ）郷の丁春妹（ディン・チュンメイ）という女性が、ボランティア教員の侯貴平に寮の部屋へ連れ込まれて強姦されたと派出所に通報した。警官が寮に駆けつけると室内には誰もいなかったが、ベッドにまだ乾ききっていない精液を発見した。翌日、県の監察医が村に行って丁春妹の診察をした。警察は侯の部屋から女児の下着を発見し、そこからも彼の精液が検出された。鑑定の結果、下着は彼の担当クラスの翁美香（ウォン・メイシャン）という女子児童のものであり、数週間前に農薬を飲んで自殺していたことがわかった。検視の結果、彼女は死ぬ前に性的虐待を受けていた。三日目に村民がダムで一人の男の死体を発見し、鑑識により侯貴平であることが確認された。

丁春妹の膣内の精液と女子児童の下着の精液のしみはどちらも侯のものだった。村民の証言によると、彼は赴任中、極めてだらしない生活を送っていた。警察は、侯が女子児童に性的虐待をおこない、女性を強姦したと断定した。被害者が通報したため、怖くなってダム湖に身を投げたのだ。証人も物的証拠もそろっていた。

厳良は眉をひそめた。「この事件はおそらく問題がありますね」

「どんな問題があるってんだ。事実は明確で、証拠も十分だ」

厳良はかすかに首を振った。「表面的には問題はないように見えます。しかし、江陽（ジアン・ヤン）がなぜ検察官向けの冊子に侯貴平の名前と身分証のコピーを残していたのか。冊子は今年一月に出たもので、江陽は三月に死んだ。謎めいた殺人事件の被害者が、亡くなる少し前に十二年前の事件の容疑者の情報を残してる。注目すべきです」

資料を手に取り、書類を一枚ずつデスクに並べ、詳しく読んでいく。長い時間が過ぎてふいにあることに気づいた。「なぜ侯貴平の解剖報告書がないんですか」

「解剖報告書がない？」趙鉄民は驚いて書類を一枚ずつ手に取って見てから、訝しげに言った。「溺死とあるだけで解剖報告書がないのは妙だな」

厳良は顔を上げ、真剣な表情で趙を見つめた。「保管用の書類に一番大事な解剖報告書がないなんてミスは、めったに起こるはずありませんね」

趙は目を閉じて答えない。

「特捜にいる省高検の検察官から平康県検に問い合わせてもらってください。そっちにあるかどうか」

「検察には絶対にない」趙は首を振った。「容疑者が死亡してる以上、捜査は自動的に打ち切りになって、検察への報告義務はなくなる。侯貴平事件の資料は警察署でだけ保管されて、検察には渡らなかったはずだ」

厳良は厳しい顔で言った。「江陽が侯貴平の情報を残した以上、県検に行って調べるべきです。江陽はそこの検察官だったんですから。何か手がかりが残ってるかもしれない」

二日後、趙鉄民は慌てふためいて厳良を訪れ、一冊のファイルを手渡した。「平康県検に侯貴平事件の捜査書類があったぞ」

厳良は笑顔で受け取って尋ねた。「解剖報告書は？」

趙が頷く。「ある」

「何か問題でも?」

「ああ、見ればわかる」

厳良は急いでファイルを開き、侯貴平の解剖報告書をめくった。解剖所見に目を走らせてすぐに問題に気づいた。

「死体には原因不明の外傷が複数あり、胃内の水は百五十ミリリットルだった」とある。

眉をひそめる。「溺死だったら、胃の中の水が百五十ミリしかなかったはずはない」

「たったコップ一杯の水を飲んで溺れ死んだってわけか。そんなに簡単に人が死ぬかねえ」趙は冷笑した。

「この事件にはやっぱり問題がありますね」厳良は顔を上げて尋ねた。「手順通りなら警察で捜査打ち切りになるところなのに、なぜ検察に報告書があったんです?」

趙が首を振る。「県検の主な幹部はみんな近年異動してきたばかりで、誰も理由は知らなかった」

厳良は書類に詳しく目を通した。「検察と警察の書類は完全に同じものだが、警察の方には解剖報告書がない。解剖は警察の管轄なのに報告書がなく、検察にあるというのが奇妙だな」

趙は頷いた。

厳良は遠くを見るような目つきで言った。「もうわかったでしょう。張超（ジャン・チャオ）は俺たちを攪乱なんかしてなかった。こいつはまともな事件じゃない」

「つまり、張超はあえてあたしらに知らせようとしたってことか？　動機は？　十数年前のヤマのためにこんなに大きな代償を払って、自分から牢屋に入ったってのか？」

厳良は肩をすくめた。「わかりません。張超に聞かないと。だがたいした手がかりは何も聞き出せないでしょうね。今できるのは、引き続き侯貴平の件を調べることだけです」

趙鉄民は頷いたが、すぐに困惑の色を浮かべた。「特捜のほかのメンバーにもこの書類を見せたら、みんなこのヤマには問題があると言ってた。だがほとんどの奴は江陽事件をさっさと終わらせることだけ考えてて、十数年前の地方で起きたごく普通の殺人事件には労力を払いたがらん。このヤマに明らかな問題があっても、地元警察がもう結論を出してる以上、蒸し返せば多くの関係者にことが及んで、様々な圧力も受けるだろう」

厳良は即座に言った。「侯貴平事件は絶対に調査が必要です。それは疑うまでもありませんよ」

趙はますます渋い顔になった。「そいつは難しい相談だな。江陽のヤマがまだ落着してないのに、十数年前のヤマのために……」

「選択の余地はありません」厳良は真剣な眼差しだ。「侯貴平事件の真相がわからなければ、江陽事件はきっと永遠に解決できない。張超は江陽の遺品を調べろと言い、その結果、疑問だらけの古い事件が引っ張り出された。こいつは絶対に偶然なんかじゃない。侯貴平の死と江陽殺害、それに張超が供述を覆したことの間にどんな関係があるのか、今はわかりませんが、調べを進めればきっと手がかりがつながってくるはずです」

趙鉄民は指の関節を鳴らしながら長いこと考えた末に頷いたが、すぐさま顔をしかめた。

「だが侯貴平事件はもう十年以上経ってるんだぞ。今からどうやって調べるんだ」

「まず、報告書がなぜ検察院にあったのか。これは江陽と関係があるはずです。それから……」解剖報告書を手に取り、末尾の署名を指す。「検視責任者の監察医、陳明章(チェン・ミンジャン)を訪ねて当時の状況を聞いてください。さらに、当時の事件担当者から、明らかに殺害である解剖報告がなぜ入水自殺になったのかを聞くんです」

趙鉄民はしばし考えて頷いた。「人手がいるな。特捜は今、江陽事件にかかってる。みんな省政府機関の幹部で、階級はあたしより上だ。昔のヤマの捜査は命令しづらい。だがうちの署には何百人も人手があるから、部下に捜査にあたらせよう」

厳良はそれを聞いてほほ笑んだ。「こんなに騒がれてる事件で、省と市の三つの機関が特例でチームを組んでるんだから、普通なら班長は省警の人間がやるはずだ。趙さんみたいな刑事課長じゃ階級が足りない。なのに高棟さんはあんたを強く推した。その最大の理由は、階級が高い人間には部下が少ないからですよ」

趙鉄民は驚いて言った。「あたしに班長をやらせたのは、高さんの計らいだったのか?」

厳良は頷き、窓の外に目をやって呟いた。「高さんは一体何を知ってるんだ。この事件にどう関わってる?」

17

二〇〇三年、江陽（ジアン・ヤン）は平康（ピンカン）県にやってきた。

彼は幼い頃から優秀で、江華（ジアンホア）大学法学部に入学し、二〇〇二年に卒業した。当時は外資系企業が最も人気があり、次いで金融業だった。公務員の競争率は高くなく、彼は卒業前に清（チン）市検察院の試験を楽々とパスしていた。

清市は省西部に位置し、経済面では省内最下位だった。一流大学の法学部を出たエリートは同市検察院には来なかったため、江陽は職場で唯一の有名大学卒業生となった。ルックスが良く、明るい性格で、弁論もうまい。間もなく、価値ある女性——清市検察院の呉（ウー）副検察長の娘、呉愛可（ウー・アイコー）と恋仲になった。彼女も法律を学んでおり、大学を出たばかりで、ある法律事務所でパラリーガルをしていた。専門が同じで仕事でもしばしば顔を合わせたため、お互いへの好意は日増しに高まる。呉副検察長は数ヵ月間彼を観察し、腹を割って話もし、大いに気に入っていた。

江陽はすぐに職場の重点育成プログラムの対象者となり、すべては順調に進んだ。その年、呉副検察長は平康県検察院の検察長となり、江陽も県検捜査監督課の課長として赴任し、四人の部下を持った。この年齢では前例が少なく、誰もが彼の前途は明るいと感じていた。

大学の級友たちが卒業後にネットでグループチャットを開設し、彼も加わった。ある時、平康県検に勤めていることを書き込むと、李静（リー・ジン）という同期の女性がプライベートチャットを求め、仕事の状況を尋ねてきた。彼が捜査監督課にいることを知り、数日後に平康県に話をしに行きたいと言う。興味を持った江陽は用件を尋ねたが、彼女は答えず、ただ会って話したいと言うだけだった。

江陽は呉愛可に正直に打ち明けた。呉愛可と付き合っている手前、いらぬ面倒を起こしたくなかったのだ。場所は県城で唯一の洋食レストランに決まり、呉愛可は隅の席で「監視」し、江陽と李静はそこからさほど離れていない静かな席についた。

互いに挨拶を済ませると江陽は用件を切り出した。「わざわざ平康まで来るなんて、何の用だったの？」

李静はおもむろに口を開いた。「侯貴平（ホウ・グイピン）を覚えてる？」

「君の彼氏だろ？　もちろんだよ」江陽は眉をひそめた。「彼のことは残念だ。たしかこの平康だったね」

李静は黙って頷いた。

江陽は訝しげに見つめた。「もう何年も経つのに、どうして急に？」

李静は何度も迷った末に答えた。「ずっとわからないことがあって。でもあなたに迷惑なんじゃないかと」

「どんなこと？　言ってみて。同期の友達だろ、規則に違反しない限り手助けするよ」

「私……彼は溺死じゃないと思うの」

江陽は驚いた。「どうして？」

李静は唇を嚙み、しばらくして低い声で答えた。「殺されたのよ！」

「何だって？」驚いて上げた声に、呉愛可は耳をそばだてた。彼はすぐに我に返り、声をひそめた。「どうしてそう思うの？」

「亡くなった後、平康警察署が捜査書類を大学に届けにきて、事件のことを知らされたの。死因が何て書かれてたと思う？」

「川で泳いでて、不注意で溺れたんじゃないのか？」

李静はそっと首を振った。「親のいない女の子に性的虐待をして、女性を強姦した後で逃げて、湖で入水自殺したって」

江陽は目を丸くした。侯貴平の姿が頭に浮かんだ——背の高い明るい男子で、スポーツが好きで、情熱的で正義感にあふれていた。たしかクラスの男子が自動車泥棒を捕まえた時、犯人が殴られそうになっていたところに侯貴平が割って入り、警察に連れていったことがあった。あんなに公明正大で善良な男子学生が、性犯罪と結びつくだろうか。

李静の目のふちはかすかに赤くなっている。「絶対にそんなことするわけない。それに教育ボランティアに行ってた時に私も訪ねて行ったの。虐待した女の子っていうのは彼のクラスの子よ。私が行く前に農薬を飲んで自殺してた。監察医はその子が亡くなる前に性的虐待を受けたと言ってて、彼はそのことを何度も通報して捜査を求めてたの。なのにどうして彼がやっただなんて……」

「教え子の性被害を通報したのに、自分がやったことにされたんだね？」

李静はゆっくりと頷いた。

そこまで聞いて江陽の顔は曇った。

李静は続けた。「平康警察が事件を知らせてきた時、張超（ジャン・チャオ）先生は捜査書類を読んだの。その後で教えてくれた。書類には問題がある、解剖報告書には溺死だと書かれてたけど、胃の中には百五十ミリしか水がなかったって」

江陽はすぐには理解できなかった。「どういうこと？」

「張先生が言うには、もし溺死なら大量の水を飲んだはずだって。百五十ミリっていうのはたったコップ一杯分だから、溺死のわけがないって言うの」

「張先生はその疑問を向こうに伝えなかったの？」

李静は首を振った。「いいえ。先生に聞いたの。そうしたら事件には黒幕がいるはずだって。自分にもおかしいとわかるんだから担当の監察医はもっとはっきりわかってたはずなのに、最終的にそんな結論になったんだからと言ってた。侯貴平が通報した時に誰かがその情報を漏らしたのよ。先生は、地方では事件の結論を覆すのはすごく難しい、たくさんの人に関わるし、特にこういう疑問の多い事件はそうだって。私たちみたいな学生には実際の仕事の大変さがわからない、侯貴平はもう死んでる、捜査結果をどうしようと死んだ事実は変えられないって」

江陽は考え込んだ。検察官になって一年あまり、彼はもう世間を知らない無邪気な若者ではなく、仕事の難しさはよくわかっていた。明らかに疑問のある事件が様々な要因で適切に処理されないことは決して珍しくない。

李静は彼の表情を見つめ、しばらくして探るように尋ねた。「もしできたら、捜査書類を確認してもらえない？　本当に張先生が言ってた通りかどうか、解剖報告書の記録を見てほしいの」

「もし本当だったら？」

「あなたは……捜査監督課の課長なんでしょう。もしできたら……」言葉を詰まらせる。

「結論を覆して、彼の無実を証明してほしいと？」

李静が頷くと、こらえきれずに涙がこぼれた。「このことがあってから、彼のお母さんは精神に異常をきたして行方不明になってしまったの。お父さんは事件の後すぐに川に飛び込んで自殺した……」

李静が自分の恋人の前で泣いているのを見たためか、呉愛可がたまらずに近づいてきた。隣の席に座ったものの、様子がおかしい。李静は声もなく泣いているが、江陽はかしこまって座り、眉根を寄せている。呉愛可はそれほど厳しい彼の表情を見たことがなかった。

李静は何げなく傍らに目をやり、不思議そうな顔をしている呉愛可を見て面食らった。

江陽は慌てて気を静め、互いを紹介し、侯貴平の一件を呉愛可に語って聞かせた。

呉愛可は聞き終えるとみるみる怒りの色を浮かべ、やおら拳でドンとテーブルを叩き、鋭い声で言った。「それが本当なら、江陽、絶対に調べなきゃ！　無実を証明して真犯人を捕まえるのよ！」

江陽はまだ迷っていた。関係部門——警察の事件を調査しようとすれば、きっと大きな抵抗に遭い、多くの人の恨みを買うだろう。そのため彼は決心しかねていた。

李静は彼の迷いを察して唇を結んだ。「困らせてるのはわかってるの、ただ……彼はどうして死んだのかを確かめたいだけ。ほかには何も望んでない」

呉愛可が口を挟んだ。「確かめるだけでいいわけないでしょ、徹底的に調べないと！　江陽、何を迷ってるの？　それでも検察官なの？　調べないなら、お父さんに言いつけるから」

李静は怪訝そうに尋ねた。「お父さんって？」

「父は検察長で、江陽の上司なの」呉愛可は得意げに言った。

江陽は仕方なく苦笑して認める。

李静は涙を拭き、期待を込めて言った。「もし……もしほんとにできるなら、私――」

江陽はため息をついて答えた。「わかった、やってみるよ」

18

江市（ジアン）に戻るバスに李静（リー・ジン）を送っていった後、二人は帰宅の途についたが、江陽（ジアン・ヤン）は眉を寄せて黙り込んだままだった。

呉愛可（ウー・アイコー）は不満げに文句を言った。「どうしたの？　元同級生の事件なのに、手助けしたくないみたい」

江陽は心配を打ち明けた。「もし李静の言った通りなら、解決はさほど簡単じゃない。僕はまだ一年目だから、結論をひっくり返そうとしてやり損ねればたくさんの人の恨みを買うよ」

呉愛可は軽蔑したように彼を見つめた。「それでも検察官なの？　捜査監督課の課長なの？　冤罪事件を扱うのが仕事でしょう？」

江陽はやるせなくため息をついた。「実際はそれほど簡単じゃない。僕は……まだ事件の結論を覆したことはないんだ」

「だったらこれを最初にすればいいじゃない。何事にも最初はあるのに、何を迷ってるのか全然わかんない。もし冤罪なら、捜査監督課の課長としてもちろん後には引けないでしょ。法にのっとって処理すればいいことじゃないの？　何があってもきっとお父さんが助けてくれる。何を怖がってるの？　帰ったら言っておいてあげる、きっと応援してくれるから」

「でも——」

「でもじゃないの！」呉愛可はますます興奮し、足を止めて江陽をにらみつけた。「李静さんの話を聞いてなかったの？　侯さんは教え子の性的虐待被害を通報したのに、殺されて、死んだ後にその罪を着せられたのよ。お母さんは失踪して、お父さんは自殺してしまった。冤罪が一つの家庭を壊したのよ。こういうことを阻止せずに何が検察官なの？　あなたにはもうがっかりよ！」

江陽は歯ぎしりをして言った。「わかった、わかった！　仰せの通りに、全力で調査にあたります。これでいい？」

「私のためじゃなくて、あなたの検察官としての責任のためよ。何をするにも自分の利益ばっかり考えてるお役人にはなってほしくないの。そんな偽善者にはもううんざり！」呉愛可はまじめな顔で答えた。

江陽は深呼吸をして胸を張った。「わかった。検察官としての責任のため、この事件はすぐに調べる。中央規律検査委員会のお嬢様、今回はお許しください」

呉愛可は彼を見つめてしばらく真剣な顔つきをしていたが、ついにこらえきれず噴き出した。「まあいいわ。忘れないで、警察署にはビシッと決めて行くのよ。私に恥をかかせないでね！」


翌日、江陽は部下とともに平康県警を訪れ、侯貴平事件の捜査書類を請求した。対応したのは刑事部の李建国（リー・ジエングオ）部長だった。

李は四十歳ほどで、中背の身体はやや太っていたが、まだ十分にたくましかった。階級は江陽と同じだが、刑事部には人員が多く、下には刑事課もあり、計六、七十人の部下がいる。多くの人材の上に立つ人間として自然と幹部の風格が漂い、江陽のような小さな部署の課長とは比べ物にならなかった。

来訪の目的を聞き、相手がまだ青二才だと見ると、李建国は煩わしそうに言った。「侯貴平の事件はもう捜査が打ち切られた。書類は文書管理室に保管されてて、検察院には提出しなくていい決まりだ。調べてどうする？」

「通報を受けたので、この件について再調査をする必要があります」江陽は答えた。

李建国は眉をひそめた。「どんな通報だ？　誰がした？」

「それは答えられません」規則通りに返事をする。

李建国は鼻で笑い、露骨に冷淡な態度になった。「それならこっちも何も言えないな。事件はもう片がついたんだ。検察院が口を出すことじゃない。帰るんだな」

江陽は怒りをこらえ、ブリーフケースから閲覧請求書を出した。李建国は受け取って一瞥したが、そのまま返すと笑って言った。「俺に渡してもどうしようもない。文書管理は管轄外だ」そう言うと身を翻して立ち去った。

江陽は部下の前で恥をかかされ大いに腹が立ったが、警察署でぶちまけるわけにはいかない。仕方なく文書管理室へ向かったが、担当者は、刑事事件の捜査書類を閲覧するには李建国の署名が必要だという。

江陽はもう一度李を訪ねたが、事務室の刑事によると外出してしまったという。今回は手ぶらで帰るしかなさそうだった。

19

江陽(ジァン・ヤン)は捜査資料の閲覧すらこれほど面倒だとは思ってもおらず、あれこれ考えた結果、まず解剖報告書の調査から始めることにした。水面下で調べたところ、県警の解剖報告書はすべて監察医である陳明章(チェン・ミンジャン)が書いていることがわかった。そこで翌朝、早速訪ねていった。

陳明章は三十五、六歳で、眼鏡をかけた学者風の風貌だったが、どこか狡猾(こうかつ)さも垣間見えた。

江陽の用件を聞くと陳は肩をすくめた。「私に言ってどうする？　書類はすべて文書管理室にある。検察なら請求手続きが取れるだろう？」

江陽は眉間に皺を寄せて正直に打ち明けた。「そちらの文書管理室はあまり協力的ではないんです」

「それなら君の上司に言えばいい。君らは検察だ、警察の人間は君らを最も恐れてる。出せと言われて出さずにいられるか？」

江陽は辛抱強く求めるしかなかった。「陳先生、ちょっと融通していただけませんか。死因を確認してほしいんです。僕にとっては重要なことなんですよ」

陳明章は江陽をじっと見つめ、眉をひそめた。「文書規則通りにやればいいものをそうしないというのは、君は死んだ人間とどういう関係なんだ」

「亡くなった容疑者は僕の友人です。特殊な事件でしたから、陳先生もきっとご記憶にあるはずです、僕は――」

「待て待て、容疑者が君の友人だって？」

「大学の同級生でした」

陳明章はしばし考え、かすかに笑みを浮かべて尋ねた。「つまり、君は同級生の死因に疑問を持っているわけか」

「そうです。ですが、決して先生のお仕事を疑っているわけではありません。僕はただ――」

陳明章はさえぎり、あっさりと言った。「かまわん。仕事にはミスがつきものだ。私の仕事を疑ったとしてもどうということはない」ふいに身を寄せると声を殺して言う。「これは個人的な用件か、それとも仕事か？」

江陽はなぜ相手が態度を豹変させたのかわからず、仕方なく答えた。「今のところ個人的な用件ですが、もし証拠が見つかれば仕事として処理します」

「そうか……」頭をかいて、何か言いたげな様子だ。

江陽は慌てて言った。「ご安心ください、どんな結果だろうとご迷惑はおかけしませんし、今後もそうならないように努めます」

「誤解するな、迷惑なんてことはちっとも心配していない。私がそんな人間かね？　そうではなく、ただ……」陳明章はしかめ面をした。「個人的な用件なら、手助けするのは業務外の個人的な時間を使うことになる。私の時間はとても貴重なんだ。俗に、時は金なりと言う通り……」

江陽は意図を察し、仕方なく言葉を継いで尋ねた。「いくら欲しいんです？」

「いやいや、何と言うか」陳明章は片手を伸ばしてひらひらさせた。「これでいいなら、ちょっと調べてやろう」

「五十？」

「ハハハ、そいつは、わかるだろ、今は物価が急に上がってるからね」

「五百？」江陽は目を丸くした。

陳明章はヘヘッと笑い、申し訳なさげに頷く。

江陽は歯を食いしばった。「わかりました！」

陳明章は嬉しそうに笑い出した。「誰を調べたい？　仕事が終わったら連絡しよう」

「二年前に苗高郷（ミャオガオ）で溺死した、ボランティア教員の侯貴平（ホウ・グイピン）です」

「侯貴平？」陳明章はさっと顔色を変え、慌てて首を横に振った。「それはダメだ」

その反応に何ごとかを察し、江陽は相手をじっと見つめた。「なぜですか。この事件には何があるんです？」

陳明章はまじめに言った。「その事件は確かにいわくつきだ。五百じゃダメだ、値上げせんとな。一千だ！」

「なんですって？　一千元は僕のほとんど一ヵ月分の給料ですよ！」江陽は思わず叫んだ。

陳明章は続けざまにシッシッと言って声を出すなという身振りをし、周囲を見回して小声で言った。「私は専門家だから、たまにその分野で個人的な用件を受けるのは規則違反にはならない。だが聞こえがいいものでもないんだ、声を落とせ。あのな、この県には私と弟子の二人しか監察医がいない。年間で三、四十体の死体を見るんだ、そんなに多くの名前は覚えてられん。その中で侯貴平の事件は確かに特殊だった。しかし私という人間は情に厚いから、友達価格ということで、八百でどうだ？　それでいいなら侯貴平の解剖報告書に加えて、お値段以上の重要な情報を渡してやろう」

江陽はじっと考え込んだ。相手の口ぶりからして、遺体の情報以外にも何らかの事実を知っているようだ。この事件にはきっと大きな裏があるに違いない。真相解明に全力を尽くすと呉愛可（ウー・アイコー）に約束した以上、始めた途端に諦めたらおそらく彼女は許してくれないだろう。給料のほとんど一カ月分は痛かったが、ほかに金を使うあてもない。迷った末にやむなく承諾し、陳明章と夕食の席で会う約束をした。

20

江陽（ジアン・ヤン）はレストランの個室でじりじりしながら待っていた。ドアを半開きにし、何度も外に目をやる。

陳明章（チェン・ミンジャン）が入ってきて、さっと椅子を引いて腰を下ろすと前置きもなく言った。「どうだ、金は用意できたか？」

江陽がしぶしぶ金を出すと、陳明章はほっとした様子で受け取り、ポケットに入れると上から軽く押さえて満足げな顔をした。

江陽は勢い込んで尋ねた。「陳先生、例の件は……」

「安心しろ」にこやかにカバンから一通の書類を出す。江陽が手を伸ばすと素早く引っ込め、テーブルの上に置いて真剣に言った。「警告しておくぞ。君が帰った後、事件のその後について調べた。君は侯貴平（ホウ・グイピン）とは友達だと言ってたが、実際、事件とはさほど関係がない。どうしてもこの報告書を見るのなら、今後、君にとって面倒なことになる。今、諦めるなら、金は返そう」

江陽は迷ったが、呉愛可（ウー・アイコー）の断固とした表情を思い出し、覚悟を決めて答えた。「かまいません。ください」

「ああ……もちろんかまわないが、差し支えなければいくつか質問に答えてくれないか」

「どうぞ」

「侯貴平の事件についてどの程度知っている？」

「捜査書類は見ていません。僕が知っているのは、県警が大学に通知した内容だけです」

「県警は大学に何と言った？」

「侯貴平は平康（ピンカン）でのボランティア中に親のいない女子児童に性的虐待をして、女性を強姦し、湖で入水自殺したと」

陳明章の目尻がピクリと跳ねた。「そう言ったのか？」

江陽は頷いた。

陳明章は唇を噛んだ。「うちの文書管理室に書類を請求したんだな？」

「はい」

「なぜ見られなかった？」

「担当者が言うには、李建国（リー・ジエングオ）刑事部長のサインが必要だと」

陳明章は眉をひそめた。「奴がサインをしなかったのか？」

「この件は文書管理室の管轄だと言われました」

陳明章は頷いてしばし考え、また顔を上げるとほほ笑んで尋ねた。「もし侯貴平が溺死じゃなかったらどうするつもりだ」

「本当にそうじゃなかったんですか」江陽は座り直した。

「溺死だったとは一度も言ってない」陳明章は冷笑した。

「ですが、解剖報告書はそう書かれていたと聞きました」

陳明章は軽蔑したように言った。「あの結論は私が書いたものではない」

「しかし、平康の刑事事件の解剖報告書はすべてあなたが書いてると聞いてます」

「簡単なことだ。誰かが私の結論を書き換えたんだ」

そこまで聞くと、江陽は事態が予想より深刻なことを悟ってしばらく黙り込んだ。

陳明章は軽く笑い、そんな彼を眺めた。「これでもまだ、本物の解剖報告書を手に入れたいか？」

江陽は考えに沈んだ。生易しいことでないのはわかっている。解剖報告書の偽造は重大な職務違反だ。追及を続けるべきなのか？　自分のような若い検察官にたいした経験はなく、ましてや人脈など言うまでもない。呉(ウー)検察長に抜擢されて課長になった今、平穏に仕事を続けていけば将来は安泰なはずだ。だが地元の複雑な事情に足を取られたら、どんな結果であろうと前途に影響するかもしれなかった。

陳明章は江陽を観察して冗談交じりに言った。「君のことは私もいくらか聞いたよ。恋人は県検の呉検察長のお嬢さんだそうじゃないか。道理で大卒後すぐに課長になれるわけだ、大きな後ろ盾があるんだからな。当然、死んだ人間のために働くまでもないだろう」

その言葉に江陽は引っ込みがつかなくなり、顔を紅潮させて唇を嚙んだ。「その解剖報告書の正確性は保証できますか」

陳明章は笑った。「絶対に確実だ。自慢じゃないが、専門分野に関して私は極めて優秀だ。法医学の博士号を持ってる。地元の出身で両親の面倒を見る必要がなかったら、平康なんて田舎で働くものか。私の腕は大都市の警察の監察医にも劣らん。だからこの報告書の正確性についてはおおいに安心してかまわない」

「わかりました。買い取ります」江陽はきっぱりと答えた。「この事件は僕が調べます。捜査監督課の検察官として、こういう明らかに疑わしい事件は調査しなければなりません」

「いいだろう、では解剖報告書は君のものだ」陳明章は笑って書類を手渡すとおもむろに言った。「私の結論ははっきりしている。侯貴平は溺死したのではなく、殺害された。水に入る前にすでに死んでいたか、溺死の状態だった。胃の内部には百五十ミリリットルしか水がなかった。身体には複数の外傷があったがどれも致命傷ではない。直接の死因は窒息だ。首に絞められた痕はなく、唇に傷があった。おそらく布などを無理やり押しつけられたんだろう。結論は以上だ」

江陽は報告書に目を通すと傍らに置いて尋ねた。「なぜ元の解剖報告書を持ってるんですか。書類はすべてファイルに綴じて、文書管理室に置かれるはずでは?」

「いい質問だ」陳明章は思わず笑い出した。「そもそもは李建国部長が侯貴平の遺体を運んできた。私がまだ結論を出していないうちに、あいつは侯貴平が自殺したと触れ回った。のちに訪ねていって私の見立てを告げた。だが言い終える前に向こうは、侯貴平は自殺だ、その通りに書けと言ってきた。明らかに偽証の強要じゃないか。将来、事件が見直された時、解剖報告書に問題があるとなれば私の責任だろう? だからきっぱり断った。さんざんうるさく言ってきたが、最後には、解剖の過程だけを書けばいい、結論は自分が書く、責任はすべて自分が負うと言い出した。李は刑事部長だ、ここじゃあいつが黒だと言えば黒なんだ。私にはどうしようもない。言われた通りに書くしかなかった。だから文書管理室の解剖報告書に侯貴平は溺死だと書かれていたなら、それは李建国が書いたものに違いない」

不可解だった。「それじゃ、あなたのこの報告書の原本は？」

陳明章はにこやかに答えた。「結論はあいつが代筆したが、今後、再調査された時に、私らが共謀して偽造したことにされたら災難じゃないか？　だから自分でもう一通書いて、サインも捺印もして、ずっと保管しておいた。私の無実の証拠としてね」

陳明章がそうした理由は江陽にも理解できた。しばらくしてまた尋ねた。「侯貴平の性的虐待と強姦容疑について、どの程度ご存じですか」

「性的虐待については、彼がやったかどうかはわからない」

江陽はまた訝しげに彼を見つめた。

陳明章は言った。「侯貴平の死体が発見される前日、刑事が女児の下着を届けてきた。そこには精液のしみが付着していた。死体発見後に精液を採取して比較した結果、両者のDNAは一致した。だが下着のしみだけでは彼がやったとは言えない。その子の解剖は私がおこなった。膣から精液を採取したが、侯貴平の精液とは比較していない」

「なぜですか」

「侯貴平が死ぬ数日前に何者かが検視室に押し入り、いくつかの物が紛失した。女児の身体から採取した精液もなくなった」

江陽は驚いて言った。「なぜ警察署の検視室に泥棒が入るんです？」

「泥棒がやったのかどうかは、証拠がないから結論を出すのはやめよう」陳明章は笑った。「だが、彼が女性を強姦したのは事実の可能性がある。女性が被害に遭った翌日早朝、私は苗高郷（ミャオガオ）に行って彼女の診察をした。採取した精液を侯貴平のＤＮＡと比較したところ一致した。彼は確かにその女性と性行為をしたんだ」

江陽が押し黙ると、陳明章は察したように笑った。「強姦犯のために事件を再調査すべきかどうか考えてるのか？」

江陽は黙って頷いた。

「だが私の結論は侯貴平とその女性の間に性的関係があったことを証明できるだけで、それが強姦だったとは断定できない」そう言うと陳明章は背筋を伸ばした。「これからどうするかは君次第だ」

江陽は陰鬱な面持ちで頷いた。「どうであろうと、感謝します」

陳明章は金の入った胸元を叩いた。「遠慮するな、人助けだ」

そんな彼を見つめて尋ねる。「こんなにたくさん内情を明かして、ご心配では……あなたにご迷惑がかかるんじゃありませんか」

陳明章は見下げたという顔をした。「心配することなどあるものか。第一、監察医は現場では技術職で、比較的独立した部署だ。せいぜい上司に疎（うと）ましく思われるだけで、どうにかされるわけじゃない。それに、余計なことをしたといって私を異動させたとしてもどうってことはない。元々、安月給なんだ。そうでなければこっちだって個人的に仕事を受けたりするものか。私はほかにも色々な方法で金を稼いでいる。監察医を辞めても多くの職場が列をなしてる。まだこの仕事を続けてるのは、少しばかり仕事に理想を持っているからというだけだ」

その時、江陽はふいにあることに思い至り、急いで尋ねた。「そうだ、侯貴平の件以外にも、もう一つ何か——」

「お値段以上の重要な情報だ」陳明章は覚えており、何度か咳払いをして、モナ・リザのように謎めいたほほ笑みを浮かべた。「さっき、色々な方法で金を稼いでると言ったが、その一つが株だ。中国の株価は二〇〇一年のピークを最後に二年以上、下がり続けている。もし金があるなら貴州茅台酒（マオタイしゅ）*の株を多めに買うといい。五年、十年持ってれば一儲けできるぞ」

江陽は萎（しぼ）んだ風船のようにがっくりとした。「それがあなたの言ってた重要な情報ですか？」

「そうだ。信じなかったら十年後に必ず後悔するぞ。おい、勘定を頼む。何だって！　消毒済み食器にも一元取るのか。そんなに一生懸命稼ぐ必要があるかね？」

＊原註　貴州茅台酒　貴州茅台酒は二〇〇一年の中国A株市場上場後に株価が上がり続け、現在〔本書原作の刊行は二〇一七年〕は百倍以上になり、投資家から「中国株の王」と称賛された。

21

一台のSクラスのベンツが江市(ジアン)警察署の前庭に進入するとゆっくり停止し、車から一人の男が降り立った。四十代ぐらいで眼鏡をかけ、カジュアルなファッションに身を包み、軽快な足取りで建物に入ってくる。

趙鉄民(チャオ・ティエミン)は一面ガラス張りの窓越しにその人物を指さした。「客が来たぞ」

「彼が監察医の陳明章(チェン・ミンジャン)ですか？」厳良(イエン・リアン)は意外そうな顔をした。

趙は笑って答えた。「監察医の微々たる収入でどうしてベンツになんて乗れるんだ、って思ってるな？　陳はとっくに監察医を辞めたよ。話によると、昔、多くの手法で金を稼いだそうだ。特に株じゃやり手で、貴州茅台酒の株を早いうちに買って、二〇〇七年の爆上がりで売り抜け、百倍どころじゃない儲けを得た。それから仕事を辞めて江市で起業したんだとさ。数年後に、あたしら警察専門の証拠鑑定設備の会社を立ちあげた。江陽(ジアン・ヤン)と張超(ジャン・チャオ)の件で何か知りたきゃ遠慮なく聞くといい、こっちはお得意様だからな」

ほどなく、陳明章が事務室へ入ってきた。

十年が過ぎて、現在の彼はもう四十五、六歳になっており、やや老けてはいたが、顔つきは相変わらず年齢にそぐわない茶目っ気を帯びていた。だが今回は、かつて江陽に八百元を「無心」したように趙鉄民や厳良に金をせびったりはしなかった。今、彼の会社の業務は大部分が警察相手なのだ。部屋に入ると名刺を出し、社長然とした口ぶりで話をした。

陳明章が握手の手を引っ込めると、厳良は質問した。「陳さん、二〇〇一年のある事件をまだ覚えてますか。容疑者は死んでいて、侯貴平（ホウ・グイピン）という名です」

「覚えてますよ、私が解剖しました」何の迷いもなく答える。

厳良は平康（ピンカン）検察院から取り寄せた解剖報告書を手に取って示した。「これはあなたが書いたものですか」

陳はちらりと見て、頷いた。「そうです、私が書いたものです。ですが——」かすかに眉をひそめる。「どうやってこれを？」

「ここは警察だぞ。捜査書類があるのがおかしいかね？」趙鉄民が口を挟んだ。

「ええ、おかしいですね。これは平康検察院にしかありませんから」

趙と厳良はちらりと目を合わせた。「平康検察院にしかない？」

「そうです」

「平康警察には？」

陳はまったく意に介さない様子で答えた。「県警には以前、偽造されたものがありましたが、今はたぶんなくなってるでしょう」

「偽造された？」

陳は記憶をたどった。「事件の担当者は李建国（リー・ジエングオ）、当時は刑事部長で、彼から解剖報告書の結論は溺死と書くように言われました。私は職業倫理に忠実な人間ですから、もちろん承知するはずがありません。すると彼は私の報告書を持っていって、自分で溺死と書いたんです。ですから平康警察の報告書には印影だけで、私の署名はありません。責任を追及されないように、自分でもう一通書いて保管しておいたんです」

「それが検察院のこれですか」厳良は尋ねた。

「そうです」

厳良はかすかに眉間に皺を寄せた。「ではなぜ本物が検察院にあったんですか。捜査打ち切りになった事件が検察院に報告されてるのはどうして？」

陳はばつが悪そうに笑った。「ええと……私が昔、検察院の捜査監督課長に売ったんです。江陽という人でした」

「江陽に売った？」厳良は続けた。「聞かせてください、どうやって売ったのか」

陳はかつての取引の一部始終を二人に語った。さらに、江陽が報告書を手に入れてから苦労して侯貴平事件を再起し、もう一度事件として受理されたため、検察院にその書類が保管されていたことをつけ加えた。

厳良はしばし考えて言った。「李建国が解剖報告書を偽造したとのことですが、私たちが警察署から手に入れた書類の中にはありませんでした。偽の報告書はどこへ行ったんですか」

「簡単ですよ、江陽が私の報告書を手に入れて再調査したため、署内のものは明らかな漏れがあるということで処分されたんです」

「誰が処分したんです？　李建国ですか」

「彼かもしれないし、ほかの人間かもしれない。監察医にはそこまでわかりません」

陳明章をしばらく観察したが、どの程度まで情報を明らかにしているのか、その表情からは窺えなかった。

ややあってまた尋ねた。「江陽についてはどの程度ご存じですか」

陳は肩をすくめた。「その時に一度取引をしただけです。その後何度か会いましたが、私は二〇〇七年に平康を離れて江市に来たのでね。友人と呼べるほどではありません」

「彼という人間をどう思いますか」

陳は声を上げて笑い出した。「つまり、収賄で捕まったことや、それに賭博、不適切な男女関係のことを言ってるんですね」

厳良は頷く。

陳は首を横に振った。「彼があれからどうしてそうなったのかはわかりません。少なくとも最初は、私が知っていた江陽はそんな人間ではありませんでした」

厳良は窓辺に立ち、陳明章の乗ったベンツが前庭を出ていくのを見守っていた。

傍らの趙鉄民が不満げに口を尖らせた。「あいつは本当のことを言ってないな」

「質問されたことについてはかろうじてありのままに答えてましたよ。聞かれなかったことは何も言わずに黙っていた」

「なぜそうしたんだと思う？」

「巻き添えになりたくなかったか、あるいは……わかりません。しかし、江陽の人柄を認めてるのはわかりました」

趙は何度も頷いた。「江陽の収賄や賭博、男女関係の話になった時、あいつは軽蔑したような口調だったな」

「江陽という人間について、もっと多くの人から話を聞く必要がありますね。だがまず李建国について調べないと。陳明章の話通りなら、李が解剖報告書を偽造したんです」

趙は電話を一本かけたが、その後しかめ面で肩を落とした。「李建国を調べるのは難しいかもしれん。階級が高すぎる」

「今の階級は？」

「清(チン)市警察署政治委員だ」

「趙さんより高いですね」こいつはちょっと厄介だ、と厳良は思った。江市警察署の刑事課長である趙鉄民が自分より階級の高い他都市の警官について調査するのは、多くの困難が伴う。

趙は仕方なく言った。「特捜の省高検の奴を説得して、侯貴平事件が江陽殺害事件と関連があることを信じてもらうしかない。高検から李建国の事情聴取に人を出してもらおう」

厳良はかすかに目を細めた。「もし李建国が侯貴平事件で何らかの違法行為をおこなってたら、どうします？」

「奴が昔、何をやったかはあたしの管轄外だ。あたしの担当は江陽殺害事件だけだ。この件に奴が関わってたとしても、省級機関が対応するよ」

厳良は窓の外を眺めて呟いた。「張超がみずから逮捕されたのは、特捜に李建国を調査させて、昔のヤマの結論を覆すためか？　だが李のためにこんな騒ぎを起こす必要はないし、再調査にしてもこれほどの代価を払うことはない。狙いは一体何なんだ……」

22

二〇〇四年三月、寒さがまだ残る早春の頃。

雨がそぼ降る中、ある火鍋店で、江陽（ジアン・ヤン）、呉愛可（ウー・アイコー）、陳明章（チェン・ミンジャン）の三人が湯気の立ち昇る鍋を囲んで座り、江陽はここ数カ月の進展を話して聞かせていた。

解剖報告書を入手してから彼は平康（ピンカン）県警に何度も足を運び、侯貴平（ホウ・グイピン）事件の捜査書類の閲覧を求めた。李建国（リー・ジエングオ）に何度かたらい回しにされた後、署の幹部に連絡をつけた。手続きは問題なく、法規にも適（かな）っていたため、警察側はやむなく規則に従い、書類を提出せざるを得なかった。

その後、江陽は再起に向けて再調査を始めた。だがその前に中立人を見つける必要があった。検察院が刑事事件の疑問点に気づいた場合は中立人なしに再起することができるが、役所は全体を顧（かえり）みて各方面に配慮するのが通例で、中立人のない状況で軽々しく二年前の事件の再調査を警察に命じるのは、粗探しをしていると疑われかねない。

そこで江陽は侯貴平の実家を訪ねて親族から県検に申し立ててもらうことを考えたが、困難は多かった。侯貴平が死んだ後、母親は失踪し、父親は自殺しており、きょうだいもおらず、直系の親族は誰もいない。ほかの親戚も面倒を恐れ、一族を代表して申し立てすることを拒否した。あれこれと働きかけた結果、ついに侯貴平の母親のいとこである男性を説得して署名してもらった。

申立書を入手した後すぐに捜査監督課の名義で再起し、警察署に再調査を要請した。しかし再起決定書が署に送達されると、李建国刑事部長はみずから書類を返却してよこし、二年前の事件はすでに捜査打ち切りになっており、解剖報告書一通では再調査の要件には満たないとして取り下げを要求した。江陽は解剖報告書の内容が明らかに結論と食い違い、侯貴平は殺害されたのだから、徹底的に捜査して真犯人を逮捕すべきだと主張した。李建国はそれを聞くと腹を立て、できるものなら検察院が真犯人を見つければいい、と捨て台詞を残して立ち去った。

そうした態度を前に、江陽は仕方なく呉愛可に相談し、呉検察長を訪ねた。検察長は事情を聞いて最初は迷った。だが侯貴平の実家が破滅したことを娘が懸命に訴えると思わず心を動かし、自分が警察署に再起決定書を届けさせようと言った。

今度は書類が返却されることはなかった。数日後、警察署副署長が電話をよこして江陽を夕食に誘った。行ってみると招待したのは李建国で、副署長はただの付き添いだった。

李は先の態度を謝罪してこう言った。二年前の事件は確かに問題があったが、侯貴平はダムで死んでいたのであり、証人も物証もなく、捜査のしようがなかった。当時は年の瀬が迫っていて解決への圧力があり、さらに侯貴平が丁春妹（ディン・チュンメイ）を強姦したことを示す証拠は確かに存在したことから、死因を自殺とするほかはなかった。もう二年も過ぎており、再び証拠を見つけるのは難しく、真相が明らかになる見込みは薄いため、再起しても何の役にも立たない、と。副署長も傍らで調子を合わせ、諦めるよう江陽に勧めた。

帰宅後、江陽はまたジレンマに頭を抱えた。呉愛可に事情を説明し、陳明章を食事に招（よ）んだ。

陳明章はこの数カ月のうちに江陽に起こった出来事を聞き終えると、よくわかったというように頷いて呉愛可に目を向けた。「江君は再起を諦めたいようだが、君はどう思う？」

江陽とともに数カ月来の波乱を経験したためか、初めは徹底調査を求めていた呉愛可も弱気になり、江陽の手を握って小声で答えた。「彼はもう精一杯やりました。こんなに難しいなんて、私も思ってなかったんです」

陳明章はため息をついた。「そうだな、捜査の結論を覆すのは簡単なことじゃない」

江陽は羞恥をにじませた。「あの時、解剖報告書をくださったのに、今は諦めようとしてるのが、僕は……すごく申し訳なくて――」

「だから今日、突然電話をよこして食事に招んでくれたというわけか？」陳明章は笑った。

江陽は答えなかった。

陳は続けた。「自分を責めることはない。君が金を払い、私が手がかりを提供した。それでおあいこだ」ポケットから一通の封筒を取り出して手渡す。「食事をおごると言うので、たぶん諦めるんだろうと思ってね。金は返すよ」

「そういうつもりじゃありません」江陽は慌てて押し戻した。

「取っておきなさい。君が最初にくれたあの八百元が入っている。一銭も手をつけていない。ただの冗談だったんだ」少し笑うと言葉を続けた。「君が侯貴平事件のために来たと知った時から、金を取ろうなんて考えはなかった。あんな冗談を言ったのは、本当に再調査をする覚悟があるのかどうか試したかったんだ。君にとってあの事件が八百元に及ばないなら、私も信用はしなかっただろう。君の決意があれほど固いのを見て、解剖報告書を渡そうと決めたんだ」

江陽は顔を赤らめた。「最初は覚悟を決めてましたが、その後で色々なことに出くわして、僕は――」

陳明章は手を振った。「わかっている。もし私が君の立場なら、たぶんとっくに諦めてるよ。君はもう十分にやった。人間というのは、頑張りたくても結局諦めることがあるものだ。手放すにせよしがみつくにせよ、どちらが正しくてどちらが間違っているとは言えない。しがみついたところで良い結果が得られるとは限らん」

江陽も呉愛可も黙り込んだ。その時、陳の携帯電話が鳴り、手に取ってちらりと見ると、電話に出るため二人に断って個室を出ていった。数分後に戻ってきて言った。「この会食にもう一つ席を用意してもいいかね。友人が来たがっているんだ。勘定は私が持とう」

「えっ？　ご友人というのは？」江陽は顔を上げて尋ねた。

陳明章は外に向かって声をかけた。「八戒（はっかい）、入るがいい――こいつは朱偉（ジュー・ウェイ）、刑事だ。八戒と呼んでも、猪八戒（ジュー・バージエ）と呼んでもいいぞ」

23

部屋の外から丸々と太った顔が覗いた。

入ってきた人物は私服で、歳は四十歳ぐらい、堂々とたくましい体格だった。

朱偉（ジュー・ウェイ）は入るなり、うんざりした顔をした。「陳（チェン）さん、よそ様の前なんだからちょっとは良く言ってくれてもいいだろう」

「かまわん、みんな友人だ。ちょっと呼ばせてもらうくらいいいだろう。他人にはおまえが猪八戒（ジュー・バージェ）だなんてわからないんだから」

「他人にはわからないだと？」朱偉は向かいの二人の若者にこぼした。「陳さんがうちに来るまで俺にはこんなあだ名はなかったんだ。ある年の夏、俺が職場でスイカを食ってるのを見てから俺のことを猪八戒と呼び始めた（中国では『西遊記』の登場人物猪八戒の好物はスイカとされる）。すぐに職場じゅうに知れ渡って、女房まで喧嘩すると俺を猪八戒と罵るようになっちまった。スイカを食ってただけじゃないか、俺が何したっていうんだ」

呉愛可（ウー・アイコー）が口を手で覆って笑い声を上げた。「朱偉さんは優しそうですから、猪八戒と呼ばれてもお怒りにならないんでしょう」

「こいつが優しそうだって？」陳明章（チェン・ミンジャン）は大声で笑い、朱偉まで一緒に笑い出した。

陳は得意満面に言った。「ほかの人間は猪八戒なんて呼べやしない。私の特権だ。さあ、この平康（ピンカン）県で最も有名な猪八戒刑事を正式に紹介しよう」朱偉を指さす。「正式な別名は『平康の白雪（しらゆき）』だ」

「『平康の白雪』？」二人はよくわからない。

「そうだ、『平康の白雪』だ」陳明章の顔はたちまち生き生きと輝き出した。「この平康では、一九八〇年代にある政府幹部が出た。その幹部が引退後のある時に里帰りしたんだが、ごく簡素にして警備をつけてなかった。ある日、県城の信用組合に古い友人を訪ねていき、運悪く強盗事件に巻き込まれた。大勢が閉じ込められて、その幹部も中にいた。警察はすぐに建物を包囲したが、犯人どもは銃を持ってて中の人たちを人質にしたから、うかつな行動はできない。その時、我らが若き白雪同志が単身、武器を持たずに入っていき、犯人たちと交渉した。そして雪ちゃんは機会を逃さず、失われて久しい拳法の奥義を繰り出して、敵をバッタバッタとなぎ倒し——」

「もうよせよせ、でたらめはやめろ」朱偉がさえぎった。「本当のところは、犯人どもも人質の中に政府幹部がいるとは思ってなかったんで、通報があってすぐに県じゅうの警官が駆けつけて建物を何重にも包囲したもんだから、奴らは逃げられないと悟って、ちょっと説得したらすぐに降参したってわけさ」

陳明章は笑い出した。「私はちょっとばかり誇張したが、雪ちゃんだって謙遜しすぎだぞ。実際には、銃を持っていた賊は一人だけだった。雪ちゃんがそいつを取り押さえたところ、ほかの奴も続けざまに投降したんだ。しかし雪ちゃんも腹に名誉の一発を喰らった。そのことは報道されなかったが、平康の人間はみんな知ってる。事件後、例の幹部はこいつを『平康の白雪』だと褒め称えた。地元の言葉では、白雪というのは『最も純潔』という意味だ。雪ちゃんはその後も大衆の期待にたがわず、ここ数年来、あまたの賊を捕まえ、多くの事件を解決してる。一番重要なのは、正直で、一本気なことだ。庶民の言い方を借りれば、平康警察の第一人者に恥じない人間だ」

陳が親指を目の前に突き出すと、朱偉はその手をさっと振り払った。

「はいはい、もういいだろう、まったくおまえときたら」

「ほら見ろ、こいつは良いところだらけなんだが、ただ一つ、気性が荒くて、職場の人間から怖がられてる。江君、君にいつも難癖をつけてくるあの李建国(リー・ジェングォ)ですら、こいつを一番の苦手としてるんだ。こいつを親父のように怖がってるんだぞ」

朱偉はフンと鼻を鳴らした。「昔のことだ。今じゃ俺なんて怖がっちゃいない」

江陽は興味をひかれた。「彼がなぜあなたを？」

陳が代わりに答えた。「元々は雪ちゃんが刑事部長で、李建国は副部長だった。ある時、雪ちゃんは容疑者を逮捕したんだが、凶悪犯への対応に関しておそらく配慮が足りない面があったんだろう。李が容疑者の親族と結託して、雪ちゃんが犯人を殴ったと告発したもんだから、降格されて、李の奴が逆に部長に昇進したんだ。奴は陰で筋道に反する告げ口をしたために警察じゅうから軽蔑されたし、もちろん、雪ちゃんのことは大の苦手というわけだ。部長になってもう数年、今じゃ足場を固め、後ろ盾もできて、たいした鼻息だがな」

「じゃあ、署長たちは？」江陽も笑顔を見せた。

「署の幹部たちはこいつを怖がっちゃいないが、厄介だと思ってる」陳明章は苦笑した。「こいつはやたらと人を逮捕したがる上に、一度捕まえると釈放しないから、多くの人の恨みを買ってる。ここらみたいな田舎は人間関係が複雑で、署の幹部に情状酌量を求める人が絶えないが、こいつは完全無視だ。だから幹部も手を焼いてる。そうでなきゃ、李建国が告発しただけでこいつとポストを入れ替えたりするか？　だが雪ちゃんはちっとも改めようとしないから、厄介者扱いはしても、どうしようもないんだ」

呉愛可にはよくわからない。「なぜどうしようもないんですか？」

「これがお役所の特徴なんだ。うまくやっていきたかったら、当然、幹部に取り入らなきゃいかん。だが出世なんかどうでもいいという奴に対しては、誰もどうすることもできない。一般企業なら、社長が従業員を気に入らなければクビにして終わりだ。役所で誰かをクビにするのは難しい。間違いをしでかしてないのに、どうして解雇する？　せいぜい配置転換だ。だが朱偉のこの気性のせいで、幹部もやたらに機嫌を損ねることはできない。カッとなって暴れたらどうする？　だから私は、こいつは本質的には警官の皮をかぶったチンピラだとにらんでる」

全員、大笑いした。朱偉は怒りもせず、逆に喜んでいる様子だ。

「じゃあ、陳先生はどうして怖がらないんですか？」呉愛可が尋ねる。

「私か……」陳明章は頭を振った。「誰かを逮捕しようとするのに、この私がケガの程度を鑑定してやらなかったら、逮捕理由が見つからないだろ？」

談笑しているうちに食材が煮え、みんなこぞって箸を動かした。さらにビールを数本頼み、賑やかに杯を交わした。

酒が回り、朱偉の顔が次第に赤くなった。なみなみと満たしたコップを両手で捧げ、江陽に言った。「江君、君に敬意を表するよ。ここ数カ月の君の奔走を聞いた。ご苦労だった、敬して一杯いただくよ」

江陽は相手が急に改まったのを見て、ひどく気づまりになった。

「陳さんから、再起を諦めようとしてると聞いたが……」朱偉は深いため息をつき、言葉を続けようとした。陳明章が慌ててさえぎった。「江君にもつらい立場があるんだ、わかってやれ。誰もが君のように出世を気にかけないわけじゃない」

江陽は不可解そうに二人を見て尋ねた。「朱さんは何を言おうとしたんですか」

「俺は――」

「やめとけ、さっさと食って帰るぞ」陳が促す。

朱偉はまたビールをコップに注ぐと一息で飲み干し、黙り込んだ。

江陽はすでに何ごとかを察しており、やはり我慢できずに尋ねた。「朱さん、何をおっしゃりたいんですか。聞かせてください」

朱偉はタバコに火をつけ、一口深く吸い込むとテーブルを叩き、恨めしそうに言った。

「侯貴平（ホウ・グイピン）が殺されたのは、女の子の性被害を通報しようとしたからだ。李建国が手引きして法を曲げた。この真相が永遠に埋もれたままになるってのか？」

江陽は口をつぐんだまま、何を言うべきかわからなかった。

陳は傍らの席で押し黙り、また箸を動かして食べ始める。

朱偉は深いため息をつき、酒を注いで飲み始めた。

四人は沈黙したまま、どれほど時間が経ったか知れない。陳明章がナフキンで口元を拭いて言った。「雪ちゃん、今日はこの辺にしよう。勘定を済ませてくる」

朱偉は江陽をちらりと見てかぶりを振り、続いて席を立った。

二人が個室のドアに近づいた時、押し黙っていた江陽がふいに立ち上がり、真剣な顔で尋ねた。

「朱さん、侯貴平が性的虐待を通報して殺された話ですが、証拠はありますか」

朱偉はゆっくりと振り返り、数秒して首を横に振った。「証拠はない」

「じゃあ、なぜそんなことを?」

「俺に知らせた人間がいる」

24

四人は場所を喫茶店に移した。朱偉（ジュー・ウェイ）はタバコを吸うため、呉愛可（ウー・アイコー）に気を遣って窓際の席を選んだ。紫煙が立ち昇る中、彼は侯貴平（ホウ・グイピン）事件について語り始めた。

事件発生当時、朱偉は別の土地で捜査をしており、一カ月あまり経ってから平康（ピンカン）に戻ってきた。戻ると陳明章（チェン・ミンジャン）から事件について聞かされた。朱偉は李建国（リー・ジェングオ）を訪ねたが、李は頑として書類を見せようとしない。水面下で捜査をしようにも手がかりがない。

数日後に匿名の男から突然電話があり、侯貴平は重要な証拠を手に入れたために口封じで殺されたと言う。発信元を調べたところ、公衆電話からかけていたことがわかった。

李建国が慌ただしく捜査を終わらせたこと、女児に対する性的虐待の罪を侯貴平に着せたこと、検視室に空き巣が入って女児から採取した精液のサンプルがなくなったことを考えると、刑事部長である李までも事件に関係しているのではと疑わざるを得ない。

しかし事件はすでに捜査打ち切りとなっており、手元にも証拠がなく、絶好の機会をむざむざ見送るほかはなかった。今回、江陽が着任し、検察院の名義で再起しようとしたことで、朱偉は真相を再び水面に浮かび上がらせる希望をようやく見出したのだった。

江陽は少し考えて尋ねた。「その匿名の男性が言ったことは本当でしょうか？」

朱偉は頷いた。「きっと本当だ。侯貴平は死ぬ前しばらくの間、何度も通報していたが、警察が調べたところでは証拠不十分だった。証拠がないんだから、真犯人からすれば勝手に通報させておけばいい。死刑になる大きなリスクを冒してまで殺す必要はないだろう。唯一の解釈は、真犯人にとって本物の脅威になる確かな証拠を侯が手に入れたということだ」

江陽は頷いた。

朱偉は続けた。「事件に対する李建国の態度からして、奴が関わってると疑うには十分だ」

江陽は慎重に尋ねた。「まさか……女の子を虐待したのは李建国？」

「それはない」朱偉はすぐに否定した。

陳明章も首を横に振った。

「どうして？　そうでないならどうして侯貴平に罪を着せたんですか」

朱偉はしごく単純で実際的な理由を述べた。「女房が怖いんだ」

陳は笑って頷いた。「あいつは有名な恐妻家だ。ほかのことはよく知らないが、男女関係については昔からきれいなものだ」

江陽は眉をひそめた。「それじゃ一人の警官としてこんなに大きなリスクを冒す理由がありません。証拠の隠滅と偽造、虚偽告訴、どれも重罪だ」

朱偉はタバコを深く吸い込み、ため息をついた。「だから問題もそこにあるんだ」

陳は険しい顔をしてゆっくりと頷いた。

江陽はよくわからないというように二人を見つめた。「どういう問題ですか」

朱偉が説明する。「李本人は絶対に性的虐待をしてないのに、甘んじてこれほどでかいリスクに飛び込んだ。あいつを操れるほどの黒幕だ、きっと尋常じゃない力がある」

陳明章は江陽を見つめて厳かに言った。「私たちが知っているのはこれだけだ。ほかに隠し事は何もない。複雑な事件で、警察内部にも関わってる。再起するかどうか、決定権は君にある」

傍らの朱偉が突然、憤った。「女の子が性被害に遭って、通報した人間は殺された上に濡れ衣まで着せられて、最後は一家離散だぞ！　こういうヤマをひっくり返せないなら、俺は本当に……本当に……」

呉愛可は思わず目元を赤くし、江陽を説得し始めた。「再起しようよ。どんなに難しくたって、私もお父さんも応援するから」

江陽は迷っていた。「もう二年も過ぎてるのに今また再起しても、真相を解明できるかどうか」

陳が言った。「侯貴平が最初、苗高郷（ミャオガオ）の岳軍（ユエ・ジュン）というチンピラに自分の教え子が虐待されたと通報してきたから、そいつを逮捕したんだ。だが鑑定してみると岳軍のしわざではなかった。ただし事情は絶対に知っていたはずだ。それから侯貴平に強姦されたと言った丁春妹（ディン・チュンメイ）だ。もし再起するなら、この二人から調査を始めればきっと真相が明らかになるはずだ」

朱偉は胸を叩いて保証した。「やるなら何をおいても手助けするぞ！」

江陽はうつむいて考えに沈んだ。この事件の背後には大きな勢力があるが、今はまだ見えてこない。再起の準備だけで何カ月も費やしたのに、結論を見直して真犯人を見つけ、すべてのつながりを明らかにする難しさは推して知るべしだ。

しかしこんな冤罪事件すら覆せないなら自分はなぜ検察官になったのか。単なる出世のためだけではないはずだ。もしそうなら、呉愛可は言うまでもなく、自分自身すら自分を軽蔑するだろう。

ほかの三人は彼が最後の決断を下すのをじっと待っていた。

長い時間が過ぎた後、彼はついに顔を上げ、三人の期待の眼差しを受けてしっかりと頷き、勇気を込めて大声で言った。「よし、それじゃ、徹底的に調べましょう！」

25

二〇〇四年七月。

李静(リー・ジン)は再び平康(ピンカン)県を訪れた。卒業して二年、彼女はすでにとある外資系企業の管理職になっており、キャリア女性らしい服装に身を包んでいた。

「こちらの方は？」李静は江陽(ジアン・ヤン)と呉愛可(ウー・アイコー)に続いて喫茶店の個室に入ってきた中年の男を見て尋ねた。

江陽が紹介した。「侯貴平(ホウ・グイピン)事件の再捜査を担当する刑事さんだ。僕たちは雪さんと呼んでるから、君もそう呼ぶといい。平康警察の第一人者で正義の化身、別名『平康の白雪』だ」

朱偉(ジュー・ウェイ)は口を開けて笑った。数カ月の付き合いで江陽とはすっかり打ち解けていた。

江陽は続けた。「雪さんは君が平康に来ると聞いて、どうしても一目会いたいと言ったんだ。当時、侯貴平が君に出した最後の手紙を見たいと言ってね」

「持ってきました」

四人が腰を下ろすと李静は手紙を取り出した。透明のセロハンに注意深く包まれ、保存状態は良好だ。

朱偉は受け取り、つぶさに読んで尋ねた。「君の恋人は――」

李静は気まずそうにさえぎった。「今は別の恋人がいるんです。もしできたら――」

朱偉は慌てて自分の頭を叩いた。「すまん、すまん。何年も前のことだったな……君がまた平康に来られて本当に良かった。心から感謝するよ」

「いえ、侯貴平の事件がとても気がかりで、江陽から聞いて飛んできたんです。ただ……ただ、恋人という言い方はもうしないでほしいんです。ご理解いただけますか」李静は礼儀正しく説明した。

「もちろんだ」朱偉はすぐに改めた。「侯貴平はこの手紙に証拠をいくつか手に入れたと書いてるが、それについて君に話したことはあったか？」

李静はしばらく記憶をたどってから首を振った。「いいえ」

「電話はしょっちゅう？」

「いえ、当時は二人とも携帯電話を持ってませんでした。彼のところは電話がすごく不便で、学校から離れた公衆電話まで行かないといけなかったし、私は寮の部屋でしか電話を受けられなくて、帰る時間は毎日違ったので、ほとんどは手紙でやりとりしていたんです」

「じゃあこの最後の手紙以外に、ほかの手紙には何か書いてあったか?」

「いいえ、彼は心配かけまいとして通報のことはほとんど書かず、慰めの言葉ばかりでした」李静は唇を結び、数秒後ふいに何かを思いついた。「そうだ、あの頃、カメラを貸してくれと言われました。亡くなった後はそのカメラも見つかっていません」

朱偉は眉をひそめた。

江陽が言った。「そのカメラに答えがあるはずだ。捜査書類には遺品のリストがあったけど、たしかカメラはなかった」

朱偉は言った。「どうやら侯貴平は何かを写真に撮ったようだな」

江陽にはわからない。「女児の性的虐待事件が起きて、女の子はすでに自殺していたのに、どんな写真を撮ったんでしょうか。犯人をこれほど怖がらせるようなものって?」

朱偉は憤って答えた。「カメラが見つからないのが悔しいな。八割方、誰かにもみ消されたんだろう」

李静は二人が口々に分析しているのを聞いても理解できず、仕方なく尋ねた。「捜査はどんな状況ですか」

今しがた盛んに議論していた二人は、たちまちしょげ返ってしまった。

傍らの呉愛可が口を尖らせて言った。「先月やっと再起して、捜査を始めたばかりなの」

「こんなに時間がかかったんですか？」李静は思わず失望を顔に出した。

江陽は恐縮した。「この前会ってからもう一年だ。確かに……確かに長すぎる。申し訳ない」

朱偉が代わりに弁解する。「江君を責めないでくれ、ずっとこの件で奔走してるんだ。再起はまったく生易しいことじゃない。江君はよく働いてるし、障害もたくさん乗り越えたんだ」

李静は小さく頷いた。「これからは正式に捜査できるようになったんですか？　結論が出るまであとどのくらいですか」

朱偉は歯ぎしりをした。「再起はしたが、ヤマは多方面に及んでるし、警察内部にも障害があって大規模な再調査ができないんだ。正直言って俺は部下が少ないから、いつ真相にたどり着けるかは保証できない」

李静はうつむいた。「張超（ジャン・チャオ）先生が言った通りのようですね。再起しても無駄だ、捜査はきっと難しいって」

「また君らの張先生か！」朱偉は江陽から同じことを聞かされており、思わずカッとした。「その張先生とやらがそんなに賢くて、最初から解剖報告書の問題に気づいていたなら、どうしてもっと早く通報しなかった？　物事を隠し立てして真相を暴けると思ってるのか？」

「張先生は通報しても無駄だって」

朱偉はますます激昂した。「くそったれ！　誰もがそんなふうに考えたらヤマはどうやって解決するんだ？　みんながそいつみたいに事なかれ主義だったら、誰が死者の無実を証明する？　誰が罪を償うんだ？」

李静は黙ったまま答えない。

江陽が諌めた。「張先生も悪気はなかったんです。何と言っても最初に問題点を発見したんですよ。でも先生はただの大学教員ですから、できることには限界があります」

「最初に問題点を発見しても何もしないなら何になる？　もし最初に通報していたら、もっと早く再起して再調査できてて、もしかしたらとっくに真相が明らかになってたかもしれない。何年も先延ばしする必要なんかなかったんだ。面倒に巻き込まれたくなかったに決まってる。だが死んだのはそいつの教え子だろう。そんな大学教師、フン、俺からすればちっとも偉くなんかないぞ！」朱偉は怒りが収まらない。

李静はまだ黙ったままだ。

しばらくして呉愛可が話題を変えた。「雪さん、今そんなことを言っても役に立ちませんよ。やり方を考えないと。何年も前の事件をどうやって捜査するかを考えましょう。証拠さえ見つかれば、処分見直しも真犯人を捕まえるのも遠くありませんよ」

朱偉はため息をつき、侯貴平の手紙を指した。「こいつは俺が保管しよう」

「もちろんです」李静は頷いて感謝を示した。「彼の件はすべてお任せします」

朱偉は目をむいた。「何言ってるんだ！　この件の真相を明らかにすることがそもそも俺たちの仕事なんだ」

26

趙鉄民（チャオ・ティエミン）は厳良（イエン・リアン）を連れて取調室に入るとそのまま出ていき、張超（ジャン・チャオ）は怪訝そうにそれを見ていたが、口元には微笑を浮かべた。「厳先生、今日は私たち二人きりかね」

厳良は頷き、やはりほほ笑んで見つめた。「そうです、二人きりです」

「それは取り調べ規定に合っていないようだが」

「ですから今日は取り調べではなく、記録を取る必要もありません。単なる個人的なおしゃべりです。会話の内容も一部は秘匿します。さきほどの趙課長にもね」厳良は頭上の監視カメラを指さした。「カメラは切ってあります。あなたは撮影されませんし、録音もされません。それでも疑うなら、警官に言って一時的にあなたの拘束を解かせ、私のボディーチェックをしてもらってもいい」

張超はやや身体をそらせ、無表情で相手をじっと観察し、やおら悠然と笑い出した。

「必要ない」

「いいでしょう」厳良はゆっくりと頷いて真剣な表情で相手を見ると、やはりゆっくりと質問した。「供述を覆した理由は一体何です？」

「質問の意味がわからないな。私は無実で、殺人は犯していない。簡単なことだ」

「江陽(ジアン・ヤン)殺害であなたを疑ったことはありません。ただ……」厳良はしばし考えて笑った。

「いいでしょう。この質問は最後にします。まず、江陽とはどんな人間だったかについて話しましょうか」

「一人の検察官崩れだ。収賄、賭博、不適切な男女関係をしでかした元公務員だ」

「そんな下劣な人物なのに、なぜ交際して金まで貸してやったんですか。あなたは事業で成功して家庭も円満なのに、そんなことをしたのはどうして？」

「博愛主義なんでね。衆生(しゅじょう)を救うというやつだよ」

厳良は興味深げに見つめた。「侯貴平(ホウ・グイピン)はあなたの教え子でしたね。彼はどんな人間でしたか」

「たくさんの教え子がいるから覚えていないな」

厳良はじっと見た。「こちらの捜査状況を探ってるんですね？」

張超は答えない。

「陳明章(チェン・ミンジャン)に会いました。侯貴平は捜査書類にあるように自殺したのではなく、殺されたことがわかりました。しかし手元の資料だけでは一体何が起きたのか断定しようがない。一番手っ取り早い方法はあなたに聞くことだと思ったんですよ」

張超は厳良をじっと見たまま、やはり無言だ。

厳良は続けた。「探りを入れる必要はありません。私は大学教師で、警察でも役人でもない。単に真相を知りたいだけです」

張超はゆっくりと背筋を伸ばして口を開いた。「侯貴平は素晴らしい人間だった。正直で、善良で、快活な若者だった。当時、苗高郷(ミャオガオ)でボランティア教師をしていて、教え子の女の子が自殺した。彼はその子が死ぬ前に性的虐待に遭っていたことを知り、何度も通報した末に殺害された」

「誰を通報したんですか」

「地元のチンピラだ」

「警察は捜査を？」

「した。だが通報は誤りで、真犯人はほかにいた」

厳良はしばらく考え、かすかに眉をひそめた。「通報の内容が間違いだったとしたら、真犯人はなぜリスクを冒してまで侯貴平を殺害したんですか」

張超は首を横に振って答えない。

「答えを知ってるんですか」

「知っている」

「まだ教えられない？」

「今は言う必要はない。君は早晩、知ることになるだろう」

厳良はそれ以上問い詰めることはせず、話題を変えた。「もう一人の人物について話しましょう。李建国（リー・ジエングオ）という人物です。ご存じでしょう。どんな人間ですか」

張超は軽蔑したように一笑した。「侯貴平の遺体が発見された後、李建国は直ちに自殺だと断定した。江陽が解剖報告書を手に入れて再起を申し立てると、李はあれこれと邪魔立てした。事件の解決率のためか、自分のメンツのためか、それともほかの目的があったのか、推測はやめておくがね」

「お話の通りだと当時の江陽は正直な検察官だったようですが、なぜ今のようになったんですか」

張超は笑い出した。「たった数枚の書類でどんな人間かがわかるなら、人間性というものはその紙切れと同様にしごく薄っぺらいことになってしまうな」

「わかりました」厳良は指でデスクを軽く叩いて続けた。「最初の質問に戻った方が良さそうです。もし、単に侯貴平事件の結論見直しのためであれば、これほど大きな騒ぎを起こす必要はまったくありません。当時の真犯人や責任者を処罰させるにしても、これほど回りくどいことをする必要はない。あなたの狙いは一体何です？　別の言い方をするなら、最終的に何を求めてるんですか」

張超は薄く笑った。「捜査を続けたまえ。私が何を求めているのか、すぐにわかるだろう」

「それは承知してますが、少しヒントをもらえませんか。効率を上げるために」

張超はしばし考えて言った。「江陽という人間を最も理解していたのは朱偉(ジュー・ウェイ)だ。彼と話してみるといい」

「朱偉とは？」

「『平康(ピンカン)の白雪』だ」

27

二〇〇四年夏、江陽(ジアン・ヤン)は初めて苗高郷(ミャオガオ)を訪れた。

事件をどのように捜査するかについて、彼は事前に朱偉(ジュー・ウェイ)と打ち合わせしていた。物証の面はもう手の打ちようがない。残る手段は証人を探すことだけだ。事件には多くの人物が関わっているから、必ず見つかるはずだと二人は信じていた。証人を見つけ出し、さらに捜査を進めれば、新たな物証がおのずと出てくるはずだ。

捜査の際は少なくとも二名の警官の同行が法で定められている。そのため朱偉は入職して間もない若い警官を一人、記録係として連れてきた。灼熱の太陽のもと、三人は車で苗高郷へ向かった。まずは当時、強姦されたと通報した寡婦、丁春妹(ディン・チュンメイ)を訪ねるつもりだ。

少し尋ねるとすぐに丁春妹の自宅がわかった。小学校に近い小さな売店で、食品や飲料、子どものおもちゃなどの雑貨を扱っている。

店に近づくと、二、三歳の男の子が入口にしゃがみ込み、手に持ったおもちゃを一心にいじっているのが見えた。

江陽は店の奥に声をかけた。「ごめんください」

男の子はそれを聞くと顔を上げ、三人を見てパッと屋内に駆け込みながら「母ちゃん」と大声で呼んだ。子どもが丁春妹を母と呼ぶのを聞いて、江陽と朱偉の胸に疑問が広がった。

一人の女性が子どもを連れてすぐに出てきた。三十歳あまりで白いTシャツを着ており、ぽっちゃりしているが嫋(たお)やかさもあって、顔立ちは農村の多くの女性に比べてかなり垢抜けていた。入ってきた三人を見て尋ねる。「何かお探しですか」

朱偉は警察証を出して見せた。「警察だ。少し聴き取りをしたい」

彼女はわずかにたじろぎ、答えなかった。

朱偉は続けた。「丁春妹だな？」

「はい、私に何か？」明らかにおどおどしている。

朱偉は傍らの男の子を指さした。「あんたの子か」

「そうです」

「いつ生まれた？」

「ええと……」

「結婚はしてないだろう」

「してません……」

「あんたが産んだのか」

「あの……」丁春妹は慌てている。

「この子は――」

朱偉は途中で言葉を切り、しばし間を置いた。「近所に子どもの世話を頼んでこい。あんたと話がある」

丁春妹は言われるまま、冷凍ケースからアイスキャンディーを出して子どもをあやしながら隣人の家に向かっていった。少しすると一人で戻ってきた。

朱偉は尋ねた。「農村には誘拐されて売られてきた子どもが多いそうだが、あの子は人身売買業者から買ったんじゃないだろうな」

丁春妹は慌てて手を振って否定した。「違います、買ったんじゃありません。私の子どもじゃなくて、友達の子です。ただ預かってるだけで」

「友達って誰だ。なぜあんたを母ちゃんと呼んでる？　この件は詳しく調べるぞ。もしさらわれた子だったらあんたは監獄行きだ」朱偉は問い詰めた。

「本当です……本当に友達の子です」丁春妹は明らかに慌てふためき、途方に暮れている。

「どの友達だ？　呼んでこい」朱偉はその様子を見て、子どもに対する疑念をますます深めた。

丁は携帯電話を手に取ったが、何度かけても相手は出ず、ますます焦りをつのらせる。数分してついに諦め、携帯を机の上に放り出すと振り向いて言った。「出ません。後で気がついたらかけ直してくると思います。本当に友達の子なんです。嘘じゃありません」

「いいだろう、この件は後にするが、必ずはっきりさせるからな」朱偉は本題を切り出した。「今日来たのは、あることについて尋ねるためだ」言い終えると、同行した若い警官に記録を取り始めるよう合図した。

「どんなことですか」

「三年前にあんたが派出所に通報した、侯貴平（ホウ・グイピン）の事件だ。忘れるはずないよな？」

「侯貴平」と聞いて、丁春妹はたちまち顔色を変えた。

28

彼らは丁春妹（ディン・チュンメイ）の顔色の変化を見逃さなかった。

朱偉（ジュー・ウェイ）は硬い表情で尋ねた。「三年前のあの夜、あんたは派出所に駆け込んで、侯貴平（ホウ・グイピン）に強姦されたと言った。そのことははっきり覚えてるだろうな」

丁春妹はうなだれて何も言わない。どうやら認めているようだ。

「どこで起こった？」

「あの人の寮の部屋です」

「侯貴平はあんたを家から自分の部屋まで引っ張っていったのか」

「いえ、私が……私がお湯をもらいに部屋へ行ったら、あの人が……あの人が隙を見て私を強姦したんです」

「何時だった？」

「七……七時過ぎです」

「そうか？」朱偉は容赦ない口調で言った。「湯をもらうのになぜ学校の方へ行った？　近所にはこれだけ家がある、七時過ぎならみんなまだ起きてただろう。ここから侯貴平の寮まで少なくとも五、六分はかかる。なぜ近くに行かずに、遠い方に行ったんだ」周囲を指さした。数十メートル先には数軒の石造りの家がある。

丁春妹はたちまち顔色（がんしょく）を失い、へどもどして答えられない。

傍らの江陽（ジアン・ヤン）が真剣に話しかけた。「ちゃんと答えてください。警察には事実を話して。状況をはっきりさせなければならないんです」

「はい……はい、隣にもらいに行ったんですけど、なかったので、だから……だから学校の方に行ってみたんです」

朱偉は冷たく笑った。「そうか？　もらいに行ったが、よその家でも湯がなかった、そうだな？」

「はい……そうです」

「じゃあ、あの家には行ったか」最も近い家を指す。

「はい……行きました」

「あっちは」やや離れた家を指す。

「行きました」

「こっちは」はす向かいの家を指す。

「私……思い出せません、もう……もう前のことですから、忘れました。何軒か行ったけどどこもなかったから、学校の方に行ったんです」

朱偉は記録係の警官の方を向いた。「どの家か記録したか？」確認すると、満足げに頷いた。

江陽は咳払いをして彼女を見つめた。「ほかの家には後で調査に行きます。もし嘘だったことがわかれば、その時は——」それ以上言わず、丁春妹の様子を観察する。

丁春妹はますます青ざめ、ひたすらうなだれてこちらを見ようとしない。

朱偉は追及を続けた。「侯貴平の部屋に行った後で強引に引きずり込まれたそうだが、その間、誰も物音を聴きつけなかったのか？　向かいは子ども達の寮で、隣にはほかの家もある。こんなに近いのに誰にも聴こえなかったのか」

「私……驚いて、声が出せなかったんです」

「解放されてすぐに通報しに行ったのか」

「はい」

「その間、誰かに助けを求めたか」

「いえ……求めてません」丁春妹は目を泳がせている。

「七時過ぎに寮へ行ったそうだが、派出所の記録では、あんたは十一時に通報しに行ってる。移動時間を除くと、侯貴平の部屋にたっぷり三時間あまり閉じ込められてたってことか」

「そうです」

「その間、一度も助けを呼ばなかったのか」

「はい……呼びませんでした」

「誰かが侯を訪ねても来なかった？」

「はい」

「侯はその後に死んだが、この件で自殺したと思うか」

「私……わかりません。自業自得でしょ」

朱偉は鼻を鳴らし、質問を続けようとした時、男の声に背後からさえぎられた。「春妹、電話があったが何の用だ」

朱偉と江陽は同時に振り向いた。朱偉は入ってきた男を認めて目を見張った——小僧の岳軍（ユエ・ジュン）だった。

29

江陽（ジァン・ヤン）たちは私服を着ており、朱偉（ジュー・ウェイ）は岳軍（ユエ・ジュン）を見たことがあったが、岳軍の方は朱偉を知らなかった。店の入口に立っている二人を客だと勘違いし、近づくともう一人が腰かけて記録を取っているのが見え、さらに丁春妹（ディン・チュンメイ）の表情を見て、何かがおかしいと感じた。

「小僧か」朱偉はにやりと笑った。

岳軍は来客がただ者ではないと勘づいたが、強気な姿勢を崩さず、乱暴な口調で問い返した。「あんた誰だ？」

朱偉は近づき、腕を伸ばして相手の肩をつかむとにらみつけた。「あのガキはおまえの子か？」

岳軍は手を払いのけた。「何だてめえは？」

朱偉は警察証を出し、目の前でひらひらさせる。

岳軍はたちまち態度を和らげたが、口調はまだ硬い。「俺に何の用だ？　何も悪いことしてねえぞ」

「丁春妹は、あの子はおまえの子だと言ったが、本当か」

岳軍はわずかに顔色を変えたが、言い張った。「俺の子だ、それがどうした」

「おまえ結婚したのか？　誰に産ませた？」

「ひ……拾ったんだ……」

朱偉は声を上げて笑った。「そんなに簡単に子どもを拾えんのか？　今度俺にも拾ってきてくれよ」

「ほ……本当に拾ったんだ、誰かがうちの前に子どもを置いてったんだ。飢え死にさせるわけにいかねえだろ？　民政局にも届けを出した。そうだ、戸籍だってある」

「届けを出せば合法ってわけじゃない」朱偉は相手をじろじろ見ながら、ふいに声を落として厳しく一喝した。「連行する！　派出所で正直に話すんだ。子どもがどこから来たのかをな！」

腕まくりをして歩み寄り岳軍の腕をつかむと相手は本能的に抵抗しようとしたが、常日頃から犯人逮捕で鍛え上げられた朱偉の気迫に押されてたちまち気力を失い、「放してくれ、一緒に行くから、おい、頼むよ」と何度も哀願した。

朱偉はカバンから手錠を出して岳軍にかけると、江陽に近づき耳元で囁(ささや)いた。「先にこいつを派出所にぶち込んで、ついでに子どものことを確認してくる。手ごわい奴だからそう簡単に口を割らないだろう。あんたは丁春妹の聴き取りを進めてくれ、後で戻る」言い終えると岳軍を連れてそそくさと出ていった。

二人が立ち去ると江陽は店内の腰掛けを引いて座り、丁春妹にも座るように示して取り調べの態勢を作った。「これからする質問には、ありのままに答えてください。記録係が録音と筆記で話を漏らさずに記録しますから。この意味はわかりますか？」

彼は職に就いてから長くはなく、取り調べの経験は少なかったが、規律検査委と検察院は連携しているため、違反行為をした公務員が検察院で取り調べを受ける場面を数多く見てきた。朱偉からもいくつかアドバイスを受け、必ず真剣な態度で、だが粗暴になってはいけないと言われていた。手ごわい相手だと取調官は態度が荒くなり、手元に切り札がないゆえにあえて脅していることをかえって見透かされてしまう。取り調べにも戦略が必要なのだ。

結果、丁春妹は素直に答えた。「わかりました」

「では、あなたと岳軍はどんな関係ですか。なぜ彼の子どもを見てやってるんです？」

「私たち……私たちは……」

「どんな関係ですか」

「私たち……時々、あの人が泊まっていくんです」

「よく来るんですか」

「ええ……時々」

「月に何回？」

「何とも。三、四回か、五、六回」

「いつから今の関係に？」

「何年か前からです」

「具体的には？」

「たぶん……たぶん二〇〇一年です」

「侯貴平（ホウ・グイピン）が死ぬ前から、あなたと岳軍はもう関係があったんですね？」

「そうです」

江陽はしばし黙り込んだ。少ししてゆっくりと尋ねた。「侯貴平は自殺ではなかったことがすでに調査によってわかっています。彼は殺されたんです」

丁春妹はますます緊張し、唇を嚙みしめた。

「誰が殺したんですか？」

「し……知りません」丁春妹は激しく動揺している。

「彼は死ぬ前に岳軍と衝突していました。岳軍は彼に殺すとまで言っていました。そのことを知っていましたか」

「二人が喧嘩したことは知ってますが、それ以上は知りません……」

「侯貴平はその後、何度も岳軍を通報した。そのことで岳軍は恨みを持っていた。あなたが強姦されたために、ますます恨むようになった。のちに侯は殺害されましたが、これは岳軍と関係がありますか」

「ありません、私たちには関係ないです。あの人は本当に、侯貴平を殺してなんかいません！」丁春妹は緊張のあまり叫んだ。

江陽は少しも動じずに見つめている。「では、誰が？」

丁春妹は慌ててうつむいた。「知りません」

その反応を見て、江陽はいっそう相手が何かを隠していると確信した。この後どんなふうに質問を続けるかが肝心だ。

しばらくすると朱偉が汗びっしょりで戻り、江陽を隅に引っ張っていって小声で言った。

「岳軍は、子どもは拾ったんだと言い張ってる。民政局で扶養手続きまで済ませてて、両親の名義で引き取ってる。だが奇妙なことに、派出所の戸籍資料ではあの子は岳じゃなくて夏という姓になってる」

「どうして」

「わからん。届けは冬に出されてるから、夏に拾ったためってわけじゃないだろう。岳軍は、夏という友人に名付け親になってもらったから同じ姓を名乗ってるんだとしか言わない。この件はまず置いといて、さっき近所の数軒に聞いたんだが、丁春妹が湯をもらいに来たことは一度もないと言ってた。薪は農村で一番欠かせないもんなのに湯がないわけがあるか、ってな」

江陽は事情を理解した。

朱偉は振り返り、落ち着かない様子の丁春妹に目をやって厳かに言った。「近所の家に聞いたが、あんたは湯をもらいに行ったことなどないそうだな。でたらめ言いやがって!」

「た……たぶん何年も経ったから、みんな忘れちゃったんです」丁は口ごもりながら答える。

朱偉は冷笑した。「そうか？　だが岳軍は派出所であんたに不利な供述をしたぞ。このままいくと、あんたを警察署に連行して捜査に協力してもらわなきゃいけなくなるな」

丁はますます慌てた顔になった。

江陽は軽く拳を握り、探るように尋ねた。「事実を話してくれ！　侯貴平は本当に君を強姦したのか？」

丁は顔面蒼白になり、唇はかすかに震えている。

その表情を見て江陽は確信を強めた。「この事件を再調査するにあたって、もちろん多くの情報を得てるんだ。君の供述ときちんと突き合わせれば、必ず真犯人が明らかになるはずだ」

朱偉も横から加勢した。「岳軍はあんたが嘘の通報をしたと言ってたぞ。ほかにもいくつか供述した。あんたの話と突き合わせなきゃならん。これ以上隠そうとするな。あいつはすっかり吐いたんだ、正直に話せば寛大に処分してやる。さもなきゃ――」

「私……」丁春妹は目のふちを赤くし、耐え切れずに泣き出した。「こんなことになるなんて思わなかったんです。侯貴平が死ぬなんて本当に思ってなかったんです」

30

朱偉(ジュー・ウェイ)と江陽(ジアン・ヤン)の相次ぐ攻勢で、丁春妹(ディン・チュンメイ)はついに当時の真相を語った。初めに岳軍(ユエ・ジュン)が丁春妹に一万元を渡し、侯貴平(ホウ・グイピン)を誘惑して性的関係を持ち、それから強姦されたと通報するよう指示したのだった。

事件の夜、岳軍が侯貴平の部屋に持っていった酒には催淫剤が入っていた。侯が酒を飲んだ後、丁春妹は岳軍の手はず通りに部屋を訪ね、湯を分けてほしいと言って中へ入り、彼と性的関係を持った。その後、丁は指示通りに彼の精液を持ち帰った。

供述を聞いて朱偉と江陽は推測した。侯貴平の部屋で発見された女児の下着に付着していた精液は後からつけられたものだろう。江陽は怒りをこらえて考えをまとめた。侯は警察が部屋へ到着する前にもう連れ去られて殺されていたのだ。犯人は彼の精液をつけた下着を部屋に隠し、女児の自殺の罪を侯貴平に着せた。これより前に女児の身体から採取された精液はすでに紛失していたから、鑑定のしようがない。まず精液を手に入れてから殺害し、罪を着せたのだ。周到な罠だ！　事件の経緯は改めて江陽の想像を超えていた。

朱偉は拳を握り締め、追及を続けた。「全部、岳軍の指示か？」

丁春妹は頷いた。

「侯貴平は岳軍が殺したのか？」

「違います」質問を聞いて丁は何度も首を横に振った。「死体がダムで見つかってから、岳軍も怖がってました。そんなことになるなんて知らなかったと言ってました。死人が出て、あの人も驚いてたんです」

朱偉は相手をじっと見つめて尋ねた。「一万元は岳軍があんたに？」

「そうです」

「あいつの金か、それともよそから？」

丁は慌てて答えた。「知りません」

「あいつとは長い付き合いだろう、聞いてないわけがあるか。知らないはずないだろう」

「本当に知らないんです。私じゃなくて、あの人に聞いてください」

朱偉は怒鳴りつけた。「もちろん聞くさ、だが今はあんたがはっきり答えるんだ、金は一体誰が出したんだ！」

丁春妹はむせび泣いている。「私……岳軍に聞いたら、あの人、絶対によそに漏らすなって、あの人たちの機嫌を損ねるわけにいかない、さもないと仕舞いには侯貴平みたいになるって」

「あの人たちって？」

「私……よく知りません、岳軍が一度言ってたけど、たぶん……たぶん孫紅運のところの人たちです」

「孫紅運だと！」朱偉は歯ぎしりをし、握り締めた指の関節が音を立てた。

江陽は初耳だったが、朱偉の様子からして明らかにその人物を知っているようだ。

朱偉は深く息を吸って続けた。「どのくらい経ってから通報した？」

「精液を採って帰ったら、岳軍がすぐ持っていきました。戻ってきてから一緒に家で待ってました。たぶん一時間くらいしてから岳軍に電話があって、すぐ通報しろと言われました」

聴き取りを終えると、江陽は同行の警官から記録を受け取り、丁春妹に渡して確認とサインをさせた。その時、眉間に皺を寄せた朱偉が店先に出てタバコに火をつけ、思い切り深く吸い込んでいるのが見えた。後について出ていき、尋ねた。「どうしたんですか。もしかして……さっき孫紅運という名前を聞いてから少しおかしいですよ」

朱偉は遠くの空を見ながら怒りを込めて頷き、立て続けにタバコをふかすと、また次の一本に火をつけた。

江陽は尋ねた。「孫紅運って誰です？」

朱偉は答えた。「県で商売してる奴だ」

「扱いづらい相手なんですか」

朱偉は大きく煙を吐いた。「若い頃はかなりのやり手で、酸いも甘いも嚙み分けたという噂だ。九〇年代に古い国営製紙工場が再編されて債務不履行に陥ってたのを買収して、卡恩（カーン）製紙と改称した。工場はどんどん収益を上げて、県の財政の大黒柱になった。ちょうど何日か前に深圳（しんせん）証券取引所に上場したところだ。平康（ピンカン）県だけじゃなく、清（チン）市でもトップの上場企業だ」

江陽は黙り込んだ。カーン製紙の名前は彼も知っていた。清市は省西部に位置し、大部分が山地のため、経済的には東部の都市に及ばず、平康県はもとよりさらに遅れている。カーングループは県内最大の企業で、納税額は県の財政収入の三分の一を占める。グループ全体で数千人の従業員がおり、県民の生活を支える基盤だ。深圳証券取引所に上場したことで、清市政府の幹部たちがこぞって県を訪れて祝賀し、盛んに宣伝活動がおこなわれていた。

カーンの社長である孫紅運が関わっているとしたら、彼を逮捕できるだろうか。カーン製紙は清市唯一の上場企業で、数千人の従業員を抱えている。地元政府からすれば社会の安定に関わる一大事だ。県警が承知するだろうか？　市警は？　地元政府はどう反応する？　江陽は目の前がいきなり真っ暗になったように感じた。

その時、朱偉に電話がかかってきた。話を終えると振り向いて江陽に言った。「今晩、窃盗団の取り締まりがあるって署の知らせだ。もう昼だ、今日はここまでだな。丁春妹はとりあえずここにいさせて、俺たちは派出所に寄って岳軍を署まで連行しよう」

江陽は頷いた。「事件の範囲はおそらくかなり広いですね。丁春妹の供述を得た今、情報が漏れないようにしないと」

朱偉は答えた。「そうだな。同行の警官にはよく言っておくから安心しろ。あんたは丁春妹に念を押しといてくれ、事情聴取されたことは誰にも言わないようにって。本人もそこらじゅうに触れ回ったりはしないだろうがな」

それだけ言うと言葉を切り、持っていたタバコを地面に投げ捨て、力いっぱい足でもみ消した。

「上場企業の社長だろうと知るもんか。これほどでかいヤマ、証拠をつかみさえすりゃお天道様だってかばい切れやしない。見てろよ！」

検察官の遺言

登場人物表

早川書房

江陽（ジアン・ヤン）……………元検察官
張超（ジャン・チャオ）…………弁護士
趙鉄民（チャオ・ティエミン）…江市警察署刑事課課長
高棟（ガオ・ドン）………………省警察庁副庁長
厳良（イエン・リアン）…………江華大学数学科の教授。元刑事
陳明章（チェン・ミンジャン）…監察医
侯貴平（ホウ・グイピン）………ボランティア教員
葛麗（ゴー・リー）………………侯貴平の生徒
王雪梅（ワン・シュエメイ）　…同上
翁美香（ウォン・メイシャン）…同上
李静（リー・ジン）………………侯貴平の恋人
岳軍（ユエ・ジュン）……………チンピラ
丁春妹（ディン・チュンメイ）…寡婦
呉（ウー）…………………………清市検察院副検察長
呉愛可（ウー・アイコー）………呉の娘
李建国（リー・ジエングオ）……平康県警刑事部部長
朱偉（ジュー・ウェイ）〔平康の白雪〕
　…………………………………同刑事
孫紅運（スン・ホンユン）………卡恩（カーン）グループ社長
胡一浪（フー・イーラン）………同副社長
何偉（ホー・ウェイ）〔大頭（ダートウ）〕
　…………………………………半グレ集団「チーム13」のリーダー
王海軍（ワン・ハイジュン）……「チーム13」のメンバー
郭紅霞（グオ・ホンシア）………江陽の妻
楽楽（ルールー）…………………江陽と郭紅霞の息子
夏立平（シア・リーピン）………清市常務副市長
呉（ウー）…………………………清市検察院主任
張（ジャン）………………………副検察長

31

「何だって、岳軍（ユエ・ジュン）を釈放した？」朱偉（ジュー・ウェイ）は拳を強くデスクに叩きつけ、派出所の警官に雷を落とした。

向かいの若者も不満げだ。「民政局に照会したところ、扶養手続きに問題はありませんでした。子どもは孤児で、岳軍の両親に引き取られてて、養子法の規定には完全に合ってます。署の李（リー）部長から電話で叱られました。岳軍を逮捕したのは手続き違反だって……」

「どこの李部長だ！　李建国（リー・ジエングオ）か？」

若者が頷く。

「畜生、李の奴め口出ししてきやがって！　俺が逮捕したのをあいつにあれこれ言われてたまるか」朱偉は激怒し、みるみるうちに顔色を変えた。

「もういいですよ、雪さん。もう釈放してしまったんですから、これ以上怒っても仕方ありません」江陽（ジアン・ヤン）がそばでなだめる。

「急いで署へ戻る。このままでは済まされん」朱偉はわめきながら表へ出た。

派出所の外に出ると、江陽は朱偉を呼び止めて尋ねた。「李建国は僕たちが苗高郷（ミャオガオ）で岳軍を逮捕したとどうやって知ったんでしょうか」

「俺にもわからん」少し考えて答える。「岳軍を派出所に連行して、警官にあの子どもの経歴を調べさせたんだ。その後であんたのところへ戻った。きっと俺がいない間に岳軍が隙を見て知らせたんだろう」

江陽は携帯電話を出して番号を調べた。「さっき、丁春妹（ディン・チュンメイ）は岳軍に電話してましたよね。聴き取りの時ついでに彼女の携帯を調べて、岳軍の番号を控えたんです。発信番号から岳軍が誰に電話したか調査できますよね？」

「もちろんできるさ！」朱偉は目を輝かせた。

「可能性の一つは、岳軍が自分で李建国に連絡したということです。容疑者が逮捕中に刑事部長に電話したなら、僕は検察官として李を呼び出して聴き取りをする理由があります。もう一つの可能性は、岳軍が第三者に連絡して、その人物が李に知らせたということです。もしそうなら調査を続ければいい」

「あんた見かけによらず、切れるな」朱偉は称賛した。「戻ったらすぐに手配しよう」

一同は車に乗り込み、慌ただしく平康（ピンカン）へ戻った。

翌朝、朱偉は江陽に電話して事件の新たな進展を告げた。岳軍はやはり派出所で携帯を使っており、電話の相手は胡一浪というカーングループの副社長、孫紅運の補佐役だった。胡一浪はすぐに李建国の事務室に電話し、たっぷり五分間通話していた。

「どうやら孫紅運はこのヤマから外せないようだが、どうやってこいつを捜査するかが問題だ」

電話を切った後、江陽は重苦しい気分になった。孫紅運が事件に関わっていると知ってから、その名前が繰り返し頭の中を渦巻いている。その夜は遠回りをしてカーングループのビルへ行った。何らかの手がかりが見つかることを期待したわけではなく、ただ孫紅運とは一体どのような人物なのか見てみたかったのだ。

望み通りに孫紅運に会うことはできなかったが、岳軍が丁春妹の家にいたあの子どもを抱いてビルから出てくるのを見かけ、嫌な予感がわけもなく胸に広がった。もう一度丁春妹に会いに行かなければ、と彼は考えた。

翌日、路線バスで再び苗高郷を訪れ丁の店にやってきたが、扉は閉ざされ、長いこと叩いても誰も出てこない。隣人に尋ねると、ここ数日店を閉めており、留守にしているらしい。

逃げたのだろうか？

慌てて携帯から朱偉に電話をかけた。「丁春妹の家に誰もいないんです。隣人はここ数日留守にしてると言ってます。逃げたのかもしれません！」

朱偉は彼女に逃げられるとは予想していなかった。確かに虚偽の通報をし、偽証もしたが、侯貴平（ホウ・グイピン）が死ぬことは予想していなかった上に、自分から事実を告白したという酌量の余地があるため、法廷で証言をすればそこまで量刑が重くなるはずはなく、執行猶予の可能性すらあった。朱偉と江陽はあの日こうしたことを伝えたにもかかわらず、彼女は逃げてしまったのだ！

朱偉は怒るのも忘れて慌ただしく江陽に指示した。「そのまま待ってろ、すぐに向かう！」

一時間後、朱偉は二人の刑事と陳明章（チェン・ミンジャン）を連れて丁の自宅に駆けつけた。

陳明章を見て江陽は訝しんだ。「陳先生……」

朱偉は言った。「電話を切った後でよく考えたんだ。こいつは胡散臭いと感じたんで、陳さんに伝えた。そしたら現場を見たいと言うもんでな」

それから派出所に応援を頼んで木の扉をこじ開け、中を見るなり異常に気づいた。陳列ケースは片面に放射状の亀裂が走り、もう片面のガラスはなくなっている。

陳明章はそろそろと中へ入り、ゆっくり一周した。「床の痕跡からして、最近、箒（ほうき）で掃いたようだ」

陳列ケースのそばの壁に近寄る。フックが打ちつけられており、じっと見つめると舌打ちをした。「血だ」

江陽たちが慌てて近づいて観察すると、フックの手前半分に薄赤い痕跡がわずかについている。注意しなければまったく気づかない。

朱偉は眉をひそめた。「絶対に血なんだな？」

陳は笑った。「私クラスの実力で間違えるはずがない。これは血だ。さほど時間は経っていない」

江陽は昨夜カーングループのビルに立ち寄り、岳軍が丁春妹のところにいた男の子を抱いていたのを見たと話した。

朱偉は歯ぎしりをしながら室内をうろうろ歩き回り、しばらくすると拳を壁に叩きつけて怒鳴った。「岳軍を捕まえて、連れ帰るぞ！」

身を翻して店を出ると、同行した二人の刑事にここ数日異常がなかったか近隣に聴き込みをするよう命じ、彼自身は江陽と応援の警官を連れて岳軍の家へ向かった。

32

「多くは言わん、弁護士を帰らせろ、岳軍(ユエ・ジュン)は俺が捕まえたんだ。あのガキが弁護士なんて見つけてくるもんか！　あんたがつけてやったんだろう？　証拠がないと言うがな、フン、すぐに持っていってやるよ！」小さな食堂で朱偉(ジュー・ウェイ)はタバコをくわえ、蒸気船よろしく煙を吐き出している。

電話を切り、腕をまくって罵った。「逮捕からたった一日で李建国(リー・ジェングオ)の奴が口出ししてきやがって、釈放しろと催促しやがる。あいつは百パーセント孫紅運(スン・ホンユン)の手下だぞ！」

「丁春妹(ディン・チュンメイ)の供述を握ってることはまだ署に知らせてないんですか」

「当たり前だ、わざと言わなかったんだ。あいつらに手の内を読まれるわけにはいかないからな。この件で焦るのは一体誰なのかを見定めてやる。見ろ、岳軍が捕まってたった一日で、李建国が焦り始めた」

江陽(ジアン・ヤン)は心配を隠しきれない。「署の上司の方は？」

「署長たちは何も言ってこない。もしあいつらまで孫紅運の一味なら、警察署は孫の経営ってことになっちまう。本来ならあの日に丁春妹を連行して、ついでに岳軍の取り調べまでできるはずだった。だが李建国はどうしても窃盗団の取り締まりをしなきゃいけないから戻れと言ってきた。あそこで邪魔されて、丁春妹に事が起こったんだ。昨日は俺がじきじきに岳軍を取り調べるつもりだったのに、また李の奴がわざと仕事を回してきて俺を外させた。平康に警官が俺しかいないわけないだろう？　邪魔されないならとっくにあいつをぶちのめしてるよ」朱偉はカンカンになってまた新しいタバコに火をつけた。

「あの日に急いで署に戻ったのは、李建国の手回しがあったんですね」江陽は考えを巡らした。「じゃあ、丁春妹の件は何か進展が？」

「昨日一晩取り調べたが、岳軍は丁春妹がどこへ行ったか知らないと言い張ってる。あの日、俺たちが帰ってから、丁は男の子をあいつの家に返して、もう面倒は見たくないと言ったらしい。その後のことはあいつも知らんとよ。隣人たちにも聴き込みをした。あの日の夜、だいたい十一時頃、ガラスが割れる音を聴いた人がいる。それから女の泣き叫ぶ声もだ。だが丁の声だったかどうかははっきりしない。農家じゃどこでも犬を飼ってる。その家でも犬が物音を聴きつけて吠え始めたんで、寝床から出て表に行ってみたが、真っ暗で何も聴こえなかった。どこかの家で夫婦喧嘩でもやってるんだろうと、気にとめなかったそうだ。今から考えると丁はその時に被害に遭ったんだろう」

「岳軍がやったんでしょうか？」

朱偉は悩ましげに首を振った。「それはないだろう。あの日、岳軍は派出所から戻ってすぐに子どもを平康に連れていった。世話をしてくれる人を探したんだと言ってる。カーングループのビルであいつを見たんだろう？　その日の夜、あいつはずっと平康にいた。目撃者がいて、ホテルの宿泊記録もある」

「丁春妹を調べ始めた途端に、彼女がこんなことになるなんて」江陽は憤った。

朱偉は拳を握り締めた。「陳さんが言うには、隣人の証言と実況見分からして丁春妹はあの日の夜十一時に襲われて、しかも相手は一人じゃないそうだ。奴らはその上、現場をきれいに片づけてる。丁はおそらく絶望的だ。警察の目と鼻の先で証人に手を出すとは、まったく肝の据わった奴らだ。これが孫紅運のやらせたことだと調べがつけば、どんな犠牲を払ってもあのくそったれをとっ捕まえてやる！」

翌朝、朱偉は電話で江陽を呼び出した。江陽が一階に降りていくと、パトカーが二台、検察院の建物の前に停まっているのが見えた。朱偉が前の一台から身を乗り出し、やる気満々の顔で彼に乗るように告げる。

「どこへ？」

「捕まえに行くぞ」

「誰をですか」

「もちろん、胡一浪（フー・イーラン）だ」

江陽は耳を疑った。「いきなり逮捕するだけの証拠があるんですか？」

「証拠はない。まず捕まえて取り調べる。絶対に自白するはずだ」

「彼もバカじゃない。急に良心に目覚めるはずないでしょう？」

朱偉は一笑に付した。「孫紅運も一緒に捕まえれば、胡一浪は慌てて勝手に自白するさ！」

「孫紅運まで逮捕するんですか？」

「当たり前だ」

「彼が事件に関わってる証拠はこれまで何も出てきてないのに、どうやって？」

「胡一浪はたかだか社長補佐だ、人を殺して濡れ衣を着せるような力があるか？　せいぜい汚れ役といったところだろうよ。孫紅運こそが最大の黒幕だ」

「でも逮捕にはどうしても理由が必要でしょう？」

朱偉はフンと鼻を鳴らした。「侯貴平（ホウ・グイピン）が死んでもうすぐ三年だ。物証を手に入れるには自供に頼るしかない」

　江陽はそれを聞いてすぐに何度も首を横に振った。「何の根拠もなく人を逮捕するのは完全に規則違反です」

「規則だと？　俺だって規則は守りたいが、奴らは守ってるのか？」朱偉はじろりとにらんだ。「侯貴平はどうやって死んだ？　丁春妹も尋問した途端に襲われた。こんな凶悪極まりない奴らに対して、規則を守れだと？　甘い考えは捨てろ、あいつらとやり合うのにまともな手段じゃダメなんだ。今こっちに残ってるのは丁の供述だけだ、ほかには何の証拠もない。まず強制的に逮捕して、真相を吐かせてから証拠を集めるしかないんだよ」

　江陽はまだ反対している。「直接、孫紅運を逮捕するなら、相応の手続きがあるでしょう？」

　朱偉は笑顔になり、ブリーフケースから得意げに数枚の紙を出して掲げる。

　受け取って一目見ると、驚いて思わず声を上げた。「署の幹部が孫紅運の逮捕を許可したんですか？」

　朱偉は近寄って耳打ちした。「幹部はこのことを知らん。ここ数日、俺は何人も逮捕して、今朝、逮捕状を山ほど抱えて副署長のサインと判をもらいに行った。その中の二枚にちょっと細工をしておいて、判をもらってから名前を記入したんだ。奴らを逮捕したら署には戻らず、派出所に連行して尋問する。俺も部下たちも携帯は切ってある。誰も連絡できないし、孫紅運が捕まってるとは知らないから邪魔は入らん。手はずは全部整えた。署長と刑事部担当副署長は午後から数日間、市内で会議だ。今日が絶好のチャンスだ。だが幹部には早晩、知られるだろう。急がなきゃならん。幹部たちにバレる前に尋問の結果を出すんだ」

「えっ……こっそり勾留までするつもりですか、それは違法です！」

「合法か違法かなんて知るか、普通じゃない奴には普通じゃない手段を使わなきゃならないんだ」朱偉は少しも気にかけていない。

「ですが、幹部を騙した上に違法逮捕までしたら……」

朱偉はせせら笑った。「俺は元々、出世しようとは考えてない。これほど肝の据わった悪党が法の裁きを受けずにのうのうとのさばり続けるのは、俺の性分が許せないんだ。だから俺も根性を据えてかかる。安心しろ、あんたを連れていくのは証人になってもらうためだ。何が起ころうと、俺に騙されたと言えばいい。責任は俺一人で背負う」朱偉はことなげに大笑した。

江陽の内心は激しく波打った。

朱偉の行動は彼自身にとって何もいいことがない。たとえ事件を解決しても、大騒ぎになるだろう。尋問で結果が得られるかどうかにかかわらず、手続きに違反したことが発覚すれば必ず処分を受けるし、有罪になる可能性すらある。どんな結果になろうとも、朱偉は厳罰を受けるだろう。だがそれでも一か八かでやろうとしているのだ。

朱偉が一体何を求めているのか、江陽にはわからなかった。

江陽がこの事件を捜査し始めたのはそもそも同級生のよしみだったが、のちに多くの障害にぶつかり、一度ならず心が揺らいだ。みんなから励まされてようやく再起を決めたのだ。これまで頑張ってきたのは、すでにこれほど努力してきた以上、費やしたすべてを無駄にしたくない気持ちが大きかったためだ。すでに高速道路に乗ってしまった車のように、前に向かって進むしかなかったのだ。

だが江陽はずっと、すべての行動を法の枠内でおこない、自分の職業に対しても良心に対しても、もっと言えば自分の将来に対しても顔向けできるように努めていた。

職業、良心、将来。これは、三つの中でどれかを選ばざるを得ないトリレンマ*なのだろうか？

わからなかった。ただ彼は、潔白で、安定した世界の中で生きていたかった。

しかし現在、彼らの最大の障害は証拠がないことだ。朱偉の方法――まず容疑者に供述させることが唯一の突破口だ。朱偉がすべてを投げ出すのなら、自分も侠気（おとこぎ）を見せて、ともに走ろうじゃないか。

＊原註　impossible trinity

（訳註　本来は国際金融政策において、三つの政策目標を同時に実現することはできないことをいう）

33

彼らはすぐにカーングループのビルに到着し、朱偉（ジュー・ウェイ）は部下を引き連れてずかずかと入っていった。受付の若い女性は一目見て警察と察したが、止めるわけにはいかず、社長は社内にいると素直に認めて上階へ案内した。

最上階は役員のオフィスになっており、彼らは直接、会長のオフィスへ入っていった。その時、眼鏡をかけた三十五、六歳の男が隣の部屋から出てきて立ちはだかった。「あなたがたは？」

朱偉は警察証と二通の逮捕状を見せた。「胡一浪（フー・イーラン）と孫紅運（スン・ホンユン）はどこだ？　二人を連行する」

男はわずかに顔色を変えた。「私が胡一浪です」

朱偉は相手を観察した。上品な顔立ちだが、小さな目には狡猾さがにじんでいる。厳かに尋ねた。「孫紅運はどこだ？　二人とも一緒に来てもらう」

胡一浪は逮捕状を手に取り何度も繰り返して読むと、慌てず騒がず顔を上げてほほ笑んだ。「刑事逮捕ですか、これはこれは、一体どんな理由で私と孫社長を逮捕しようと？」

「おまえらは複数の刑事事件に関わってる疑いがある。警察の捜査に協力願いたい」

「そうなんですか？　どうやら少々厄介ごとのようですね」胡はうつむいてため息をついた。フロアの社員たちがやってきて取り巻いている。

朱偉は動じずに一喝した。「無駄話はやめろ、来るんだ！」手錠を取り出し、強硬手段に出ようとする。

「待ちなさい」見物人の奥から穏やかで重厚な男の声がし、人々が自然に道を開けた。四十代ぐらいでこざっぱりとした半袖のポロシャツ姿の男が出てきて、朱偉たちを見ると落ち着き払って尋ねた。「何事かね」

「孫社長」胡一浪は男に近寄り、逮捕状を差し出して事情を説明した。孫紅運は眉を寄せて読み、胡に耳打ちをする。

胡は振り向いてほほ笑んだ。「警察のみなさん、どうやら手続きに少々問題があるようです」

朱偉はぎくりとしたが、なおも声を荒らげて聞いた。「どんな問題だ？」

「孫社長は省の人民代表で、刑事事件の免責特権があります。逮捕する場合はまず省人民代表大会常務委員会に申し立て、承認を得なければなりません」

朱偉と江陽は唖然とした。江陽は孫紅運が人民代表であることをまったく知らず、朱偉の方はそれ以上に頭を抱えた。相手の最も重要な身分が頭から抜けていたのだが、これは決して忘れてはならないことだった。孫のような人物に何の社会的地位もないわけがない。

朱偉は青ざめ、孫は腕を組んで芝居でも見物するように彼を眺めている。

江陽がふいに言った。「孫紅運社長はひとまずご同行いただかなくてもかまいませんが、胡一浪さん、あなたは人民代表ではありませんね？」

胡の顔に狼狽の色が浮かんだ。

「では、ご同行願います」

その時、孫紅運がまた口を開いた。「胡君、こちらの刑事さんは何とおっしゃったかね？」

「朱偉さんです」

「何？」孫は驚いた。「朱偉さん、知っていますよ。我々平康県民はみな知っています。平康の白雪、警察界の代表だ！　ふむ。朱刑事、手続きから言えば私に同行する義務はありませんが、あなたのお名前は平康では知らない者はない。そのあなたがみずから調査にいらして、逮捕状までお持ちである以上、私と胡君はおそらく何らかの嫌疑をかけられているのでしょう。もし人民代表の身分を盾に捜査に協力しなかったことを平康の人々が知れば、きっと私は非難されるに違いありませんし、陰でデマを流されるかもしれません。ご安心ください、あなたの顔は立てましょう。二人で同行しますよ。捜査には全面的に協力します」

そう言うと胡一浪に耳打ちし、振り向いて周囲の者たちにも小声で何かを話すと、自信たっぷりに近づいてきた。

34

孫紅運を内密に連行して尋問することはもはやできないと悟り、朱　偉は江　陽を巻き添えにすまいと、先に検察院へ戻らせた。

沈鬱な面持ちで孫紅運と胡一浪を署へ連行すると、入口には政治法律業務担当副県長、中国共産党県委員会主任、警察署の幹部数人が立っていた。朱偉はやむなく部下に胡の供述筆記を取るよう命じ、自分は孫やほかの人々とともに会議室へ向かった。

朱偉の説明が終わる前に、孫紅運が胸を張って述べ始めた。「みなさんはご存じでしょうが、私は以前、破産した製紙工場を県の国有資産監督管理委員会から買収し、数百人もの従業員の生活を守りました。企業の経営は難しく、資金、技術、人材すべてが難題です。平康は経済的に遅れており、交通は不便で、当時はどうやってこれほど多くの人を養うかで一日じゅう頭がいっぱいでした。のちに経営が軌道に乗り、グループも急成長し、今月には深圳証券取引所に上場して市内初の上場企業となり、何とかささやかな成果を収めたところです。経営が苦しかった頃は誰も私を悪く言う人はおらず、数百名いる工場の従業員も私の苦労をわかってくれ、『孫工場長』と親しみを込めて呼んでくれました。今やカーングループは発展をとげ、平康の数千人の就業問題を解決しておりますが、金を持った途端に世間ではデマが流れ始めました。私が昔、裏ルートで起業したとか、国有資産を横領しているとか、非合法な活動にずっと手を染め続けているといったものです。こうした風評に対してこれまで反応することはありませんでした。自分が正しければ、人の中傷など恐れるに足りません。わがカーングループは政府機関の調査を受けたこともあります。本当に問題があるなら、上場できたでしょうか」

幹部たちはこぞって頷き、賛同した。

彼は続けた。「一般庶民の心理とはどんなものでしょうか。彼らはみんなそろって貧しいのはかまわないが、他人が自分より良い生活をするのは許せませんし、真偽の判断もできません。デマというものは、次から次へと拡大していきます。初めは気にとめていませんでしたが、今日は朱刑事がみずからお見えになりました。これ以上広がれば、グループの経営と安定に影響が出かねませんから、はっきりさせる必要があると考えたのです」

列席した幹部たちは朱偉を非難し始めた。副県長は厳しく叱責した。「朱偉、君が真摯に捜査に取り組んでいることはわかっているが、常に政治を重視し、全体を顧みて、やり方をよく考えなければならん。注目される人はとやかく言われるものだ。孫社長はこの平康の傑出した実業家だぞ。突っ込んだ捜査を通じて証拠を得ることなしにいきなり逮捕するとは。人民代表を好き勝手に逮捕していいわけがあるか。君は法律をわかっているのかね。誰が逮捕状に判をついたんだ、君らの署長か？　このことが外部に知れたら何と言われるか。一般市民からどう思われる？　カーンは県の大黒柱だ、清市（チン）の代表だ。君のように好き勝手に取り締まれば、企業の安定した経営に影響が出るし、社会的にもかなりの悪影響だ。わかっているのか？」

　朱偉はなお仏頂面を崩さず、沈黙で対抗するしかない。

「そこまで深刻ではありませんよ」孫紅運はその状況を見て、逆に笑って朱偉をかばった。「朱刑事の正義感はみな知っています。私も平康で朱刑事の成し遂げた数々の業績を聞いて感服しているのです。おそらく世間のでたらめな噂を聞いて、私という人間に疑問を持たれたのでしょう。こうしてちょっと調べてくださるのも良いことです。潔白を証明できますし、そういった人たちに口を閉ざしてもらえますからね」

　朱偉はそれ以上我慢できなくなり、口を開くと厳しい声で尋ねた。「丁春妹（ディン・チュンメイ）がどこへ行ったか、おまえはよく知っているはずだ！」

　孫紅運は呆然とした様子だった。「丁春妹とは？　その名前は初めて聞きました。どういう人ですか？　私の知り合いですか？」

朱偉は内ポケットから一通の封筒を出し、中から丁春妹がサインした供述書を出してテーブルに載せた。「自分で読んでみろ」

孫は受け取って目を通し、続いて幹部たちも読んだ。

孫は理解できないようだった。「ここに書かれた侯貴平（ホウ・グイピン）や岳軍（ユエ・ジュン）とは誰ですか？　まったく知りませんが」

副県長は尋ねた。「この書類はどうしたんだ」

「丁春妹本人の供述です」

「丁春妹とは何者だ」

「苗高（ミャオガオ）郷のある女性です」

「誰が尋問した？」

「私と部下一名、それに一人の友人です」朱偉はひとまず江陽の名前を伏せた。県政府の幹部の前で、若い検察官である江陽を巻き込みたくなかった。

「友人だと？」副県長は眉を寄せた。「警官か？」

朱偉は否定した。「いいえ」

「警官でもない友人を連れて丁春妹という女性の尋問をし、彼女が君らにこの供述をしたのか」

「そうです」

「ではその女性は今どうしている？」

「失踪しました。拉致された疑いがあります。孫社長に聞きますが、丁春妹をどこへやったんですか」

孫紅運はやはり見当もつかないという顔で首を振った。

副県長は言った。「供述した以上、内容が事実かどうか、孫社長と関係があるかどうかにかかわらず、本人を署に連行して尋問を続けるべきだろう。なぜ失踪させてしまったんだ」

朱偉は顔色を変えて答えた。「その日は急用があったんで、連行しなかったんです」

副県長はますます不機嫌になった。「苗高郷の一人の女性が、孫社長と知り合いなわけがあるものか。たった一つの供述記録で何を証明できる？　本人も行方がわからないのに、この内容が事実だとどうやって証明するんだ」

朱偉は反駁できない。

「ここにある侯貴平とは何者だ」

「ボランティア教員です」

「ここには、岳軍が丁春妹に金を渡し、侯貴平を誘惑させて虚偽の通報をさせた、その金は孫社長が出したと書かれている。孫社長が苗高郷のボランティア教員にそこまで深い恨みを持つか？　社長は苗高郷のご出身でもないのに、二人と関係があるわけないだろう」

孫紅運が言った。「ええ、平康には長年いますが、苗高郷にはまだ行ったことがありません。ましてやボランティア教員の知り合いはいませんし、その岳軍という人も知りません」

朱偉は奥歯を食いしばった。今は何の証拠もないのだから、もし孫紅運と女児性的虐待事件の関わりを話せば、この場の人間は全員、でたらめを言っていると非難するだろう。少しして彼は孫をにらみつけて言った。「岳軍と胡一浪は二人とも奥に勾留している。奴らの自白を待ってるんだな！」

孫は動じずに言った。「胡君は私の代理です。私は彼という人間を信頼していますし、苗高郷のボランティア教員との間に何かがあったとも聞いたことがありません。胡君が本当に罪を犯したのか、朱刑事が今日、確かな結論を出してくれることを願っていますよ。もし彼が犯罪に関わっていたなら、私は決してかばい立てせず、必ず捜査に協力します。だがもし無実であれば……」言葉を切って一つ咳払いをすると、突然厳しい口調になった。「このような奇怪なデマの存在は決して許さず、必ず上級部門に申し立てをします！」

35

「腹が立つ、まったく腹が立つな！」朱偉は食堂でビールをがぶ飲みし、江陽に恨みをぶちまけた。

昼間、孫紅運は警察署に半時間もおらず、仕事があるという理由で先に立ち去った。幹部たちはみな朱偉の妄動を叱責し、胡一浪をすぐに釈放するよう求めた。朱偉は聞かず、取調室に入ると鍵をかけてみずから尋問をおこなった。だが午後いっぱいかけても何の成果もなかった。胡一浪は、岳軍とはただの友人で、あの日の電話は特に大事な用件ではなかったと言い張った。その後に李建国の事務室に電話をしたことについても、何を話したか覚えていないと言った。

岳軍の取り調べも大差なく、電話で何を話したか覚えていないし、まして丁春妹がどこへ行ったかは知らないと言い張るのみだった。

その後、市内で会議に参加していた署長と副署長が電話をよこし、朱偉が上司を欺いたことを非難して、署へ戻ったら改めて処分すると宣告した。李建国やほかの幹部はさらに強く釈放を求め、弁護士も駆けつけたため、部下たちはそれ以上取り調べを続けられなくなった。朱偉は孤立無援で、やむなく二人を釈放したのだった。

江陽は打つ手が見えず、肩を落として言った。「もうすっかり手詰まりです。証人も物証もなくなってしまって、どうすればいいんですか」

朱偉は怒って答えた。「だからこそ捜査しなきゃならないんだ！　孫紅運の奴は仕方ないが、岳軍は絶対に何とかするぞ！」

「でも、結局は彼も釈放したじゃないですか」

朱偉は眉をひそめて考え、しばらくすると声を落として言った。「岳軍は絶対に内情を知ってるはずだ。何とかして自白させて、供述を裏づける証拠を見つけるぞ！」

江陽は不安そうだ。「何とかしてと言っても、どんな方法があるんです？」

朱偉は彼にちらりと目をやった。「怖がるな、何かあれば責任は俺がとる。心配無用だ、まだ俺と一緒に捜査を続ける気があるだろ？」

江陽は内心、すでに怖気づいていた。彼は仕事を始めてから長くはなく、まだスタートラインに立ったばかりで、前途は明るいはずだった。だがこの事件で多くの面倒に巻き込まれ、職場ではすでに、朱偉と一緒になって騒ぎ立てるのはよせと内々に諭してくる人が何人もいた。しかし朱偉の正義感と情熱には深く突き動かされており、そのためジレンマに陥っていた。

しばらく考えてから真剣に答えた。「気持ちの上ではずっとこちら側にいます。ただ僕は、容疑者に対して危害を加えることは絶対にできません。これは僕の信念です」

朱偉は冷笑した。「安心しろ、こんなに長いこと刑事をやってるんだ。俺にもけじめはある。岳軍のような輩(やから)はたくさん見てきたが、ちょっと脅かしてやれば全部吐く。危害を加えたりしないさ」

江陽はほっと息をついた。「どうするつもりですか」

朱偉はしばし考えた。「今晩にでも苗高郷(ミャオガオ)に行った方がいい。岳軍は今日釈放された後、これからどうやってこっちの捜査に対応するか、孫紅運の指示を受けてるに違いない。今夜のうちに打つ手を奪うんだ。ぐずぐずしてると奴らは準備を整えちまう。そうなったら自白はもっと難しくなるぞ」

江陽は頷いて同意した。

朱偉は続けた。「職場で捜査用の一般車輛を借りてくる。あのガキがパトカーを見て逃げ出したりしないようにな。後で運転しに来てくれ、俺は……」目の前にずらりと並んだビール瓶を指さし、「飲酒運転は良くないからな」と目くばせをした。「署へ戻って銃を取ってくる」

「銃を？」江陽は驚いた。

「安心しろ、本当にあいつを撃ち殺すと思うか？　俺がそこまで向こう見ずか？　ちょっと脅かすだけだ、芝居は本物らしくやらないとな」


夜の帳が下り、江陽は朱偉を車に乗せて苗高郷へ向かった。

到着したのはおよそ夜九時頃だった。農村には街灯もなく、ヘッドライトに照らされた前方の道路を除き、あたりは漆黒の闇だった。車が池のそばを通りかかるとふいに「助けて——」という声が聴こえた。

江陽は慌てて車を停めて耳を澄ませたが、もう何も音がしない。

「聴こえたか？」朱偉は厳しい表情で尋ねた。

「はい、助けを呼ぶ声が聴こえた気がします」江陽は確信なさそうにあたりを見回す。

「降りてみよう」先ほどの声は切羽詰まっていた。のんびりしていられない。

車を降りると朱偉は懐中電灯をつけ、声がした方向を探った。前は空き地で、いくらも行かないうちに一台のマイクロバスが停まっているのが見えた。外に人が立っており、こちらを凝視している。

その時、バスの陰からまた「助けてくれ」という声がはっきりと聴こえた。朱偉は向こうにまだ人がいると知って歩き続けた。

バスの外の人物は二人に向かって叫んだ。「失せろ！」バスの陰から三人が飛び出した。二人がもう一人を押さえつけ口をふさいで車内に押し込もうとしており、押さえられた男は乗るまいと必死にもがいている。

朱偉は迷わず腰から銃を抜き、空に向けて一発撃った。「動くな、警察だ！」

二人は銃声を聴いてさっと手を放し、立っていた男とともにバスに飛び乗りドアを閉めて発進させると、ハンドルを切って朱偉と江陽に向かってきた。仰天した二人は慌てて跳びのき、バスを止めるのも間に合わず、みすみす男たちを見逃すしかなかった。マイクロバスにはナンバープレートがなく、違法行為のために用意された車であることは明らかだ。

朱偉は江陽を振り返った。「大丈夫か？」

江陽は驚き覚めやらず、立ち上がって身体についた土をはたいた。「大丈夫です。先にあの人を見に行きましょう」

その時、倒れた男は二人が近づく前に這い上がって駆け出した。

「止まれ、警察だ、なぜ逃げる⁉」朱偉は叫びながら追いかけ、江陽も後をついていった。さほど行かないうちに朱偉は男の襟首を捕まえ、力任せに地面に引き倒した。顔を見た途端に笑い出す。「血眼になって捜してた奴があっさりと見つかったな。小僧よ、おまえを助けてやるとは思いもよらなかったぞ！」

36

「言ってみろ、一体何があった？」朱偉（ジュー・ウェイ）は手をゆるめて岳軍（ユエ・ジュン）を起き上がらせた。

「いや、何でもねえ」岳軍はびくついているが、相変わらずふてぶてしい表情だ。

江陽（ジアン・ヤン）はあやうくマイクロバスに轢（ひ）かれかけて苛立っていたところに、そのふくれっ面を見て思わずカッとして怒鳴った。「僕たちは命の恩人だぞ、まだ黙ってるのか？　さっきの三人は孫紅運（スン・ホンユン）の一味か？」

「お……俺は知らねえ、見たことねえ奴らだ」

朱偉は岳軍の襟元をつかみ、今にも噛みつきそうな憎しみに満ちた目でにらんだ。「俺たちがいなきゃ、おまえは今晩どこかで死んでても誰にもわからなかったんだぞ！　あいつらはおまえの口を封じようとしてるのに、いつまでかばうつもりだ？」

岳軍は目を合わせようとせず、顔をそむけて江陽の方を見ている。

江陽は尋ねた。「あいつらはなぜ君を捕まえようとした？　君をどうするつもりだったんだ？」

「知らねえよ……俺にわかるわけねえだろ」

「この野郎――」

江陽は怒る朱偉を押しとどめ、岳軍に言った。「本当のことを言った方がいい。孫紅運が捕まらなければ、君は本当の意味で安全にはならない。そうすればまた今日のような目に遭うぞ。教えてくれ、丁春妹はあいつらに捕まったのか？」

「あいつがどこにいるかなんて本当に知らねえよ……」

江陽は堪忍袋の緒が切れ、「もういいです、好きにしてください」と朱偉に言った。

朱偉は片手で岳軍の襟首をつかみ、もう片方の手で頭や腹を何度も続けざまに殴った。

岳軍が痛みに悲鳴を上げて許しを求める。

江陽は無表情で冷たく見つめている。「もう思い出しただろう」

「ほんとに知らねえんだ、わかるわけねえだろ、頼むよ、孫紅運のことはこれっぽっちも知らねえ、会ったこともねえよ」

「上等だ、口の堅いガキが！」朱偉は怒り狂って銃を出し、岳軍のズボンの股に押し当て、酒臭い息を顔に吹きかけた。「俺様がこんなどえらい失敗をしでかすのは今日が初めてだ。今夜吐かないならぶち殺すぞ」

岳軍はたちまち顔をこわばらせ、苦し紛れに口を開けて空笑(そら)いをした。「あ……あんたは警察だ、お……お……俺を殺したら監獄行きだぞ、そ……そんなことするもんか」

「するかしないか賭けてみるか！」

朱偉はますます強く銃を押しつけ、岳軍は腰を抜かし、目を閉じて何度も首を横に振った。「あんたは善い警官だ、そんなことするもんか。殺せば監獄だ、できっこねえ、絶対にできっこねえ！」

朱偉は冷笑した。「このまま殺せばもちろん監獄行きだ。だがもしおまえに襲われたと言ったら？」そう言うと左手で腰からナイフを抜き、江陽に差し出した。

江陽は意味がわからない。「何をするんですか」

「受け取れ」

受け取って尋ねる。「何をしろって言うんですか」

「自分の身体を切れ」

「自分で？」

朱偉は頷いた。「岳軍は尋問から逃げて、ナイフであんたを襲った。おれはあんたを守るために仕方なくこいつを殺すんだ」

だが江陽はまだ理解できない。「なぜ僕なんですか？　僕は警官じゃない」

朱偉は笑った。「俺の腕ならこんなごろつきに襲われたって銃を使うまでもない。説明しても警務監督課は絶対に信じやしない。だからあんたにちょっと犠牲になってもらうんだ」

江陽は月明かりの下で冷たく光るナイフの刃を触ったり、自分の薄いシャツを見つめたりして、すぐには覚悟が決められない。

「献血したとでも思え」朱偉は目くばせした。

江陽は覚悟を決めて岳軍に言った。「いいだろう、君が僕を襲って、それから平康（ピンカン）の白雪が君を射殺する。理屈は通ってる」

言い終えるとナイフを自分の腕に近づけた。あえてゆっくりとした動作で、額に汗がにじみ出てくるのを感じた。

その時、突然「パン」と音がして、朱偉が銃を撃った。

弾は岳軍に当たらず、ズボンの股をかすめて後ろの地面に撃ち込まれた。

岳軍は目を閉じて泣きわめいた。「言う、言う、全部言うよ！」

手を離すと崩れ落ち、地面にへたり込む。

朱偉は力いっぱい手を振った。手も銃もぐっしょりと濡れていたからだ。岳軍のズボンは生臭い液体にまみれていた。

37

岳軍を車内に連れ込み、江陽が尋ねた。「話すんだ、マイクロバスを運転していたあいつらは誰だ」

「たぶん……胡一浪がよこしたんだ」岳軍はまだ気が動転している。

「何しに来た？」

「お……俺は知らねえ。もしかすると——」

「もしかすると、何だ」

「わからねえ」岳軍は下を向いた。

江陽は冷たく笑った。「口封じに殺しに来たんだろう？」

岳軍はうなだれてゆっくりと何度か頷いた。「あいつら……あいつらに呼び出されて、その時、俺は……まずいと思って必死に抵抗した。それからあんたたちの車が通りかかったんで、チャンスだと思って助けを呼んだら、叫べないように口を押さえられた。う……

うまいことにあんたたちが駆けつけてきたから……」

「丁春妹（ディン・チュンメイ）が失踪したのは、あいつらに殺されたのか」

「わからねえ」

朱偉（ジュー・ウェイ）が岳軍の髪をわしづかみにする。「まだ吐かないのか？」

「本当に知らねえよ、胡一浪は言わなかったし、俺から質問なんてできねえ。たぶん……たぶんそうなんだろうよ」

江陽は言った。「君が警察署で何も言わなかったことはあいつらも知ってるのに、なぜ口封じなんてしようとしたんだ？」

岳軍は泣き顔になった。「あんたたちがあの人に行きついたんで、胡一浪は俺がしゃべったと思ったんだ、何を言っても信じてくれねえ」

二人は理解した。胡は岳軍があの日に使った携帯電話から調べがついたことを知らず、自白したと思い込み、一度しゃべれば今後はもっと多くのことを供述しないとも限らないと考えて、口封じに殺そうとしたのだ。

江陽は頷いた。「胡一浪は君を殺そうとした。今日は生きて帰れたとしても、この先も機会を捉えて君を処分しに来るぞ。無事に逃れる唯一のチャンスは君自身が握ってる。捜査に協力して、胡一浪や孫紅運（スン・ホンユン）の一味を全員逮捕し、法廷で裁いてこそ、これからの君の安全が保証されるんだ。さもないと、君という時限爆弾を抱えてあいつらが安心できるか？　君にしたって、証人になりさえすればきっと寛大な処分を受けられるはずだ」

岳軍は黙っている。

「捜査に協力するか？」

しばらくしてゆっくりと頷いた。「わかった」

江陽は携帯電話を出して録音を始めた。「じゃあ、まずは丁春妹と侯貴平（ホウ・グイピン）のことを詳しく話すんだ」

岳軍は供述を始めた。当時、胡一浪が岳軍に連絡をよこし、女に侯貴平を誘惑させて強姦されたと虚偽の通報をさせるように言った。岳軍は二万元を渡され、そのうち一万元を丁春妹に渡した。だが侯が死ぬとは決して思っておらず、もし命まで取ると知っていれば絶対にその金は受け取らなかったと言い張った。誰が侯を殺したかは何も知らなかった。

「胡一浪はなぜ侯貴平を殺したんだ？　彼は最初、君が教え子を強姦したと通報したんだろう。警察は捜査の結果、君を容疑者から外したんじゃなかったのか？　通報を続けたとしても意味はなかったはずだ」

「そうだ……けど……けど……」

「けど何だ？」江陽が尋ねる。

朱偉が怒鳴った。「さっさと言え！」

岳軍は怯えてたちまち口を割った。「けど、あいつは被害を受けた子どものリストを手に入れて、写真まで撮ってたんだ」

「何だって⁉」江陽と朱偉は顔を見合わせた。

江陽の胸は激しく脈打った。怒りをこらえて尋ねる。「つまり、性的虐待を受けた女の子は一人だけじゃなかったのか？」

岳軍は頷く。

「何人いた？」

「お……俺が知ってるのは四人だ……」

江陽は深く息を吸って気を静めた。最も知りたいのは、侯貴平が一体何の写真を撮って殺されるに至ったのかだ。

岳軍は語った。「俺はただ胡一浪がちょっと言ってたのを聞いただけだ、侯貴平が写真を撮ったって。どんな写真かは知らねえ」

「どこにある？」

「侯が警察に届けた」

江陽は朱偉を見たが、朱偉は首を横に振った。「侯が撮った写真なんて見たことがない」

江陽が尋ねる。「当時、侯貴平が通報した時は、李建国（リー・ジェングオ）が対応したんでしたね」

朱偉が重苦しげに頷く。

江陽は岳軍の方を向いた。「これから君を警察署に連れていく。知っているすべてを詳しく記録することに同意するか？」

警察署と聞いて岳軍はまた迷い始めた。

その様子を見て説得を続ける。「胡一浪はもう君に手を下したんだ、それに君も重要な情報を明らかにしたばかりだ。僕たちはもちろんこれに基づいて捜査する。あいつが今後、君を放っておくと思うか？　もう僕たちに協力してあいつらを捕らえるほかはないんだ」

岳軍は長いこと考え、最後に頷いた。「一緒に行くよ」

38

戻る途中で岳軍（ユエ・ジュン）は打ち明けた。数年前、彼はカーングループで運転手を務めていた。ある時、苗高郷（ミャオガオ）出身であることを胡一浪（フー・イーラン）が知り、村の女の子を県城へ連れてくれば月給を大きく上回る報酬を払うと持ちかけた。こうして二〇〇〇年初頭から、岳軍は村の子をカーンの経営するホテルに連れていって胡一浪に会わせるようになった。多くは両親が出稼ぎに行っている子どもか孤児で、誰にも追及されることはなかった。全部で四人の女の子を連れていき、毎回ホテルまで送って引き渡し、翌日にまた出迎えて連れ帰った。胡はそのたびに岳軍に一千元を支払った。女の子がホテルで何をされているかはわからず、あえて尋ねることもできなかった。

また噂では、胡はほかにも彼のようなごろつきを大勢抱えて同様の女の子を見つけており、そのため被害に遭った子どもは四人にとどまらないと思われた。

江陽（ジアン・ヤン）の胸は激しく乱れた――被害者は一人どころではなかったのだ！　事件の広がり

は完全に想像を超えていた。

署に着くと朱偉は当直の警官に取調室を用意させ、警官二人とともに岳軍を尋問し、江陽は傍らで監視した。

いくらも経たないうちに取調室のドアが押し開けられ、李建国が慌ただしく入ってくると彼らを指さして怒鳴った。「みんな外へ出ろ、出るんだ！」

朱偉は立ち上がり、部屋を出ようとする二人の警官の前に立ちふさがって李をにらみつけた。「どういうつもりだ」

「数日前に岳軍を逮捕して、何も聞き出せずに釈放したばかりだろう。今日また逮捕したのは連続拘引にあたる重大な違法行為だ！」

「違法だと？」朱偉は冷笑した。「大きな手がかりを見つけてもう一度取り調べてる。本人も同意してるんだからかまわないはずだ」

「手続きを踏んでなければダメだ。出ていけ、みんな出ていけ！」ほかの二人の警官を叱りつける。

警官たちはどうすべきかわからない。李建国は刑事部長だから、より権力は強い。迷った末、やはりドアに向かって足を進めた。

「二人とも動くな！」朱偉は大声を上げて二人を止めると李に指を突きつけた。「真夜中に俺のヤマに口出しに来て、何のつもりだ？　証拠が見つかるのが怖いのか⁉」

「怖いことなどあるものか！　おまえの行為は違法だ。上司として正す責任がある」李建国はさらに力を見せつけるように胸を張った。

「俺の違法行為を正す？　ハハハ、李建国よ！　聞くが、侯貴平が通報に来た時はおまえが対応したんだろう？　写真はどこだ、どこにある！」

「何の写真だ、知らんぞ。何を言ってる？」

「いつまでもそうしてられると思うなよ。おまえが孫紅運（スン・ホンユン）や胡一浪と無関係なら、俺の二十年間の刑事人生も無駄ってもんだ！　女児の集団性的虐待事件すらかばい立てするとは、それでも人間か⁉」

　李建国は怒鳴った。「朱偉！　言っておくぞ、これ以上でたらめを言ったら拘禁してやる！」

　朱偉は両手を広げた。「来いよ、誰が俺を拘禁できるんだ、誰にやれるんだ、おまえの命令で？　この裏切り者、警察の面汚しが！」

「口を謹（つつし）め！」李は怒って指を突きつける。

「おまえは恥さらし、人間のクズだ！」朱偉は少しもひるまない。

「もう一度言ってみろ！」李はもはやこらえきれなくなり、つかみかかった。

朱偉は負けじと拳を振るって応戦し、二人はもみ合った。当直の警官たちはみな驚いて次々と駆け寄り、止めようとした。

二人は引き離されてもまだ罵り合っている。朱偉は相手を孫紅運の保護者、警察の裏切り者と呼び、李建国は耳まで真っ赤になって大声で制止し、拘禁すると脅したが、李の部下にも本当に朱偉に手を出そうとする者はいなかった。

その時、数人の男たちが入ってきた。先頭のスーツ姿の男が書類を示し、岳軍の弁護士と名乗って面会を求めた。

朱偉は怒鳴った。「農村のガキに弁護士なんか雇えるか。カーンがよこしたんだろう！」

弁護士はほほ笑んで岳軍に視線を向けた。「私は岳さんに雇われた者です」

朱偉は振り向いた。「おまえが雇ったのか？」

岳軍はうなだれ、同意も否定もしない。

弁護士は向き直り、「これから岳さんと話をしたいのですが」と言った。

「ダメだ！」朱偉は怒鳴った。「まだ取り調べ中だ。警察には面会を拒否する権限がある」

李建国が冷ややかに言った。「刑事捜査の手続きは済ませたのか？　まだなら違法だぞ」

傍らの江陽がふいに口を開いた。「僕が手続きをしました。これは検察院が再起した事件です。岳軍を取り調べる必要があります」

李は見向きもしない。「それなら検察院の人間を連れてくるんだな、警察署に駆け込んでどうする。自分たちでやればいいだろう。だが覚えておけ、ここは警察だ。おまえのようなちっぽけな検察官が威張れる場所じゃない」

「何だと――」江陽はカッとなったが、署内では味方もおらず、どうすることもできない。朱偉が江陽の前に立って怒鳴った。「李建国！ 言っておくが、取り調べが終わるまで岳軍は絶対に釈放しない。フン、捜査が終わればおまえも逃げられないぞ」

李建国は周囲の制止を振り払おうと懸命にもがいて罵った。「朱偉、俺に対する今日の侮辱は必ず警務監督課に告発するからな！ いずれにせよおまえは規則違反だ！ 幹部を騙し、人民代表を不法逮捕したんだ。その後始末も済んでないのにまた法を犯してるんだぞ！」

しばらくすると担当副署長が署に電話をよこし、捜査には反対しないが必ず法に従わねばならない、弁護士が来たなら面会を手配すべきだと指示した。ほかの問題については後日改めて朱偉を処分するという。

朱偉はむかっ腹が立ったが、やむなく江陽とともに事務室に移動し、岳軍と弁護士の面会が終わるのを待った。

午前三時に李建国が突然、数人を従えて入ってくると、手錠を手に大声で言った。「朱偉、市警警務監督課は重大な違法行為の疑いで正式におまえを捜査する。逮捕に異論はないな？」

朱偉は呆然として相手を見つめた。「そんなはずはない。おまえ――」

「手続きは進行中だ。監督課の担当者は朝一番に到着する。さきほど電話があって、ほかの警官も証言をすることに同意したそうだ」

傍らの警官が手錠を受け取り、びくびくしながら進み出て小声で言った。「朱さん、本当にすみません」

朱偉は周囲を見回すと手を伸ばして手錠を受け、冷たい目で李建国をにらんだ。振り向いて江陽に厳かな視線を投げる。江陽は唇を嚙み、険しい表情で頷いた。

朱偉を連行させた後、李は軽蔑したように江陽を見て言った。「検察院の手続きはまだしてないだろう？ さっさと帰って寝るんだな」

江陽は深く息を吸い、何も言わずにドアを出た。手には岳軍の供述を録音した携帯電話をしっかりと握っていた。

外へ出ると空を見上げた。暗闇はなお深く、その夜はいつになく長かった……

39

趙鉄民（チャオ・ティエミン）は厳良（イエン・リアン）に銀行の残高証明を手渡した。「江陽（ジアン・ヤン）は死ぬ一週間前に元妻に送金していた。全部で五十万元だ」

「そんな大金をどこから？」

「明細を見ると、三十万は張超（ジャン・チャオ）が数カ月前に入金したもので、ずっと手をつけてなかった」

厳良は眉を寄せた。「つまり張超が最初に言ってたように、その金で賭博をしてたわけじゃなかったってことですか」

「そうだ」

「じゃあ江陽の人物像の、賭博にはまっていたという側面は見直す必要がありますね」

趙鉄民は言わんとすることを察したが、曖昧に言葉を濁すにとどめた。「どうやらこのヤマはますます奥が深くなっていくな」

「残りの二十万はどうしたんですか」

「調査したところ、カーングループのある経理担当者が一週間あまり前に入金してる。個人名義でな」

「カーングループ？」しばし考える。「それは……」

「そうだ、この江市の大手デベロッパー、カーングループだ」

厳良は訝しげに尋ねる。「江陽は平康県の一介の検察官だったのに、なぜカーングループと関係があるんです？　カーンの経理がなぜそんな大金を彼に？」

「カーンは元々平康県の企業で、社長の孫紅運が一九九〇年代に県城の国営製紙工場を買収した。工場はその後どんどん拡大し、上場もした。何年も経たずに江市に進出して不動産業を始め、たちまち市最大規模のデベロッパーの一つに成長して、本社を市内に移したんだ。だから江陽とカーンの関係は平康の検察官時代にできたんだろう」

趙鉄民は続けた。「もっと面白いことがあるぞ。江陽の通話記録を調べたら、死ぬ前の一時期、ある番号に頻繁にかけていた。番号の主は胡一浪といって、カーングループの役員兼カーン製紙の役員秘書だ」

厳良は考えに沈んだ。「またカーンですか？　まさかこのヤマはカーングループの人間と関係が？」

趙は額をなでて声をひそめた。「あたしもそれが心配だ。もしカーンが絡んでるなら捜査はおそらく面倒になるだろうよ。民営企業もあれほどの規模になれば、各方面とは複雑なしがらみがあるはずだ。髪の毛一本でも引っ張れば全身に関わる、ってやつだ」

厳良は頷いて趙鉄民の懸念に理解を示した。少し考え、ふいに思い出して言った。「高棟さんが言ってたそうですね。真相だけを追え、特捜班班長としての職務だけを果たせ、裏の要素には気づかないふりをしろ、って。その言葉は今日の趙さんに向けたものじゃないですか」

趙鉄民は虚を衝かれ、しばらくうろうろ歩くと笑い出し、肩の荷を下ろしたように言った。「どうすべきかわかったぞ。そう言えば、省高検に李建国を聴取させたら、そんな昔のヤマはもうよく覚えてない、もし当時の捜査に問題があったとしても、当時は各方面に制約があったためで、自分一人ではどうしようもなかったと言ってたそうだ」

「李はなぜ事件発生後にすぐ捜査を打ち切ったんですか？」

「捜査打ち切りを急いだことは認めなかった。細かいことは全部、覚えてないと言ってる」

「検察側はその話を信じてるんですか？」

趙鉄民は笑った。「おまえは信じるのか？」

「まさか」

「信じなかったとしても何ができる？　李がわざとやった冤罪事件だと誰に証明できる？　ただの軽率な捜査打ち切りとして、追及したところでせいぜい職務遂行能力の問題になるだけだ」

厳良は眉をひそめて考えた。もし張超の動機が事件の見直しや李建国の処分なら、今頃すでに手の内を見せているはずだ。だが張はそうしていない。一体何を求めているのだろうか。

彼にはいまだにわからなかった。

40

「今度ばかりは、朱偉（ジュー・ウェイ）は厄介なことになったな」陳明章（チェン・ミンジャン）は眉を寄せて江陽（ジアン・ヤン）を見つめた。

江陽は勢い込んで尋ねた。「市警は一体どういう理由で雪さんを勾留したんですか？」

陳は答えた。「君もその場にいただろう。岳軍（ユエ・ジュン）に銃を向け、その上、発砲したんだ」

江陽はさっと顔色を変えた。

陳は続けた。「朱偉が連れていかれてから、警務監督課の担当者が警備記録を見て銃弾が二発減っているのに気づいて問いただしたんだ。朱偉は、岳軍が拉致されようとしているのを見て焦りのあまり警告のつもりで空に向けて二発撃った、発砲報告書を書く前に連行されてしまったと話した。すぐに監督課が岳軍に聴取したが、奴（やっこ）さんはそうは言わなかったんだ」

「岳軍は何て？」

「あの夜に君と朱偉がやってきて、朱偉は酒に酔っていて、すごい剣幕で連れていかれそうになり、その上リンチもされかけた。怖くなって逃げようとしたら、空に向けて一発撃ったので立ち止まるしかなかった。すると殴られた上に下半身に銃を押しつけられ、孫紅運（スン・ホンユン）は犯罪者だと言え、さもなければ検察官である君を襲ったかどで殺すと脅された。自分は単にカーングループでバイトをしていただけで、胡一浪（フー・イーラン）は知り合いだが孫紅運のことはまったく知らないと言ったが信用してもらえず、股に向けて銃を撃たれてびびって失禁してしまった。仕方なく胡一浪の罪をでっちあげたらようやく納得したが、またしても警察署に連行された、と言ったそうだ。監督課が朱偉の銃を調べるとたしかに岳軍の尿がついていた。君たちが食事した店にも行った。主人は朱偉がその日、ビールをかなり飲んでいたと認めた。こうして監督課は、朱偉が酒に酔って一般市民を銃で脅し、暴力行為を働いたと認定したんだ」

江陽は苛立った。「岳軍は嘘をついてます！　監督課はなぜ僕を調査しに来ないんですか？　その日はずっと朱さんと一緒にいました。なぜ僕に事実を確認しないんです？」

陳明章はため息をついた。「監督課が岳軍の供述を朱偉に確認したら、完全に自分一人の行動で、飲み過ぎだったと言った。君は強引に同行させられたのであって、無関係だ、と。それに監督課は検察院にも行ったそうだ。呉（ウー）検察長が君をかばったんだ」

江陽は天地がひっくり返ったように感じ、すぐに言った。「ダメだ、監督課に行って状況を説明しないと。岳軍の説明は嘘だ！」

「無駄だよ」陳は首を振った。「聞くが、朱偉は岳軍の股間に銃を突きつけて、その上、発砲までしたんだろう？」

「そうです……でも——」

「自分から面倒に飛び込むんじゃない。銃弾は二発とも見つかった。弾道測定で岳軍の言い分が証明されたし、銃には尿もついていた」

「ですが——」

「ことは深刻だ、自白の強要よりずっと重い。君は検察官なんだからわかるだろう。警官が無防備な一般市民を銃で脅した上に発砲した。これは故意の殺人未遂と拡大解釈もできるんだ。それに李建国（リー・ジエングオ）は朱偉から犯罪者の保護者だと署内で公言され、名誉を甚だしく損なわれたと申し立てている。孫紅運も、朱偉があの日、人民代表である自分を不法に逮捕しようとし、何の証拠もない中で、個人の名誉と企業の正常な経営に悪影響をおよぼしたと訴えている。加えて朱偉は幹部を騙して逮捕状を偽造した。どれも事実だ。まったく……」

江陽は全身が総毛立つのを感じた。もしそうした告発がすべて認められたら、朱偉は重罪になるだろう。思わず叫んだ。「いけない、状況を説明しないと。朱さんを罪もなく牢に入れて、本当の犯罪者を野放しにしておくわけにはいきません！」

陳は言った。「君は今、絶対におもてに出てはならん、絶対にだ！」

「どうして？」江陽の両眼は血走っている。

「朱偉の気持ちを無駄にするな。自分が君を無理強いしたことにして、すべての責任を一人でかぶったんだ。呉検察長も君を守るためにあれこれ動いてくれたはずだ。君に前途があることはみんなわかっているからな。今は何もするんじゃない」

「しかし事件は広範囲に及んでいて、被害に遭った子は一人じゃないんですよ！」

陳明章は嘆息した。「わかっている。この事件はここまでにしよう、と朱偉からの伝言だ」

江陽は頭が真っ白になり、へなへなと椅子に倒れ込んだ。

41

「呉(ウー)検察長、僕たちは確かに岳軍(ユエ・ジュン)を脅しました。ですが彼の供述は絶対に事実です。女児性的虐待事件の再調査を申し立てます」

「根拠はこれか？」検察長は携帯電話を江陽(ジアン・ヤン)に返して首を横に振った。「わかっているだろう。これは不法に取得した録音データだ。証拠にすることはできない」

江陽は苛立って言った。「確かに不法に取得しましたが、もし岳軍の供述がでたらめなら、あれほど詳しくすべての細部を話せるわけがありません」

検察長はため息をついた。「江君、仮に今これを証拠にした場合、岳軍はこの内容を認めるか？　きっと暴力で脅されてとっさにでまかせを言ったと言うに違いない」

江陽は歯を食いしばり、無力感と失望を顔に浮かべた。

検察長は続けた。「君の友人の朱偉(ジュー・ウェイ)という刑事もすでに逮捕され、市警による捜査が始まり、市検察院に勾留要請が届いた。警察は君に会いたいと言ってここにも来たが、私が拒否した。市内の多くの人脈を使って君への捜査を押さえ込んだんだ。君と愛可(アイコー)のためだ、この件はもうここまでにしてくれ」

「そんなことできるわけありません」江陽は憤りを抑えきれない。「何人もの女の子が性被害に遭って、その中の一人は自殺し、侯貴平(ホウ・グイピン)は罠にはめられて殺されたんです。証人の丁春妹(ディン・チュンメイ)は突然失踪して生死も不明です。容疑者の岳軍の尋問は理由もなく打ち切られて、担当していた朱偉刑事は逮捕されました。こんな事件をどうしてここまでにできるっていうんですか？」

検察長は静かに江陽を見つめ、辛抱強く諭した。「仕事に感情を持ち込むんじゃない」

江陽は深く息を吸って気を静め、話を続けた。「呉検察長、以前はこの事件の調査を支持してくれていたはずです」

「以前はそうだった。だが今の状況は君の意気込みでどうにかなるものではない。汚職以外の事件はすべて警察が捜査を担い、検察は介入しない。たとえ我々が立件したとしても、誰が捜査する？　君か？　君に捜査能力があるのか？　やはり警察に捜査してもらわねばならない。これまでは朱偉が君と一緒に捜査していたが、今、彼はいなくなった。警察の誰が君を手伝ってくれるんだ？」

江陽はあくまでも押し通そうとした。「たとえ僕一人でもきっと証拠を見つけてみせます。この事件は絶対に諦めません」

検察長は椅子に座ったまま長いこと沈黙した後にゆっくりと言った。「録音で言っていた複数の女児の性的虐待については私も同様に胸が痛むし、捜査して犯人を捕まえたい。だが今は私にもどうすることもできないんだ。この事件は闇が深い。朱偉はすでに彼自身の身も危うくなった。もしこれ以上捜査を続ければ、君が次の彼にならないとも限らない」

「あり得ません、僕は朱さんのように衝動的ではありません。必ず規則は守ります」

検察長は首を横に振った。「第二の朱偉にならないとどうして保証できる？」

「すべて法の枠内で行動します。度を越したことは何もしません」

「では侯貴平は何か法を犯したのかね？」

江陽は言葉を失った。

「君が優れた検察官であることは信じているし、これまでも疑ったことはない。それに君のことは高く評価している」検察長は嘆息し、真剣に彼を見つめた。「だがこの事件では、立ち止まることを心から忠告するよ」

「僕は立ち止まりません」江陽はきっぱりと答えた。「侯貴平事件を知ったばかりの頃は確かにとても迷いました。でも多くの事実を知れば知るほど止まることができなくなったんです。検察長、僕は事件を受理してほしいだけなんです。捜査はすべて自分の力でやり遂げます」

「ダメだ」検察長の答えも同様にきっぱりとしていた。

二人はじっとにらみ合い、長い間、沈黙していた。検察長の表情はますます冷たくなり、目には失望の色が浮かんだ。彼は江陽を見つめて言った。「愛可は国家公務員の試験勉強をしている。君は……これからはあの子の邪魔をしないでくれ。落ち着いて試験に臨ませてやってくれ」

江陽は驚いて呆然と立ち尽くし、それからわずかに頷くと、身を翻して執務室を出ていった。

42

二〇〇五年三月、江(ジアン)市風光湖畔。

「あなたと呉愛可(ウー・アイコー)が別れるなんて思わなかった」李静(リー・ジン)は首を振ってため息をつき、手の中のティーカップを置いた。

江陽(ジアン・ヤン)は苦笑した。「彼女は本当に怖くなったんだ。侯貴平(ホウ・グイピン)事件を知ったばかりの時は、僕が迷って、彼女はずっと僕を励ましてくれた。そうでなかったらとっくに諦めてたよ。でも朱偉(ジュー・ウェイ)さんのことがあってから態度が明らかに変わって、諦めるよう勧めてくるようになったんだ。僕は首を縦に振らなかった。少しずつ、僕たちの結びつきは弱くなっていった。数ヵ月後に呉(ウー)検察長が市内に異動になって、僕と愛可も連絡が途絶えた。最近、裁判官の恋人ができたと聞いたよ。これからは幸せになってほしいと思ってる」

李静は江陽の目を見つめてしばらくぼんやりしてから頭を振った。「検察長が異動になったのに、あなたは一緒に戻るように言われなかったの?」

「検察長は僕の意向を聞いてくれたけど、自分で平康（ピンカン）に残ると決めたんだ。無理に異動しろとは言わなかった。それも検察長なりの応援だと思ってるよ」

李静は頷いた。「朱刑事はどうなったの？」

その話題になると、江陽は思わず笑い出した。「難を逃れたよ。陳さんによると、朱さんをどう処分するかで市内に大きな議論が起きたそうだ。裁判にかけるべきだという声もあったけど、多くの法曹関係者が処分の軽減を求めて各級の幹部に意見書を送ったんだ。それから朱さんに以前、事件を解決してもらったり助けてもらったりした市民たちも、情状酌量を求めて署名をした。他地域の警察関係者も事件の疑問点について省に意見を出した。みんなの努力で朱さんは免職止まりで、警察学校に戻って三年間研修することになったんだ」

「岳軍（ユエ・ジュン）はもう苗高郷（ミャオガオ）には姿を見せてないの？」

「そうだ。誰も見かけてない。あやうく口を封じられるところだったけど、僕たちが助けたんだ。今は僕も朱さんも自分のことで手いっぱいだけど、胡一浪（フー・イーラン）は八割方あいつを放免しないだろう」

李静はため息をつき、また尋ねた。「じゃあ、朱刑事は今、お元気？」

「元気だよ。正月に自宅にお邪魔したんだ。すべて順調で、心身ともに健康だ。ただ李建国（リー・ジェングオ）の話になると今にも噛みつきそうな顔をするけどね。三年後にはまた復職して捜査を続けると言ってる」

「あなたも？」

「もちろんだ。諦めたければとっくに市内に戻ってるよ。平康に残ったのは最後まで捜査をするためだ」

李静はほっとしたように頷いた。「良かった、朱刑事は三年間の研修で済んだのね。もし本当に刑務所に入れられてたら、この世の中は不公平すぎるもの」

「世の中は元々、不公平だよ」江陽は朗らかな笑顔を見せた。「だから僕たちは努力して、職務の及ぶ範囲は少しでも公平にしたいんだ」

李静は冗談めかして言った。「まるで世界を救うヒーローね」

「そんな大それたことはできないよ。あの悪党を捕まえるのが僕の望みだ」江陽は笑った。

李静も笑った。「その様子だと、新しい進展があったんじゃない？」

江陽は頷いた。「何カ月か前に、侯貴平が当時担当した子どもたちの名簿を手に入れて、女子児童の家を一軒ずつ訪ねて聴き取りをしたんだ。岳軍は、選んだのはみんな親が出稼ぎに出ている子か孤児で、両親がそばにいない子だと言ってた。一通り調査をして被害者らしき子どもを何人か絞り込んだ。もっと多くの手がかりが得られないかどうか、その子たちを訪ねてみるつもりだ」

「全部、あなたが一人で？」

「そうだよ」

「きっと大変だったでしょうね」

江陽は笑った。「初めは確かに大変だったけど、こんなに長い時間が経った事件なんだ、再調査もすぐというわけにはいかないよ。週末には天気さえよければ苗高郷に聴き取りに行ってるんだ」

「子どもたちはみんなもう高校生でしょ？」

「そうだ。当時は小学校の最高学年だったけど、今では高校に通う年頃だ。被害者らしき子どもも、両親と一緒に別の土地へ行った子もいれば、出稼ぎをしている子も、県城の高校に進学した子もいる。一人は平康職業高校に進学してる。まずその子に話を聞いてみるつもりだ」

「あなたが女の子に性被害のことを聞くの？」

「そうだよ、朱さんはまだ研修中だから僕が一人で行くしかない」

李静は思わず眉をしかめた。「大人の男性が、小学校の時に性的虐待に遭ったかどうかを女の子に聞くの？　問題ない？」

「じゃあ、どうすればいい？」

「私が手伝ってあげる。女性だもの、こういう調査には私の方が具合がいいでしょ」

「本当に手伝ってくれるの？」

「もちろんよ！」李静は熱意を見せたが、すぐにまた迷い出した。「警官でも検察官でもないけど、捜査を手伝っても大丈夫？」

「ちょっと話を聞きに行くだけだ、もちろん大丈夫だよ。でも、江市で自分の仕事があるんだろう、時間は――」

「必要な時は休みを取れるから。みんなが頑張ってくれて、私、すごく感動してるの。それにこんなにたくさんの内情がわかって……侯貴平が無実の罪で亡くなったのに、私が部外者でいることはできないもの」

43

李静（リー・ジン）が平康（ピンカン）職業高校を出ると、江陽（ジアン・ヤン）は急いで出迎えた。「どうだった、あの子は被害者だった？」

李静は首を振った。「違うみたい」

「詳しく聞いた？」

「何度も探ってみたけど普通の反応だった。侯貴平（ホウ・グイピン）のことは、小学校六年の時の担任で、赴任して数カ月後に亡くなったとしか覚えてなかった。岳軍（ユエ・ジュン）の話をしても、何も接触はないと言ってた」

江陽は失望を露わにした。「岳軍は供述で、亡くなった翁美香（ウォン・メイシャン）の名前しか挙げなかったんだ。この子が違うなら、ほかに可能性のある数人に連絡を取れないか考えてみるよ。その時はまたお願いする」

別れた後、江陽は見知らぬ番号から着信を受けた。

「江陽か？」携帯からは聞き覚えのある声がした。

「はい、僕です。どちら様ですか」

「大学時代に君を教えていた張超（ジャン・チャオ）だ」

「張先生？」思いがけなかった。卒業してからここ数年は連絡をしていなかったのだ。

「李静はまだそこにいるのか？」

「江（ジアン）市に戻りましたが、どうかしましたか」

「今、平康にいるんだ。もし時間があれば、会って話をしたい」

二人は、江陽が朱偉（ジュー・ウェイ）とよく会っていた喫茶店で待ち合わせた。久しぶりの再会にどちらも感慨ひとしおだった。

記憶の中では学生とたいして年齢が違わず、バスケットボールが好きで、若々しい活気に満ちていた張超先生はもうおらず、そこにいたのは身なりの整った厳しい顔つきの中年男性だった。江陽もまた、もはや常に笑顔で元気いっぱいの、自信にあふれた楽観的な大学生ではなかった。今の彼はいつも知らず知らずのうちに眉間に皺を寄せ、額の皺も増え、暗い雰囲気を身にまとっていた。

張超は江陽の前髪を指さした。「白髪が生えてるな。もしかすると……ここ数年、仕事のストレスが大きいのか」

江陽は少し笑った。「まああです。社会に出ればどうしても様々なストレスはあるものですから」

張超はわずかに目を細め、過去を思い返しているようだ。「君の同期の中では、検察院に受かった者は多くなかった。たしか二、三人だけだ。君はずっと優秀だったな」

江陽は苦笑して言った。「張先生は副教授になられたんでしょう？」

張超は頷いたが、すぐに首を横に振った。「昇進はしたが、すぐに退職してね。今は一介の弁護士だ」

「教員のお仕事はとてもいいじゃないですか。学校の方がずっとやりやすいと思います。でも当然ですね。張先生の実力なら、弁護士になればきっともっとたくさん稼げるでしょうから」

「まるっきり金のためというわけではないんだ」張超は笑い、少しばつが悪そうな顔をした。「辞めたのは、教え子と恋愛をしたからだよ。そのまま教師を続けるのは、どうも……あまり良くないと感じてね」

「それは……李静ですね？」江陽は相手の表情から、すでに察していた。

「検察官の洞察力はやはり鋭いね」張超は笑い出し、隠さなかった。「その通りだ。李静と婚約した。半年後には結婚する」

「そうでしたか……」江陽は張超が訪れた理由をひそかに推測して心が波立ったが、空元気で冗談を言った。「あらかじめ教えてくださったのは、僕たち検察官の薄給をご存じだから、今からご祝儀のために倹約させようというおつもりですね？」

「ハハハ」張超は笑い声を上げたが、すぐに笑顔を収め、二人は沈黙した。

しばらくして、張超はようやくまた口を開いた。「君に会いに来たのは、これ以上李静を事件に関わらせてほしくないからだ。わかってくれると思うが、この事件は非常に扱いづらい」

「わかりました」江陽は無表情で答えた。

「侯貴平の捜査書類に問題があることは最初に気づいたが、こういう地方の冤罪事件を覆すのは難しい。証拠の問題でも手続きの問題でもなく、環境の問題だ。十年後はもしかすると変わっているかもしれないが。最初に気づいた時に胸にしまっておくべきだった。李静に話したのを今は後悔している。間接的に君に事件を知らせることになって、あの朱刑事や君に――」

江陽は眉を寄せて見つめた。「全部ご存じだったんですか？」

張超は頷いた。「平康には友人がいるし、君たちのことをずっと気にかけていたんだ。李静も少し話してくれた。私が最初に疑問を持った時に誰にも言わなければ、その後の多くの事件も起こらなかった。今のこの状況はきっと君の方が詳しいはずだ。諦めることを心から忠告する。君は聡明な人間だ。検察官を続けてもいいし、弁護士になってもいい。君の才能なら多くの選択肢がある」

江陽はため息をついた。「ありがとうございます。わかりました。もう李静は煩わせません」

44

「『平康(ピンカン)の白雪』朱偉(ジュー・ウェイ)も、江陽(ジアン・ヤン)のように何度も処分を受けたんですか」厳良(イエン・リアン)は個人資料を前に考え込んだ。

「正確に言うと江陽のように処罰されるはずだったんだが、支援してくれる人があって軽い処分になったんだ」趙鉄民(チャオ・ティエミン)は軽蔑を露わにして、手元の資料に目を落とした。「ホシを銃で脅して偽の証言をさせた上に股間に向けて銃を撃つなんて、まったく驚いたもんだ。免職になって警察学校で三年間研修させられた後にまた復帰してる。フン、平康の法治はまったく茶番劇だな」

「朱偉は見つかったんですか」

「まだだ。去年の六月に健康上の理由で突然、休職を願い出た。よく江(ジアン)市に来てるそうだが、何をしてるのかは誰も知らない。携帯も切ってて、家族が知ってるのはここ最近、江市にいることだけ、どこにいるかは誰にもわからない。だが見つけるのは時間の問題だ」

「去年の六月に突然、休職を？　張超（ジャン・チャオ）事件の半年以上前ですね」厳良は振り向き、考えに耽って歩き回った。しばらくしてふいに言った。「そんなに長い休暇を取ってずっと江市に滞在して、いまだに姿を見せないとは、うーん……早いうちに見つけた方がいいですね。おそらくこの事件の重要人物です」

趙鉄民は頷いて同意し、続けて言った。「もっと面白い情報があるぞ。江陽の元妻の口座を調べたら、江陽が死んだ三日後に五十万元振り込まれてる。送金したのは張超の妻の李静（リー・ジン）だ。元々張超の教え子で、江陽の同期だった。ほかの同級生に聞いてわかったんだが、昔、侯貴平（ホウ・グイピン）の恋人だったそうだ」

厳良はふと、前回、張超の妻に会った時のことを思い出した。侯貴平の名前を見ても大雑把な話をいくつかしただけで、かつての関係についてはまったく触れなかったし、口調にもまったく感情を出していなかった。

厳良は眉間に皺を寄せた。「彼女自身は、侯貴平との関係は一度も明かしてないんですか」

趙鉄民は肩をすくめた。「あたしらも知ったばかりだ。付き合ってた時はかなり仲が良かったそうだ。侯貴平が死んで十年以上経つとはいえ、あれほど冷たい反応なのはおかしいと思わないかい」

「彼女と話してみる必要がありますね」

「問題ない、明日、署に来るように伝えた。厳先生が何を聞き出せるか、お手並み拝見だな」

李静はそっとドアを押し開けて優雅に事務所に入って来ると、厳良に挨拶をしてからゆっくり腰を下ろした。

厳良は単刀直入に切り出した。「あなたは昔、侯貴平の恋人だったんですね？」

「そうです」思いがけず、彼女は素直に認めた。

「彼との関係はどうでしたか」

「良かったです。当時は、卒業したらすぐに結婚する約束をしていました」淡々として落ち着いた表情だ。

厳良は彼女を見つめた。「しかし前回お会いした時、なぜそのことを言わなかったんですか。それにあなたの様子は――」

「まったく関心がなさそうだった、そうでしょう？」李静は言葉を引き取って続けた。「彼とのことはしょせん、十年以上前のことですから。それと夫の今の状況とどんな関係があるんですか。私は夫にしか興味ありません。なぜ侯貴平の話をしなければならないの？　それにあなた方もお尋ねになりませんでしたよ」

厳良は頷き、話題を変えた。「侯貴平の事件について、どの程度ご存じですか」

「彼は殺されて、しかも罪を着せられたんです」

「知ってたんですか」

「もちろんです。元々、私が江陽に知らせて、それで江陽が再起して捜査したんですから」

厳良は驚き、すぐに続けて尋ねた。「どうやってそれを？」

「最初は警察が大学に通知して、張超（ジャン・チャオ）が捜査書類を見ました。すぐに解剖報告書の記述と結論が食い違っていることに気づいて、私に話してくれたんです。侯貴平が亡くなる前に教え子の性的虐待事件を通報し続けていたことは知っていましたから、彼の死と結びつけて考えれば、当然、殺されて罪を着せられたことになります」

「張超が最初に疑問に気づいた？」厳良は事件の核心に触れかけているのを感じた。「なぜその時に通報しなかったんです？」

「地方機関が結論を下した以上、当時の司法環境から考えて覆すのは難しいと言っていました」

厳良はわずかに怒りを感じた。「たとえ難しくてもやってみるべきだったのでは。彼が教えていたのは法律で、亡くなったのは教え子なんですから！」

「でも夫は何もしなかった」李静はかすかにほほ笑み、軽蔑の表情を浮かべた。「江陽は卒業後に平康の検察官になりました。私、侯貴平の事件が見直されることを期待して会いに行ったんです。その行動がもとで彼がその事件を十年も追いかけることになって、その上、刑罰まで受けるなんて思ってもみませんでした。ああ、彼に申し訳が立ちません」

厳良の視線が動いた。「刑罰とはどういう意味ですか？」

「江陽の親しい友人だった朱偉さんに尋ねてください。私よりずっと多くのことをご存じです。この十年、私は何も関わっていませんでしたから、詳しいことはわかりませんし、お話ししたとしても正確ではありません。朱偉さんなら全容を詳しく教えてくれるはずです」

また朱偉か！　朱偉は事件全体のキーパーソンだ。厳良はその考えをさらに深めた。ややあってまた尋ねた。「江陽が死んで三日後、あなたは彼の元妻に五十万元振り込んだ。そうですか？」

李静は落ち着き払って認めた。「その通りです」

「なぜ彼女に金を？」

考える間も見せずに答える。「夫は江陽殺害の容疑で逮捕されたんです。前の奥様に五十万元を支払ったのは、江陽の人となりを悪く言ってもらうためです。被害者が悪人であればあるほど夫は世間から同情されて、刑が軽くなりますから。その時は、江陽を殺したのは夫ではないなんて知らなかったんです」

厳良は笑い出した。「だから前の奥さんは江陽が収賄や賭博をして、女性関係も乱れていたと言ったんですね。その上、まさにそのことが原因で離婚し、本人は懲役刑を受けたとも言っていた」

「その通りです」

「では、江陽は本当にそういう人間でしたか？」

「もちろん、違います」

「どんな人間だったんです？」

李静は遠い目つきをして、思い出すように答えた。「とても正直な人でした。先ほどの評価はどれ一つとして当てはまりません。もしどうしても一言で表せとおっしゃるなら――純粋無垢な人でした！」

「純粋無垢、ですか」厳良の目がふいに鋭く光った。「しかしあなたは自分の夫の刑を軽くするために元妻に五十万元を支払い、その純粋無垢な人を品行劣悪なろくでなしに仕立て上げたんですよ？」

李静は銀の鈴の音のような笑い声を上げた。厳良をあざ笑ったようだ。「奥様に話してもらったのはすべて裁判所が江陽に下した評価です。不適切だと思われるなら、まず裁判所の判決を訂正なさったら？」

厳良は彼女をじっと見つめるとやはり笑い出し、声を落とした。「その台詞は、今日のために長年用意しておいたものですね？」

李静はかすかに首を傾げ、答えない。

「ただ、あなたはごく小さな点でミスをしています」厳良はふいに声をひそめた。

李静は頭を起こして視線を向けた。

「江陽が死んで三日後にあなたが元妻に五十万を支払ったと知って、あなたの通話記録を調べ、送金後に相手に電話しているのを発見しました。もちろん、なぜ元妻の携帯番号を知っていたのかは様々に解釈できますし、質問するつもりもありません。ですが、それより前の数カ月間は一度も電話していません。それに、相手の口座番号をどうやって知ったんです？」

李静はわずかに慌てた。「それは……江陽の部屋でメモを見つけたんです。前の奥様の口座番号が書いてありました。彼の部屋はうちの所有ですから……ですから私——」

厳良はさえぎった。「事件発生後の数日間は警察が部屋を封鎖していて、あなたは入れませんでした。それに、仮に口座番号を見つけたとしても、五十万というのは大金です。

せめて先に電話をして、確認してから振り込むはずです」

李静は黙ったまま答えない。

厳良は手を振った。「心配いりません、私のほかにこのことに気づいた人は誰もいないはずです。事件の全容について、もう大半は推測できています。ただ細部をいくつか確認する必要がありましてね。ご安心ください、私が唯一求めているのは真相を見つけることです——それがどれほど残酷な真相であっても。では次は、あなた方の計画通りに朱偉に話を聞いてみなければ。そうですね？」

李静は小さく頷いた。

厳良はほほ笑んだ。「では、お手数ですが朱偉に伝えてください。姿を現してもかまわない、と」

45

二〇〇七年五月。

テーブルには封を切った茅台酒が二本と豪勢な料理がいっぱいに並び、三人は酔って朦朧としながら盛んに杯を交わしていた。

「陳(チェン)さんは実に友達がいのある奴だ。ここまで生きてきて、茅台を腹いっぱい飲むのは初めてだ」

朱偉(ジュー・ウェイ)は大笑いし、また酒を腹に収めた。

陳明章(チェン・ミンジャン)はまぶたを軽く閉じて気だるそうに言った。「三年も入ってたあんたがようやく出てきたんだ。ケチケチしていられるか?」

「何が『入ってた』だ、まるで監獄に行ってたみたいに。あのな、俺は研修に行ってたんだ、法律の勉強だ。出てくりゃまた刑事じゃないか。李建国(リー・ジエングオ)のバカには俺をどうすることもできないんだ」

「あいつは今じゃ副署長だ、あんたをどうしようと思いのままさ。くれぐれもそんな大きな口を叩くなよ、気をつけないとまた三年入ってお勉強することになるぞ」陳明章が冷やかす。

江陽は笑い出した。「雪さんがまた李建国を困らせたら、息子さんが警官になってから大変だ。『お父さんは何のお仕事を？』『警察です』『職場はどちら？』『警察学校です』『ああ、先生ですね？』『学生です』『定年間近でまだお勉強を？』『生きてる限り勉強だと言うじゃないですか』『じゃあ、きっと高学歴なんでしょうね？』『まあまあです、大専中退です』ってね」

「おいおい、なんだ二人とも、李建国のバカの一味になっちまったのか！」朱偉は二人を指さし、三人はコップを掲げて大笑いした。

陳明章は何度か咳ばらいをし、気合いを入れて挨拶をするそぶりをした。「今日のこの席はだな、二つのお祝い事のためだ。一つは、雪ちゃんが無事に警察学校の研修から戻ったことだ。もちろん、外国語の試験が一〇点だったことは言わずにおこう。それから試験の時にカンニングをしたことも、ゴホンゴホン、聞かなかったことにしよう。要するにだ、雪ちゃんはまた刑事だ、まだ副部長だ、それで十分だ。もう一つはだな、私のことだ。少し前に退職した。仕事を辞めたんだ」

朱偉と江陽は驚いて同時に言った。「監察医を辞めた？」

「男は金を持つとダメになると言うが、誰のおかげで金がなかったと思ってるんだ？」陳明章は得意げに大笑いした。「ここ数年は上げ相場でかなり儲けた。この先、無駄遣いするには十分だ」

朱偉が尋ねた。「辞めてどうする？」

「江市（ジアン）で起業する。うちの親父が一昨年亡くなって、私も平康（ピンカン）なんて小さい土地はとっくに離れたかったからな。しばらく江市で過ごして、落ち着いたら母親を迎えて、会社をやってみるつもりだ」

親しい友人が平康を離れると聞いて、朱偉と江陽は寂しそうな顔をした。

陳明章は笑って二人を慰めた。「そんな顔をするな、また会いに来るとも。君らが江市に来れば全力でもてなすぞ。食事も宿も持ってやる。最高だろ？」

朱偉は大笑いした。「よし、乾杯しよう。陳さんの江市での成功を願って。そうだ——」江陽に向き直る。「俺が研修に行ってすぐ結婚したんだって？　奥さんには一度も会ってないぞ、写真持ってるか？　ちょっと見せろ」

江陽は恥ずかしそうに携帯を出し、写真を表示して手渡した。

朱偉が突っ込んで聞く。「どうやって知り合った？」

「郭紅霞（グオ・ホンシア）と言います。雪さんが研修に行ってる間、暇を見つけて週末に苗高郷（ミャオガオ）に行ってたんです。手がかりを探りたかったんですが、残念ながら何もありませんでした。一番の収穫は彼女と知り合ったことです。とても話が合って、僕のやろうとしてることを知っても応援してくれるんです。県城の紡績工場に勤めていて、学歴はそれほど高くありませんが、とても優しくしてくれますし、理解して応援してくれてます」すっかり幸福そうな表情だ。

朱偉は何度も頷いた。「良かった良かった、この郭さんというお嬢さんはとても良さそうな人だな。ただ……どうも、あんたより年上のようだが」

「四歳年上です」

朱偉は笑い出した。「三十過ぎか！　こりゃ年増のお嬢さんだ。あんたみたいな江華（ジアンホア）大学出のイケメンが、最後に選ぶのはどんな女房かと思ってたんだ」

陳明章は悦に入（い）ったように言った。「姉（あね）さん女房は今、一番流行ってるんだぞ。年増で何が悪い。もちろん、こちらの歳がいったお嬢さんは呉愛可（ウー・アイコー）とは比べ物にならないが、あの頃は――」

朱偉が慌てて止める。「陳さん！」

陳明章はすぐにハッとして、しきりに謝った。「ああ、酔ってしまった、酔ってしまった。お詫びに罰杯をいただくよ。すまなかった、江君、くれぐれも気にしないでくれ」

江陽はほほ笑んだ。「かまいませんよ、冗談じゃないですか。彼女が僕に良くしてくれて、僕も彼女をいいと思ってるんだから、それで十分です」

朱偉が高らかに言った。「さあさあ、俺たちの門出(かどで)に乾杯だ。残りの酒も飲んじまうぞ。陳さん、酔ったふりをするな、後であんたが勘定を持ってくれないと……まったく、本当に酔ったふりをしやがって、司法関係者を脅したかどで逮捕するぞ……」

その夜、三人は夜が更けるまで思う存分飲み、気がねなく大笑した。誰も事件のことを持ち出さず、まるで過去に別れを告げるかのようだった。

時間というものは、社会を変え、人をも変えてしまうのだ。

46

二〇〇八年三月、平康(ピンカン)にまた雪が降った。

大雪の中、江陽(ジアン・ヤン)は二人の同僚を連れて朱偉(ジュー・ウェイ)とともに平康拘置所にやってきた。

ちょうどその前日、江陽は極めて重要な手がかりを手に入れた。名を何偉(ホー・ウェイ)、あだ名を大頭(ダートウ)という地元で有名なチンピラがおり、中学中退後に、職に就かずぶらついている人間を集めて「チーム13」という半グレ集団を作った。何偉は以前、傷害罪で懲役六年となったことがあり、刑期を終えて間もなくまた喧嘩で相手を刺し殺した。調査の結果、殺人のほかに少なくとも二件の傷害罪を隠していたことがわかった。三年間逃げ回っていたが、一カ月前に逮捕された。昨日、検察官二名が拘置所で取り調べをおこなったところ、今回は重罪になりそうだと見て、減軽のため「チーム13」のあるメンバーが二〇〇四年に苗高(ミャオガオ)郷の女性を殺害したことを打ち明けたのだ。

江陽は知らせを受けてすぐに丁春妹(ディン・チュンメイ)を連想し、上司の許可を得て、直接行って問いただすことにした。

彼らは拘置所で何偉を取り調べた。身分を確認した後、江陽は方針を説明した。「昨日、君が供述した事件が事実なら、僕は検察院を代表して、開廷時に君の貢献を裁判所に説明し、最大限の減軽を求めることを約束するよ」

「死刑にさせないと保証できるか？」何偉は重罪を逃れることはできないとわかっており、今は藁にもすがる思いだ。

「保証はできないが、力を尽くすと約束する。君の供述が未解決事件の解明にとって大きな貢献になれば、検察としては君を死刑にさせない自信は大いにある」江陽は心を込めて相手を見つめた。

何偉は深く息を吸うと、頷いた。「わかった。知ってることは全部話す」

「よし」江陽は本題を切り出した。「被害者は何という名前だった？」

「知らない。苗高郷で小さい店をやってる女だったってことしか」

江陽はドキリとし、確信を深めた。「殺したのは誰だ？」

「王海軍という名前で、当時は俺の舎弟だった」

「王海軍が殺したことをどうやって知った？」

「たしか二〇〇五年の初め頃、一緒に飯を食ってて、奴が酔って俺に言ったんだ。前の年のある夜に、もう一人と苗高郷に行って女を一人さらって殺した、死体は苗高郷のはずれの荒れ山にある古井戸に棄てたって」

「なぜ殺したか言ってたか？」

「金をもらったと言ってた」

「誰から？」

「聞いたが、言わなかった。言えない、言ったら殺されると言ってた」

江陽はすぐそばのレコーダーに目をやり、それから傍らで記録を取っている同僚を見ていくらか安心した。最も重要な情報はすべて記録しているし、手続きは万全で、合法的に得た証拠だ。前回のように後手に回ることはもう絶対にないはずだ。

目の前のことに考えを戻すと、質問を続けた。「王海軍は今どこにいる？」

「カーングループの警備保安部でマネージャーをやってる」

取り調べが済んで江陽が外に出ると、待機していた朱偉が待ちきれないように尋ねた。

「被害者は丁春妹か？」

江陽は筆記録を手渡して言った。「可能性は高いです。信頼できる人を連れてすぐに王海軍を逮捕して、ついでに刑事と派出所の警官を派遣して遺体を探させてください。苗高郷のはずれの荒れ山の古井戸の中です。その山のことは覚えてます。苗高郷に行く時はいつも通ってました。小さい山ですから、一日足らずで見つけられるはずです」

朱偉は頷いた。「すぐに向かう」

江陽は引き止め、厳かに言った。「最も肝心な時には、いっそう慎重にならないといけません。さもないと長年の努力があと一歩でふいになります。絶対に信用できる人を連れていってください。行動は迅速に。あいつらに対応する暇を与えてはいけません！」

朱偉には言わずもがなだ。「わかってる。李建国（リー・ジエングオ）は刑事担当副署長だ。どこまでも俺を束縛するつもりだからな、あいつに知られるわけにはいかん。刑事課から新人を何人か連れていく。県の派出所には親しい友人がいる、死体探しに人を出してもらうよ。ヤマが解決する時が来たな！」

そう言うと、思いを秘めた眼差しでかなたを見つめた。

47

江陽（ジアン・ヤン）が刑事部に駆けつけると、朱偉（ジュー・ウェイ）は満面の笑みで王海軍（ワン・ハイジュン）を無事に逮捕したことを伝えた。まだ刑事たちとやりあっていて、自供はしていないという。だが死体さえ見つかり、何偉（ホー・ウェイ）の拘置所での供述書と合わせれば、言い逃れはできなくなるだろう。

間もなく、良い知らせが届いた。苗高郷（ミャオガオ）外の荒れ山の古井戸で、案の定、死体が発見されたのだ。すでに完全に腐敗して骨だけになっていたが、骨格から判断して女性で、県の監察医が検視に向かっているという。

朱偉が説明を終えると、二人とも喜びに涙を流さんばかりだった。

朱偉は興奮して言った。「まったくなあ、このヤマが何年もしてから重大な転機を迎えるとはまったく思ってなかった。俺は――俺は一生、二度と――二度と――」

目を赤くして、嗚咽で言葉が出てこない。かつての捜査で自分と江陽に起きた出来事を思い返し、感慨無量だ。

江陽は拳を握り締め、感極まって言った。「良かった、本当に良かった！　殺人事件が表に出たら、王海軍にはきっと死刑判決が下るはずです。死刑を目前にすれば、孫紅運（スン・ホンユン）が金を積んでも買収はできない。必ず自白しますよ。そうなれば孫紅運や胡一浪（フー・イーラン）はもう逃げられません！」

その時、李建国（リー・ジェングオ）が数人の刑事を連れて慌ただしく入ってくると、朱偉を見るなり問いただした。「王海軍はどこだ？」

朱偉は怒ってにらみつけた。「何をするつもりだ？」

李は厳しい声で言った。「重大な殺人事件が起きたと聞いた。このヤマは今から俺が担当する。おまえは手を出すな」

「これは俺のヤマだ、ホシは俺が逮捕したんだ。遺体は俺が手配して見つけさせた。何を根拠に横取りしようとする？」朱偉は拳を固め、二人とも一触即発で、その場はたちまち緊張した。

李建国は歯牙にもかけない様子で、当然と言わんばかりの表情だ。「俺は上司だ、命令に従え。このヤマは重大な案件だ、俺が直々に捜査する。もちろん、解決すれば手柄はおまえのものだから安心しろ」

「ふざけるな！」朱偉は大声で怒鳴った。

ずにおまえは――」

「朱偉！」李は頬の肉をブルブルと震わせた。「警官なら、命令に従え！」

朱偉は怒鳴り散らした。「言っておくがな、このヤマは決して手放さんぞ。おまえが何を企んでるか、この場の全員お見通しだ。王海軍はもう網にかかってるんだ。何日も経たずにおまえは――」

李がさえぎる。「俺は幹部だ、命令する権限がある。ホシが捕まり遺体も見つかった。残りの尋問におまえが手を出す必要はない。手柄を争いもせん。別のヤマで人手が足りないんだ、すぐに捜査に向かえ」

朱偉は歯ぎしりをした。「俺が行かなきゃならんヤマなんかどこにある？」

「窃盗団の取り締まりだ、派出所は連日、通報を受けて――」

朱偉はもはやこらえきれずに怒鳴った。「またくそったれの窃盗団逮捕に行けっていうのか！」

「重大なヤマだ――」

「重大がくそくらえ！」

李建国は叱責した。「朱偉、最後にもう一度警告しておく。それ以上幹部を侮辱したら、明日、監督課に連行させるぞ」

朱偉は椅子に腰を下ろした。「いいだろう、もう言わん。俺様は今日はここに座って、どこへも行かん」

李建国は冷笑した。「フン、窃盗団事件に行きたくないなら、俺にもどうしようもない。だが今後、おまえはすべてのヤマに手出し無用だ。おまえには誰も協力しない。自分一人でやるんだな」

朱偉は怒りに青黒くなって歯を食いしばった。刑事は単独では捜査ができない。李建国が朱偉を孤立させる命令を下せば、その後の職業人生を葬り去るも同然だった。

江陽が耳元で諭した。「雪さん、あと数日の辛抱です。王海軍の犯行はもう確かな証拠が出てますから、言い逃れはできません。数日して拘置所に移送すれば検察院が取り調べますから、安心してください。僕が引き継ぎます」

朱偉は彼を見やって嘆息し、李建国に向かって頭をもたげた。「いいだろう、窃盗団の取り締まりに行ってやるよ、李署長！」

48

翌日早朝、朱偉（ジュー・ウェイ）が検察院事務室に駆け込んできた。江陽（ジアン・ヤン）の腕をつかむと真っ青な顔で息を切らし、しばらくしてようやく呼吸を静めて言った。「早く……早く李建国（リー・ジエングオ）を捕まえに行け」

江陽は慌てて朱偉を座らせ、事務室の呉（ウー）主任が急いで茶を淹れて背中をさすった。「朱刑事、何ごとです？　落ち着いて話してください」

「どうかしちまってる、まったくどうかしちまってるよ！」朱偉はマグカップを握り締めている。「王海軍（ワン・ハイジュン）が死んだ、王海軍が死んじまった！」同じ言葉を繰り返す。

江陽は驚愕のあまり後ずさり、激しい動揺を抑えて尋ねた。「王は警察署にいたんじゃないんですか？　どうして死んだんです？」

「知らん、だが考えなくてもわかる、李建国がやったんだ」

呉主任は小声で言った。「それは……あり得ませんよ。李副署長がなぜ容疑者を……」

朱偉は手の中のマグカップを力なく見つめた。「深夜に救急搬送されたが、助からなかった。医者によると李の奴が付き添ってて、着いた時にはもう生体反応がなかったらしい。だが李はそれでも治療しろと言って、朝になって初めて外部に連絡したそうだ……王海軍が死んじまった」

呉主任は声を震わせた。「どうして……どうしてそんなことが！」

江陽は深呼吸をして、少ししてから沈んだ声で尋ねた。「遺体は今どこに？」

「病院の安置室だ」

江陽はすぐに身を翻して駆け出し、幹部のもとへ行って状況を報告した。検察院幹部は警察署副署長である李建国に配慮することなく、ただちに江陽の捜査申し立てを承認した。容疑者が勾留中に死亡した場合、検察院が捜査に介入する必要がある。江陽はすぐに数名の検察官とともに病院へ向かった。

安置室に入り、ストレッチャーにかかった白布をめくると、王海軍の遺体がそこにあった。満腔の怒りをこらえて深く息を吸い、遺体の服をめくって検査をした。身体の前側には明らかな外傷はなかったが、腕の数カ所につかまれたような指の痕があった。同僚の助けを借りて遺体を裏返す。背中側にも外傷はなく、ただ首の付け根に指の痕があった。

江陽は監察医ではなく、この分野の専門知識はない。少し考えて携帯電話を出すと、すでに江(ジアン)市で商売を始めている陳明章(チェン・ミンジャン)に電話をかけた。

説明を聞くと、電話の向こうの陳は助言をした。「頭部に外傷がないかどうか見てくれ」

江陽は念入りに頭髪をかきわけて指示通りに調べたが、傷はなかった。

また陳の声が聴こえる。「身体に針の穴がないかどうか見るんだ。それもなければ、毒物を飲んだとしか考えられない。その場合は監察医に薬物検査をしてもらうしかない」

江陽は詳細に観察したが、肩を落として電話の向こうに言った。「針の穴はありません」

「君のような専門外の人間には、遺体についた針の穴を見つけるのは難しい。腕と首をもう一度見るんだ、皮膚を引っ張って。穴があるなら普通はそういう部位にある。それでも見つからないなら、監察医による鑑定を警察に申し立てるしかない」

電話を切って、江陽は言われた部位の皮膚を伸ばして細かく観察した。首を調べた時に小さな赤い点に気づき、急いで同僚に写真を撮らせた。

49

病院を出ると彼らは警察署へ直行した。県政府幹部と警察署長が出迎えた。署長は中国共産党県政治法律委員会書記を兼任しており、検察院の上級部門の幹部だ。江陽（ジアン・ヤン）は昨夜の取り調べ要員の件を直接申し立てるわけにいかず、規定通りに調査を進めるしかなかった。

署長は彼らを会議室へ通し、李建国（リー・ジエングオ）自身に状況を説明させた。

双方が着席すると、李はみなの前でうなだれ、肩を落として事のあらましを語り出した。

「王海軍（ワン・ハイジュン）は昨夜、私自身が尋問したのですが、夜中になってもまだ自白しようとしませんでした。時間や容疑者の精神状態を考えて取調官を先に帰らせ、翌日に続きをすることにしました。みなが帰宅した後で王海軍を居室へ連れていこうとした時に、王がひきつけを起こしているのに気づきました。初めは詐病だと思いましたが、後から違うと気がつきました。急いでほかの警官とともに病院へ搬送しましたが、結局、助かりませんでした。

ああ……医師によれば血糖値が下がり過ぎたことによるショック死です。この件は私の責任です。容疑者をよく見ていなかったのです。私がすべての責任を負います」

県政府幹部の一人が尋ねた。「容疑者に対して自白を強要したか？」

李建国は急いで否定した。「絶対にしていません。昨夜の取調官に個別に聞いてくださってもかまいません」

向かいに座る江陽はフンと鼻を鳴らした。李建国は王海軍の供述を最も恐れていたのだ。自白の強要などするわけがない。彼は冷たく李をにらんだ。「昨夜はあなたが最初にショック死に気づいたのですか」

「そうです」

「あなた一人だけですか」

「そうです」

「尋問が終わった後、容疑者はまだ正常な状態でしたか」

李建国は罪悪感でいっぱいなふうに答えた。「尋問の後は通常、容疑者はとても疲れています。それも……それも正常なことですが、当時は彼の身体に明らかな異常があるとは気づきませんでした」

江陽は相手の目をじっと見つめた。「こちらで容疑者の病歴を調査します」

李は眉をひそめ、無言だった。

「取り調べの映像を調べる必要があります」

李はうなだれ、小声で言った。「手違いで、昨夜は取り調べが録画されていません」

「録画されてなかった？」江陽は目を見張った。「取り調べはすべて映像記録を残すことになってるのに、なぜ録らなかったんですか？」

李建国はため息をついた。「確かに私たちのミスです。すべて私が責任を負います」

「どうやって？　人が死んでるんですよ、刑事責任を負うべきだ！」江陽は思わず怒りを露わにした。

その時、司法担当副県長が発言した。「江君、容疑者はショック死したんだ。警察には自白の強要はなかった。唯一のミスは録画スイッチを入れ忘れたことだ。まだ容疑者の死亡原因が明確になっていない以上、まず警察署に内部調査をしてもらおうじゃないか」

江陽は歯を食いしばり、冷ややかに李建国に尋ねた。「王海軍の首についていた針の穴はどうしたんですか」

李は呆然とした。「針の穴？」

「王の首には針の穴がありました。写真を見ますか？」

「私にはわかりません」李は寝耳に水という顔だ。

江陽はじっと見つめた。「市内での司法解剖を要請します」

するとと署長が口を開いた。「それはもちろん検察院の権利です。規則に従い科学捜査員を派遣するよう市に要請していただいてもかまいません。李建国副署長の責任については署内で検討します。その結果が理にかなっていないと検察院が考える場合は、再提起をしていただいてもかまいません」

署長は明らかに李建国をかばっており、検察側は李を連行するわけにいかなくなった。

江陽は押し黙り、やむなく屈服した。

50

続く一週間あまり、江陽（ジアン・ヤン）は警察署での王海軍（ワン・ハイジュン）の不自然な死について監察医を調査に派遣するよう上級警察機関に何度も要請したが、返ってきた答えは、王の遺族が司法解剖を拒否しているというものだった。裏で操っている者がいることはわかっていた。陳明章（チェン・ミンジャン）に意見を求めるしかなかった。陳は他地域のベテラン現職監察医に連絡を取った。彼らは王の首の写真を見て、針の穴は死ぬ直前についたはずだと断定した。病院の診断は低血糖によるショック死だったが、病歴調査によれば糖尿病の罹患歴はなく、過剰なインシュリンを投与された可能性があった。腕と首の鬱血（うっけつ）は強く押さえつけられたためについたものだった。しかしこれらを証明するには司法解剖が必要だ。

　上級機関に繰り返し調査を要請したが、はっきりした回答はずっと得られなかった。一方、遺族は遺体の火葬を何度も求めており、膠着状態がしばらく続いていた。

　その日の夕方、退勤時刻が過ぎても職場に残って報告書を書いていると、妻の郭紅霞（グオ・ホンシア）が大慌てで駆け込んできて尋ねた。「誰かに楽楽（ルールー）を迎えに行かせた？」

楽楽は三歳になったばかりの一人息子で、幼稚園の年少組に通っており、毎日午後四時が終了時刻だ。郭紅霞は仕事があるため五時まで園に預けている。だがこの日、迎えに行くと、乗用車に乗った中年男性が来て叔父だと名乗って連れていったと言う。両親の情報を確認したところ、男性は正確に答えた。地元の人間関係は単純なため、保育士たちは深く考えずに子どもを見送った。郭紅霞は違和感を持ち、慌てて江陽のもとへやって来たのだった。

「いや、迎えになんて行かせてないぞ！」江陽は頭皮がたちまち粟立つのを感じて椅子から跳び上がった。

郭紅霞は焦りのあまり泣き出した。江陽もまごついていると、そばにいた呉（ウー）主任がさっと近づいてきて言った。「ぐずぐずするな、すぐに派出所に通報するんだ。まず子どもを捜さないと」

二人はそれを聞いてすぐに外へ駆け出した。呉主任は陰鬱な表情で遠ざかる江陽の背中を眺めていたが、苦渋に満ちたため息をついて自分のデスクに戻り、キャビネットの下段の引き出しから一通の封筒を取り出した。手に取ったまま長いこと見つめ、最後に吐息を漏らすとまた引き出しに戻した。

派出所に届けを出したが、失踪から二十四時間以内は事件扱いにならないという。急いで朱偉（ジュー・ウェイ）を訪ねると、まず帰宅して様子を見るように勧められた。

三人が家の前に着くと、道端に停まった一台の乗用車から一人の男が降りてきた。おもちゃの飛行機を持って嬉しそうに笑う楽楽を抱いている。

その男、胡一浪（フー・イーラン）はにこやかに三人に挨拶をした。「遅かったですね。ずいぶん待ちましたよ。お子さんにごちそうを食べさせて、おもちゃもプレゼントしました。かまいませんよね？」

郭紅霞は子どもを見るなり慌てて駆け寄り奪い取った。

江陽は冷たく胡一浪を見つめ、妻と子を先に中へ入らせた。二人が上階に上がってドアを閉めると、それ以上こらえきれずにつかみかかって殴り倒した。

朱偉も駆け寄り、倒れている胡一浪に猛烈なキックを浴びせた。

その時、傍らでカシャカシャとシャッター音がし、胡が頭を抱えて叫んだ。「全部撮ってくれ、通報してやる！」

朱偉はかまわず胡の頭を殴りつけた。「クビになったっておまえを殺してやる！」

脇から数人が飛び出し、怒り狂う朱偉と江陽を無理やり引き離した。

胡一浪は顔の血を拭い、憎々しげに言った。

「おまえら見てろよ、見てろよ！」

51

陳明章（チェン・ミンジャン）は茅台酒を二人に注ぐと、笑って言った。「今や二人とも停職か。しばらく江市（ジアン）にいるといい。気晴らしに遊びに連れてってやる。費用は全部私持ちだ！」

「やっぱり陳社長は太っ腹だな」朱偉（ジュー・ウェイ）はコップを上げると一口で空にし、また自分で満たした。「食うもんも飲むもんもたっぷりだ、俺の方こそ帰りたくないね。江市は最高だ、平康（ピンカン）になんか戻るもんか。そうだろう、江君（ジアン）？」

江陽（ジアン・ヤン）は一瞬沈黙して答えた。「僕は何日かしたら帰ります。上司に会って、早く復職させてくれるように頼むつもりです」

朱偉は頭を振った。「停職だろ、クビになったわけじゃあるまいし、何を焦ってる？」ふと口をつぐみ、唖然とした。「まさかまだ諦めずに、孫紅運（スン・ホンユン）の捜査を続けようってんじゃないよな？」

江陽は答えない。

陳明章はため息をついて言い聞かせた。「江君、もう白雪ですら諦めたのに、なぜ君が頑張らなきゃならない？」

「そうだぞ。王海軍（ワン・ハイジュン）の遺体はもう火葬されたんだ。この上、何を調べられる？　元々、何年も前に諦めてたじゃないか。丁春妹（ディン・チュンメイ）事件が浮上したのは新しい突破口だと思ったが、結果は……畜生！」

江陽は酒を飲み干し、また注いだ。「奴らがこれほど大胆なことをするとは思いませんでした。このまま好き放題やられたらとても耐えられません。戻って、ここ数年間のことを全部書き出して送ります。市検、省高検、最高検の検察委員会に、それから省警察庁と警察省の幹部にも。いつかきっと誰かがこの事件に注目して、真実が明らかになる日が来ると信じてます！」

陳明章は唇を結んで声を落とした。「このまま続けていったとして、君はその結果を考えたことがあるのか？」

江陽は苦笑した。「もう何年も前の僕じゃありません。今は将来に何の期待もしてませんよ。これ以上ひどくなりようがないでしょう？　せいぜいこの前のように機会を狙って僕を殺す程度ですよ。奴らが息子を脅しに使った時から、僕はもっとひどい結末も怖くなくなったんです」

「なら、郭紅霞(グオ・ホンシア)と楽楽(ルールー)のことを少しは考えてやるべきじゃないか？」陳明章がそっと言ったその一言が、ふいに江陽の心の最も脆い部分に触れた。「奴らはまず侯貴平(ホウ・グイピン)を殺し、その後で丁春妹を殺し、今度は王海軍を殺した。もしかすると岳軍(ユエ・ジュン)もだ。こんなにたくさん殺したんだ、もうとっくに好き放題だ。だが君は考えたことがあるか。なぜ奴らは君と雪ちゃんには規則を逆手に取るだけで、少しも危害を加えてこないのか」

江陽は軽蔑したように笑った。「奴らがどんな手を使ってくるか、ずっと用心してるからですか？」

「本当に手を下そうと思えば簡単だ。少なくとも署内で王海軍を殺すよりたやすいだろう」陳明章はかぶりを振って続けた。「奴らが君たちに手を出せないのは、一つには君たちが国家公務員だからだ。もう一つは、多くの人が陰で君たちを支え、守っているからだ」

「陳さんのほかに、誰が僕たちの捜査を応援してくれてるっていうんですか」江陽は苦笑した。

「いるさ、しかも大勢。ここ数年、君たちの孫紅運に対する捜査は清市(チン)の警察、検察、司法機関でもう広く知られている。多くの人が君たちを信じている。ただ君たちのように正面から巨悪に立ち向かう勇気がないだけで、内心では応援しているんだ。朱偉にしても、当時、岳軍の股間に発砲したのはそのことだけ見れば極めて劣悪な行為で、数年間の懲役を喰らっても行きすぎではないのに、なぜたった三年の研修で元の職位に戻れたんだと思う？　孫紅運たちがこいつに刑事を続けさせたがったか？　もちろん、そうじゃない。今回は胡一浪（フー・イーラン）を殴ったところを撮影され、上級部門から異動を命じられるだけの理由があるのに、ただの停職で済んだ。こいつに刑事を続けさせてるのは誰だ？　君を検察院にいさせてるのは誰だ？　君らの上司しかいない。沈黙は保ってるが、君たちが何をしてるのか知ってるんだ。今は黒と白が均衡を保っている時でもある。君たちのような正義の捜査官が自分の命すら守れなかったら、沈黙の側は今度こそ激怒し、均衡は崩れるだろう。孫紅運たちもそれをよくわかってるんだ。だから君には手を出さない。だが君の家族はどうすればいい？　もういいじゃないか！　私の忠告を聞いて、二度とこの事件には手を出さず、今の均衡を保つんだ。ひょっとすると何年か後のある日突然、真相が明るみに出るかもしれないだろう？」

朱偉も言った。「江君、陳さんの言う通りだ。紅霞と楽楽のことを考えろ。二人にとってはおまえが頼りだ。おまえだって自分のせいで二人を危険にさらしたくないだろう」

江陽はコップを握った手をじっと空中で止め、長いことしてようやく口元に運び、ゆっくりと飲み終えた。全身にみなぎっていた力がまるでからっぽになってしまったかのように、うつろな目で前を見つめ、苦しげに、だがきっぱりと言葉を吐いた。

「離婚します」

52

二〇〇九年二月、江陽（ジアン・ヤン）は仕事帰りに胡一浪（フー・イーラン）に出会った。

胡一浪は礼儀正しく呼びかけた。「江検察官、私たちの間にはいくつか誤解があるようです。少しお話しできませんか」

江陽は白い目で一瞥した。「何を話すっていうんです？　僕は暇じゃありません」

胡一浪はほほ笑んだ。「それほどお忙しいなら、息子さんの送迎の手伝いを探してらっしゃるのでは？」

江陽は一瞬押し黙り、拳を握り締めて冷たく言い放った。「もう妻とは別れたんです。息子は彼女のものです。あなた方にはどうすることもできませんよ！」

胡は肩をすくめた。「私はただ江検察官とお話がしたいだけですよ」

江陽は深く息を吸って怒りを静めた。「わかりました、お付き合いしましょう」

彼らは江陽をある大きなレストランの個室に案内した。胡が料理を出すよう命じたが、江陽は止めた。「必要ありません。話があるなら早くしてください。終わったら帰ります」

胡は少しも怒らず、笑って言った。「いいでしょう。江検察官が召し上がらないなら、隣室で話しましょうか」

彼らはコネクティングルームのソファに腰掛けた。胡一浪はブリーフケースから一通の書類を出して江陽に差し出すと、ほほ笑んで言った。「江検察官、上級部門の幹部に手紙をお出しになったそうですが、こちらですね？」

それを聞いても江陽は驚かなかった。文書が相手の手に渡るのはもはや初めてではない。あっさりと認めた。「そうです。僕が書いたものです」

「わが社の孫社長は江検察官のお人柄にずっと心服していまして、お近づきになりたいと願っているのですが、しかしこの手紙はですね、ここにはきっと何か誤解があるようです。できれば……」

「僕たちの間にそんな可能性はあり得ません」

胡一浪は言葉を呑み込み、頭を振って軽く笑うとポケットからトランプを出し、カードの束の半分を江陽の前に置いて、もう半分を自分の前に置いた。

江陽は尋ねた。「何のつもりですか」

胡一浪は直接答えず、背後からアタッシュケースを取って開けた。中には人民元の束がぎっしりと詰め込まれていた。その束をローテーブルにぶちまける。「ちょっとゲームをしましょう。江検察官は手元のカードから一枚引く。私も手元から一枚引きます。あなたの数字が私のより大きければ、金は一束あなたのものです。たとえ私より小さくても、何も差し出す必要はありません。いかがですか」

江陽は軽蔑を込めて冷笑し、一束手に取って眺めるとまたテーブルに放り出した。「この手のゲームには何の興味もありません。ご自分用に取っておいてください」

「いやいや、お待ちください」胡は慌てて身を起こし、愛想笑いを浮かべて引き止めた。「私たちのような俗物の遊びは確かに下劣でして、江検察官にはお気に召さないでしょう。埋め合わせをさせてください。江検察官は先頃、離婚なさいましたね。男というのは、結局は好き者です――」

大きく二つ咳払いをすると、すぐに若く美しい女が二人入ってきた。媚びるような笑みを浮かべて悠然と江陽の腕を取り、「江兄さん」と口々に囁く。

江陽は女たちを押しのけ、大声で胡一浪に叫んだ。「こんなやり方で懐柔(かいじゅう)できると思うな。李建国(リー・ジエングオ)とは違うんだ。僕は絶対にあいつのようにはならないぞ！」

言い捨てると大股で部屋を出ていった。

胡一浪は遠ざかる背中を見つめて嘆息した。「素晴らしい。善良な人間だ。だが、さほど聡明ではないようだな」

53

厳良（イエン・リアン）が李静（リー・ジン）と話した翌日に特捜は朱偉（ジュー・ウェイ）とつながり、江陽（ジアン・ヤン）殺害事件について事情聴取の意向を伝えた。朱偉は快諾したが、ある条件をつけた。省高検の検察官を同席させてほしい、特捜にあることを申し立てたいから、というのである。

趙鉄民（チャオ・ティエミン）がひそかに高棟（ガオ・ドン）に指示を仰ぐと、条件を呑んで特捜の省高検の者を同席させることに同意した。

そこで趙は刑事課の会議室を手配し、厳良と特捜内の省警察庁および省高検の幹部を同席させることにした。厳良が質問し、ほかの者はそれを補うことになった。

厳良が朱偉に会うのは初めてだった。およそ五十歳あまり、五分刈りで両の鬢はすっかりグレーになっていたが、堂々とした体格で腰がまっすぐ伸び、まるでナイフで削いだようだ。

厳良は簡単に名乗ると本題に入った。「江陽とは知り合ってどのくらいでしたか」

「十年だ」

「関係はどうでしたか」

「上々だった、これ以上ないくらいだ」朱偉の答えはきっぱりとしていた。

しばし相手を観察し、ゆっくりと尋ねる。「江陽殺害事件について、どんなことをご存じですか」

朱偉は大きく息を吐いた。「あえて断言するが、胡一浪（フー・イーラン）一味の犯行だ」

「カーングループの胡一浪？」

「そうだ」

「なぜです？　彼と江陽の間には何かいさかいが？」

朱偉は周囲を一渡り見回した。「江陽とは死ぬ数日前に会った。写真を何枚か持ってて、それで胡一浪から大金を受け取れると言ってた。当時、胡はもう江陽に二十万元を振り込んでいた。さらに四十万を要求したが、向こうはぐずぐずして応じなかった。このために胡がリスクを冒して殺させたに違いない」

その場の者たちは顔を見合わせた。カーングループの経理担当者が江陽の生前に二十万を振り込んでいたことはみな知っていたが、その理由はわからなかった。朱偉の話を聞いていっそう確信が深まった。江陽は胡一浪の弱みを握っていたのだ。

厳良はみなの疑問を口にした。「江陽が胡一浪からそんな大金を引き出せるとは、どんな写真なんですか？」

朱偉は一瞬黙り込み、ふいに大声で言った。「十数年前に侯貴平（ホウ・グイピン）が撮った写真だ。カーングループが未成年の少女に強要して、役人に性的サービスを提供させた現場が写ってる」

「カーングループが役人に性的サービスを提供」と聞き、誰もが事件の異常さに驚愕した。

厳良はすぐに尋ねた。「侯貴平は亡くなる前、教え子が性的虐待を受けて自殺した件について何度も通報していましたが、まさか——」

「その通りだ。被害者は一人どころじゃない。カーンの孫紅運（スン・ホンユン）社長が胡一浪に指示し、岳軍（ユエ・ジュン）のような地元のチンピラを使って農村から親のいない女の子を連れてきて特殊な性癖のある役人に差し出し、利益を得ていたんだ」

会議室は静まり返り、その話にみな衝撃を受けていた。カーングループは省内でトップ百社に入る民営企業で、大きな影響力がある。孫紅運社長は政治方面のパイプが太く、人脈も幅広い。朱偉の話が事実なら、極めて広範囲におよぶ大事件だ。

省高検の検察官が尋ねた。「その写真は今どこに？」

「江陽が隠した。俺は見ていない」

「ではその話が事実だという証拠は？」

朱偉は首を横に振った。「証拠はない」

列席者はひとしきりざわめき、検察官は遠慮なしに指摘した。「お話にはとても驚きました。これは内々の事情聴取で話の内容が外部に漏れることはありませんが、根拠もなくそのようなことを言えばやはり法的責任は問われますよ」

朱偉は冷笑した。「俺と江陽はこのヤマを十年も追ってきた。証拠？　昔はあったが、見つけるたびに全部潰されちまった。確かに今では根拠のない話だが、法的責任と言うなら、ハハハ、とっくに負ったよ。俺は免職になって研修に行かされ、その後は職を追われて刑事から派出所の巡査になり、毎日じいさんばあさんの喧嘩の仲裁だ。どうやらそれでも幹部の皆様からすれば足りないようだな。だが江陽は三年間刑務所に入り、若く有望な検察官から一介の携帯電話修理工になった。十分に法的責任は取っただろう！」

「江陽の懲役は冤罪だったと？」別の検察官が尋ねる。

「その通りだ。俺が申し立てたいのはまさにそのことだ！」朱偉は荒い息をついた。まるで猛り狂う雄牛のようだ。

検察官は眉をひそめた。「江陽に関する資料は、懲役刑の判決文や裁判記録も含めて何度も読んでいます。規則違反の罪状については、写真による証明や贈賄側の証人、彼自身の自白があり、供述も物的証拠も十分にそろっています。冤罪などということがあり得ますか？」

朱偉はせせら笑った。「張超（ジャン・チャオ）の江陽殺しも最初は十分に証拠があったんじゃなかったのか？ なぜ奴をすぐに死刑にせず、再調査してるんだ？」

「それとこれとは事情が違いますよ」検察官は辛抱強く答える。

朱偉は声を上げて笑い、言葉を続けた。「江陽は監獄に行く前、清（チン）市警察署の政治委員兼平康（ピンカン）警察副署長だった李建国（リー・ジェングオ）について、容疑者殺害と証拠隠滅の容疑で調査していた」

朱偉の話を聞き、会議室はまたしても静まり返った。

「のちに胡一浪は家族を盾に彼を脅し、交渉に応じるよう迫った。交渉の場で、胡は現金やトランプを並べて買収しようとした。相手にされないと見ると、今度は女で誘惑しようとした。江陽はやはり動じずに立ち去った。ところが奴はあらかじめ手はずを整えておいて、江陽が金を手に取り女にまとわりつかれてるところを盗撮し、規律検査委に通報した。検察官の身分を利用して繰り返し贈賄を要求されたために会社側はやむなく通報したと言ったんだ。それだけじゃない。その数日の間に、江陽の口座に突然二十万が振り込まれ、解決済みのヤマの当事者が検察に自首し、江陽に賄賂を贈って罪を軽くしてもらったと言った。こうして江陽は逮捕され、清市検察に起訴された。一審は懲役十年。控訴したが二審で懲役三年になった。こんなにまっすぐな検察官がここまで迫害されたことを、おまえたち省高検の幹部はどう思うんだ？」歯を食いしばり、両目は真っ赤に充血している。

省高検の幹部の一人が言った。「しかし江陽は二審の法廷で罪を認めました。本当にあなたの言う通りにすべてが他人の仕組んだ罠だったとしたら、なぜ罪を認めたのです？」

朱偉は深く息をついた。「法廷で罪を認めたのは張超に騙されたからだ！　胡一浪は実にくだらん人間で、張超は根っからの偽善者だ！　江陽を殺したかどうかは知らんが、張超は絶対にこのヤマに関わってるぞ！」

54

「朱偉（ジュー・ウェイ）の言った通りだ。江陽（ジアン・ヤン）の懲役刑は確かに冤罪だ。その上、懲役三年になったのは大部分が私のせいだ」趙鉄民（チャオ・ティエミン）と厳良（イエン・リアン）に対して張超（ジャン・チャオ）は何も隠し立てせず、あっさりと認めた。

趙は頭に血が上った。「どうして今まで黙ってた？」

張超は薄く笑った。「そのことが江陽殺害と関係があるとは知らなかったし、そちらからも聞かれなかったものでね」

「ここ数年おまえらに何があったかなんて知るわけないだろう、どう聞けって言うんだ！」趙はにらみつけた。これまであえて隠し立てされていたことに、ことのほか腹を立てていた。

張超は落ち着き払ってほほ笑んでいる。「この十年で起きたことについて、大筋は理解できただろう？」

「あたしらは——」

厳良は軽く手を上げて趙をさえぎり、言った。「この十年間の出来事はまるで巨大なビルのようです。私たちに見えるのはビルの外観だけで、内部構造ははっきりしません。最も興味をひかれるのは、これらの出来事が別々の人の口から寄せ集めたものだということです。あなたはずっと私たちの捜査を導いてきましたが、なぜ直接、知ってることをすべて告げずに、こんなに遠回りをさせてるんですか？」

張超は軽く笑った。「ビルの前に来た観光客は、外観に興味を持って初めて中を見ようとするだろう。見た目で怖がらせてしまったら客は近寄ろうとせず、見なかったふりをして立ち去りさえするかもしれない。そうなれば私たちは入ろうと思う客を待ち続けるよりほかなくなってしまう」

厳良はゆっくりと頷いた。「わかりました。ではまず、どうやって江陽を懲役三年にさせたのか、話してもらえますか」

「江陽が勾留された時、李静（リー・ジン）が以前のことを打ち明けてくれた。私は以前、侯貴平（ホウ・グイピン）の冤罪を通報しなかったことを後ろめたく感じていたから、すぐに清市（チン）に駆けつけて弁護人を引き受けた。江陽は拘置所でずっと否認していた。彼の意志の強さには心底、敬服したよ。単に証拠の面から見れば、口座の二十万もあの写真も有力な証拠にはならなかったし、その二十万だって彼が取り調べを受けている最中に振り込まれたものだから、当然、法廷で争点にできる。だからあの事件については刑を逃れさせる自信があった。ただ……」

張超はうなだれた。「ただ、一審判決はやはり十年だった。江陽は不服として控訴した。その間、裁判所関係の友人が数人、江陽の罪名は幹部の後押しがあると知らせてきた。上層部の決定を変えることはできない、これ以上全体を顧みずにこのまま江陽を弁護し続けるなら、翌年の弁護士資格審査で面倒なことになるだろう、と言うのだ。一方、江陽が罪を認めなければ裁判は延期になり、彼は拘置所で苦しい生活を送り続けなければならない」

そこまで聞くと厳良は怒りでみるみる青ざめた。これでは「全体を顧みよ」という名目の脅迫行為そのものだ。

張超は続けた。「私は裁判所のとある幹部と面会させられた。その幹部によると、江陽が罪を認め、判決の方向性を変えさえしなければ、事件は大金に関わるわけではないから量刑を軽くすることができるし、執行猶予すら可能だという。それまでの勾留期間を刑期に充てればそのまま出所できるかもしれないと言うのだ。そうすれば彼らの顔が立ち、私と江陽の損害も最小限に抑えられる。その幹部は、私に江陽を説得するように忠告した」

彼はため息をついた。「江陽の考えを変えさせようとしたが、初めはきっぱり断られた。長いこと話し合い、やがて家族の話になった。彼の元妻は定職がなく、一人息子も育てなければならない。彼は現実と折り合いをつけて家族を養う必要があった。男としての責任だ。最後には屈服し、法廷で罪を認めた」

彼は苦笑した。「その後の結末は君たちも知っての通りだ。あの幹部は私たちを騙し、江陽は懲役三年となり、そのために公職を追われた」

厳良と趙鉄民は黙り込んだ。

長い沈黙の後、趙は咳払いをして重苦しい静寂を破った。「江陽は一体誰に殺されたか、もう教えてくれるな？」

「それはあなた方の仕事だ。私に問うべきではない」

「まだ言わないのか？」

「江陽の死については、胡一浪（フー・イーラン）と孫紅運（スン・ホンユン）に聞きに行くべきだ」

「安心しろ、必ずそうする」

張超はほほ笑んだ。「ということは、あなた方はこの十年間という巨大なビルの外観にひるまず、中に入ってみようと考えているんだね？」

厳良は言った。「中がどうなっているか、もう教えてもらえますか」

「いいだろう。だが」張超の目に狡猾な光がよぎった。「一つ条件をつけたい」

「どうぞ」

「特例として、私の尋問には特捜班の全員を同席させてほしい」

趙鉄民は眉間に皺を寄せた。「なぜだ」

張超は笑った。「本当にビルの中をよく見たいのなら、この条件を満たしたまえ」

55

二〇一二年四月、花ほころび、万物が蘇る春。

検察院事務室の呉主任は大型の封筒を手に繁華街へとやってきた。行き交う人波の中を、ほど近い場所にある路面店に向かう。店は三、四平米程度で、隣の店舗の一角を間借りしたものだった。外には一枚の看板が立てられ、「携帯電話修理、保護フィルム貼付、中古品買取・販売」と書かれている。入口にはガラスのカウンターがあり、中には中古の携帯電話がいくつか置かれていた。

カウンターの向こうで、一人の男がうつむいて一心に修理をしている。

呉主任は足を止めてじっと見つめていたが、覚悟を決めた様子でゆっくりと近づいた。カウンターの前で足を止め、その場に立ったまますぐ近くから黙って見つめる。

日差しが影を落とし、しばらくすると男は目の前の人に気づいてようやく顔を上げた。長いことかかって相手を見分けると明るい笑顔を見せた。「呉主任！」

「江君（ジアン）！」呉主任の目にはあまりにも多くの感情が入り混じった。目の前の男は三十歳あまりだが、すでに白髪が生えている。笑うと、額と目尻に深い皺ができた。彼はもはや、あのハンサムで頭が切れ、毅然とした、いつも元気いっぱいの江陽（ジアン・ヤン）ではなかった。

江陽はカウンターの仕切りを押し開け、親しげに呉主任を招き入れた。

主任は壁際に座って小さな店を眺め渡してから、かつて長年ともに働いたこの検察官に視線を投げ、迷った末にゆっくりと尋ねた。「出所して半年ほど経つが、暮らし向きはどうだね」

江陽は笑った。「まあまあです。服役中に職業訓練があって、携帯電話の修理を勉強したんです。これならどうであろうと手に職がつきますから」

「君は江華（ジアンホア）大学の優等生だったのに……」呉主任は声を詰まらせて涙ぐんだ。

「学歴とは関係ありません。江華大学を出たら携帯の修理をしちゃいけないなんてことはありませんよ。どっちにしろ今は自活できてます。生活できればいいんです」江陽は笑顔を崩さない。

「君の服役は本当に……」呉主任は手の指を握り締めた。「市検と省高検にずっと申し立てをしているそうだね」

江陽は急に笑顔を引っ込め、真顔になった。「僕は罠にはめられて、三年も冤罪で刑務所に入りました。自分のために、絶対に正義を取り戻したいんです。たとえ毎回却下されても続けるつもりです」

「判決を覆すのは難しい。難しすぎるよ……」

江陽の目にかすかな警戒の色が浮かび、口調も冷淡になった。「呉主任、申し立てを諦めるように勧めに来たんですね？」

呉主任はうつむいて答えない。

「そんなことできるわけありません！」江陽は冷笑して首を振った。「絶対にできません！　それに、自分の冤罪を晴らすのはただの第一歩です。自分一人のためにやっているわけじゃ――」

呉主任は手を振ってさえぎると頷いた。「わかっている。孫紅運（スン・ホンユン）の一味を捕まえるためだろう」

江陽はいよいよ興奮してくる。「証人を見つけても死んだり失踪したりしてしまいました。容疑者を見つけても警察署で死にました。それに僕と朱偉（ジュー・ウェイ）が受けた境遇もです。これが争わずにいられますか？　こういうことに正義が通らないなら、法律を学んだのは何のためだったんです？」

呉主任は立ち上がると両手で江陽の肩をつかんで力を込めた。ややあって辛そうに言った。「私は今月、定年になる。ここ数年、あることがずっと引っかかっている。思い出すたびにあの頃決めたことが間違っていたのではないかと疑っているんだ」

江陽は顔を上げ、呉主任が顔じゅうを涙で濡らしているのに気づいた。

「侯貴平（ホウ・グイピン）の撮った写真がここにある。彼は最初、女子児童性的虐待の件で岳軍（ユエ・ジュン）を二回、検察院に通報した。二回とも私が対応した。先に警察署に行ったが、ずっと事件として扱ってくれなかったと言っていた。そこで独自に調査し、カメラを手に入れて尾行したそうだ。ある時ついに、岳軍が別の女の子を車でカーンホテルに送っていくところを尾けた。ホテルの入口で岳軍は女の子を数人の成人男性に引き渡し、今度はその中の一人がホテルの中へ連れていった。ほかの数人が立ち去ってから侯貴平はホテルへ助けに入ろうとしたが、警備員に追い出されてしまった。女の子が岳軍に連れられて男たちに引き渡され、中へ連れていかれる過程はすべて撮影した。強要されていたとは証明できないが、警察が捜査を始めるには十分だ、と彼は言った。だが写真を見せても警察はやはり事件視しなかった。彼は仕方なく何枚か焼き増しをして、検察院に届けてきたんだ」

呉主任は侯貴平がその日に訪ねてきた光景を思い出し、あの若く情熱的なボランティア教員を思ってこらえきれずに涙をこぼした。

「それから？」江陽は眉根を寄せて写真を見つめた。どれも屋外で撮影されたもので、犯罪を証明する実質的な情報はなさそうだった。

「侯貴平は写真のほかに女の子の名前のリストを持ってきて、みな岳軍に連れていかれた子だと言った。リストはほかの子どもたちから聴き取ったもので必ずしも正確ではないが、これに基づいて調査をすれば必ず被害者を見つけ出せると言っていた」

江陽は急いで尋ねた。「では、調査員を派遣したんですか？」

呉主任はうなだれた。「いや。私はそのことに関わるなと忠告した。彼はひどく怒って帰っていったよ」

江陽は身を切られたように叫んだ。「なぜ調査しなかったんです？　写真もリストもあるのに、まだ手がかりが足りなかったというんですか？　その時に調査を始めていれば死人は出なかったんだ！　服役する者だっていなかった！」

「私は……」呉主任は罪悪感にさいなまれて嘆息した。「君のような勇気がなかったんだ。写っているのは大物で、私は……勇気がなく……その後に侯貴平が死んで胡散臭いと感じ、公衆電話からひそかに朱偉に電話して手がかりを明かした。平康（ピンカン）の白雪と言われる彼が事件を解明してくれることを期待して。まさかその後に……」両手で顔を覆って痛哭し始める。

江陽は声をあげて泣いている老人を見て、もう責める気にはならず、相手の肩をそっと叩いた。何の力にもなれない虚脱感があった。

56

「そうか、そうだったのか！」すでに髪の半分が白くなった朱偉（ジュー・ウェイ）は色あせた写真を掲げ、鼻がツンとして目元が赤くなるほど大笑いした。

江陽（ジアン・ヤン）は疑わしそうに見つめた。「写真に何か問題でも？ 普通の写真で証拠にはなりませんし、何も証明できないように思いますが。でも雪さんや呉（ウー）主任からすると重要みたいですね」

朱偉は続けざまに首を縦に振った。「重要だ、極めて重要だ。わかるか、侯貴平（ホウ・グイピン）はこの写真を撮ったために殺されたんだぞ！」

江陽はまだ理解できない。

「ここに写ってるのは誰かわかるか？」

「岳軍（ユエ・ジュン）、李建国（リー・ジエングオ）、胡一浪（フー・イーラン）、孫紅運（スン・ホンユン）はみんな写ってます。それから見覚えのある顔がいくつか。でも誰かわかりません。女の子を連れていこうとしている男はどこかで見たことがある気がしますが、全然思い出せません」

朱偉はその男の顔を指で強くつついた。「当時の清（チン）市常務副市長だ。今の中国共産党省委員会組織部副部長（省政府の人事を担当する役職）、夏立平（シア・リーピン）だ！」

江陽はハッとした。

朱偉は続けた。「夏立平は当時、清市の運営のかじ取りをしてて、絶大な権力があった。だから呉主任はこのヤマをどうすることもできないと知って、侯貴平に諦めるよう忠告したんだ。だが侯はそうしなかった。重要証拠を見つけたと思い込んで警察署に持ち込み、当然、李建国の目に触れることになった。この写真は何の証拠にもならないが、公になったらどうなる？　女の子をホテルに連れ込もうとしたのを夏立平に何と説明してもらえばいい？　孫紅運どもは夏のような人間に性的接待をして不法な利益を得ていた。このヤマを調べていけばどんな結末になる？　だから奴らは一切の代償を惜しまず写真を奪い返し、口封じのために人を殺したんだ！　丁春妹（ディン・チュンメイ）と王海軍（ワン・ハイジュン）が死んだのも、最初の罪を隠すために一つずつ、さらに多くの罪を犯していったんだ。俺や君の境遇も、全部この写真のせいだ！」

江陽はそれでも確信が持てなかった。「最初に岳軍を尋問した時、なぜ政府高官が関わってると言わなかったんですか」

朱偉は軽蔑するように鼻を鳴らした。「岳軍が知ってたのはせいぜい胡一浪ぐらいだ。あいつに高官の顔なんてわかるか？　最底辺の役回りでしかない奴に上層部の取引のことを知らせるわけがない」

二人とも急に黙り込んだ。江陽は椅子にもたれかかり、十年間の記憶をありありと思い浮かべた。朱偉は片手で頬杖をつき、もう片方の手には力なくタバコを持ち、ぼんやりと視線をさまよわせている。長いことそうした後で江陽は座り直し、朱偉も背筋を伸ばした。

江陽は彼を見てほほ笑んだ。「雪さん、どうやって捜査すればいいと思いますか？」

朱偉は彼を軽くパンチして笑い出した。「そう来るだろうと思ったよ」

「じゃあ、何ができますか？　僕の三年間は無駄だったんですか？　雪さんの研修は？　その上、どの科目も落第で、やれやれ、こんなに頭が悪いのに警官になって、どうやって事件を解決するんです？」

朱偉は声を上げて笑い出した。「そうだ、俺はバカすぎて解決できないから、刑事を辞めさせられて派出所に異動になって、毎日夫婦喧嘩の仲裁をしたり、なくした財布を探してやったり、ろくでもない奴らとくだらないことを言って暮らしてる。おまえは、この江華大学の優等生は、こんなに頭が良いのに検察官は続けられず、携帯電話の修理屋だ。ずいぶんと向上心があるもんだな」

「携帯修理をバカにするんですか？　携帯窃盗団の手がかりを提供したじゃありませんか。それで表彰されたでしょう」

「そうだ、賞金を二百元もらって、おまえに火鍋をおごって三百元使った」

「雪さんが派出所の同僚を連れてきたんですよ？　僕が全部食べたわけじゃありません」

二人はしばらく大笑いして鬱憤を晴らした。朱偉は重々しく言った。「こんなに昔のことだ。今じゃ強姦事件につながる証拠は一切なくなったが、侯貴平のリストの中の女の子を見つけて当時の被害を話してもらうことはできる。それにこの写真を県と省の規律検査委へ、さらに中央政府の規律検査委にまで持っていけば、必ず取り上げてくれる人がいるはずだ。調査員を派遣してくれさえすれば、それが糸口になる。孫紅運と夏立平の間には必ずほかの汚職の証拠があるはずだ。絶対に奴らを失脚させるぞ！」

江陽は手を伸ばして彼と拳を打ち合わせた。「僕が考えていたことも、まったく同じです！」

57

「さあさあ、遠慮するな。俺たちの陳(チェン)社長は手広くやってるんだ、どんなに飲んでもかまわないぞ」朱偉(ジュー・ウェイ)は声を上げて笑い、全員のコップになみなみと酒を注いだ。

彼は満面の笑みだが、江陽(ジアン・ヤン)はずっと眉間に皺を寄せている。陳明章(チェン・ミンジャン)は二人を見比べてわけがわからないようだ。「午後言ってたことは順調か?」

朱偉は笑顔を引っ込めて重いため息をついた。「あの王雪梅(ワン・シュエメイ)という女の子は確かに被害者なのに、昔のことは一つも言いたがらないな」

陳は頷いた。「人の常だ。もう十年以上も前のことを、おまえなら話したいか?」

江陽は黙ったままコップを一口で空にし、また酒瓶を手に取ると自分で注いだ。

朱偉が慰めた。「かまわん、かまわん。あと一人いるじゃないか。最後の葛麗(ゴー・リー)っていう女の子が立ち上がるかもしれないぞ。がっかりするな。さあ江君、今日はその話はやめよう。今回は江(ジアン)市に観光に来たんだ。この陳さんがしっかりもてなしてくれるぞ。俺たちは一銭も出す必要はない。実に痛快じゃないか。しかめっ面はよせ、さあ、繁栄の時代に乾杯だ！」

江陽は相手の興を殺ぐまいとリラックスした笑顔を浮かべ、酒杯を交わし始めた。

何杯か飲むと陳明章はまた旧友を心配し始めた。「江君、息子さんは幼稚園の年長組になったそうじゃないか。秋からは小学生だな。ご祝儀を用意してきたんだ」

分厚い封筒を取り出す。江陽は辞退しようとしたが、陳はどうしても受け取らせようとする。江陽は祝儀袋を手にして目のふちを赤くすると、たちまち涙をこぼした。

朱偉は慌ててコップを手に取って大声で乾杯と叫び、江陽の涙を引っ込ませた。

陳は気遣うように見つめた。「この事件が片づいたら、あの人と復縁するがいい。雪ちゃんから聞いたが、彼女はまだ独り身で君を待ってるらしいじゃないか。出所してからこの半年、会いに行ったんだろう？」

江陽は鼻をすすった。「何度か会いましたが、申し立てがまだ終わってませんから、だから——」

「よく聞くんだ、申し立てが成功するかどうかにかかわらず、この年末、この年末までだ！　そこまでにするんだ、いいな？　来年復縁したら、私らみんな披露宴に出席するからな」陳は心を込めて見つめる。

江陽は答えなかったが、しばらくしてゆっくりと頷いた。

陳明章と朱偉は大笑いし、江陽にコップを差し出して乾杯した。

江陽は温かいものが心に湧いてくるのを感じ、祝儀袋をズボンのポケットに入れた。数秒して突然立ち上がり、身体じゅうを探り始める。

「どうした？」朱偉が尋ねる。

「財布がないんです」江陽は焦ってもう一度探り、やはりないことを確かめると暗い顔になった。「たぶん午後に家を出た時、うっかりポケットから落としたんです」

朱偉が尋ねる。「いくら入ってた？」

「多くはありません、千元足らずで――」

朱偉は急いで言った。「陳さんが埋め合わせをするさ――陳さん、いいよな？」

「もちろんだ」

「じゃあ気にせず、まず飲め」朱偉は座るように言った。

江陽の目がみるみる赤くなった。「身分証にキャッシュカードも、全部作り直さないと、僕……」

朱偉は大きく手を振った。「俺は派出所でそればっかりやってるんだ。安心しろ、帰ったらワンストップサービスで済ませるように言っといてやる」

「でもやっぱり財布をなくしてしまったんです、財布を……」江陽はまだぶつぶつと呟き、数秒してワッと大声で泣き出した。

朱偉と陳明章は静かに彼を見守った。どちらも口をきかず、身じろぎもしない。

この十年、彼はあんなにも多くのことを経験し、眉間に皺を寄せ、苦悩し、咆哮した。だがいつも笑顔で希望を持ち、前進してきた。この十年というもの、彼は一滴も涙をこぼしたことはなかった。

だが今日、財布をなくしたというだけで彼は泣いている。号泣している……

長い時間が過ぎ、泣き疲れた江陽は大きく咳き込み始めた。朱偉と陳明章は近寄って背中をさすってやった。江陽はまだ激しく咳をしていたかと思うと、突然、鮮血を吐いて意識を失った。

58

「張超（ジャン・チャオ）は特捜全員の前でなら供述すると言ったんだな？」高棟（ガオ・ドン）は鼻を触りながら思案した。

「そうです」趙鉄民（チャオ・ティエミン）は渋い顔をした。「そんな大勢の前で何を話そうっていうのか」

「厳良（イエン・リアン）は何と？」

「それなら招集すればいいと言ってます。うちの人間じゃありませんから、そんなに深く考えやしません」

高棟は眉を寄せてしばし考えると言った。「条件を呑まなければ当面は手が出せないんだな？」

「強情な奴でして」

高棟は笑った。「なら言う通りにすればいい。これも江陽（ジアン・ヤン）殺害事件解決のためだ。あれやこれやの裏事情は気にするな」少し黙った後でふいに声を落とす。「忘れるな、完全に自分の本務のため、事件解決のためにやるんだ。誰かのためじゃない」

事件の反響は大きく、世間は捜査の進展に注目していたため、迅速に解決することが特捜班の当面の急務だった。翌日、趙鉄民は関係機関に通達し、もう一度、特捜班特別会議を招集し、その席で、張超に事件の実情を供述する意思があること、ただしメンバー全員の出席を求めていることを明らかにした。多くの者はその要求を拒否しなかったが、一部には容疑者に騙されるのを警戒して首を縦に振ろうとしない者もいた。協議を経て、最終的に投票によって実施が決定した。趙鉄民は解決の一念で、直ちに全員を連れて拘置所へ駆けつけた。

取り調べのため臨時に改装した会議室で、張超は特捜の幹部たちにまみえた。警察機関と検察機関の幹部もいる。張超は厳良と趙鉄民にこっそりと目をやった。厳良はそこに、感謝の色があるのを見て取った。

張超は侯貴平（ホウ・グイピン）の事件から語り始めた。江陽がどのように事件を引き継ぎ、李建国（リー・ジエングオ）らがどのように阻んだか。最後にやっとの思いで再起したこと。捜査を進めるうちに、証人である丁春妹（ディン・チュンメイ）が失踪し、行方不明になった。もう一人の証人である岳軍（ユエ・ジュン）は連行されて捜査に協力したが、またも李建国らに尋問を阻止された。朱偉（ジュー・ウェイ）は一か八かで自白を強要したために逮捕されて免職となり、三年間の研修に行かされた。江陽の携帯電話の録音は不法に入手した証拠として排除され、職場で孤立させられ、最初は全力で応援していた恋人は彼のもとを去った。数年後に王海軍（ワン・ハイジュン）が胡一浪（フー・イーラン）の指示を受けて丁春妹を殺害した嫌疑が浮かんだが、王は警察署で急死し、身体には針の穴があったものの、担当の李建国刑事は何の処分も受けなかった。江陽が王海軍の異状死事件を追跡すると、息子が胡一浪に拉致され、彼は朱偉とともに胡を殴って停職処分になった。その後、江陽は妻と離婚し、孤軍奮闘で上級部門に過去の冤罪事件を告発したが、胡一浪の罠にはめられて収賄容疑で逮捕された。張超は江陽の弁護士となったが、法律上では勝算はあるものの判決の方向を揺るがすことはできないと知り、さらに嘘の約束を信じて江陽に罪状を認めるよう勧め、そのため江陽は懲役三年となった。

十年に及ぶ冤罪との闘いに、人々は驚愕した。

侯貴平の死を皮切りに、犯罪者たちは女児を利用した性的接待の罪を隠蔽するため更に大きな罪を重ね、告発者を殺害し、証拠を隠滅し、より大きな虚言を生み続けていた。

一方、真相解明に尽力する一人の警官と、純粋無垢な心を持った一人の検察官が、最後にはこれほどまでに迫害されたのだ。

取り調べは長く、その間は誰も質問せず、その信じがたい物語を張超が供述するのを全員が静まり返って聴いていた。

張超は終始落ち着いており、興奮したり、非難したり、恨み言を言うこともなく、物語を語るように冷静に話していく。

その物語はとても長く、十年という歳月に及び、聴く側もまるで十年が過ぎたような感覚を覚えた。

語り終えると、全員がもう一度息ができるようになったかに感じた。長い長い沈黙の後で、ついに一人の検察官が、みなが抱いた疑問を口にした。「君の供述に証拠はあるのか?」

張超は首を振った。「実質的な証拠はすべて破壊されました。今残っているのは、当時、不法に入手したとされたものだけです」

ひとしきりざわめきが続いた後、また別の者が質問した。「君に証拠がなく、これほど昔の事件で今のところ入手のしようもないなら、我々はどうやって君を信じればいい?」

張超は冷静に首を横に振った。「私を信じてもらおうとは思っていません。ただ、このようなことがあったことを知ってほしいのです」

質問者は言葉を続けた。「わかっていると思うが、今日我々全員がここに集まったのは君のそういうお話を聴くためではないんだ」

張超は少し笑った。「もちろん、あなた方は大幹部ですから多くの仕事でお忙しいでしょう。今日みなさんがここに集まることになったのは、すべて江陽の死から始まっています。ですがその問題の前に、あと数分間お借りして、あることを話したい。最初は江陽も、侯貴平が殺されたのは岳軍の性的虐待を通報したためだと考えていました。しかしのちに少しずつ疑問が浮かんできました。岳軍が性的虐待をしなかったのなら、犯人はなぜさらなるリスクを冒して殺人を犯したのか。彼は出所して初めてその原因を知りました。その年、侯貴平が当時撮影した写真を手に入れたのです。そこには当時の清（チン）市副市長、現在の中国共産党省委員会組織部副部長である夏立平（シア・リーピン）が、女児をホテルに連れ込む場面が写っていました」

彼は人々の顔に「重大事件」の文字が浮かんだのに気づいたが、そのまま落ち着いて続けた。「その写真は夏立平の犯罪の証拠にはなりませんが、それほどの高官が奇妙な行動をとっている写真は、侯貴平が命を落とすには十分でした。胡一浪はなぜ江陽が死ぬ前に二十万元という大金を振り込んだのか。それは江陽が彼に電話をして写真のことを告げ、売りつけようとしたからです。しかし金を受け取った後、江陽は取引を中止しました」

刑事の一人が尋ねた。「胡一浪が江陽を殺したというのか？」張超は答えずに小さく笑った。「それは言えません」

「では、なぜ君は罪を認めた上で供述を覆したんだ」

「その質問に対する答えはまだ言えません。もう一つの要求に応えてくれなければ」

検察官の一人が言った。「この上どんな要求があるんだ？　君はこの十年前の事件を覆したいのか？　しかし証拠がなければ昔の事件は我々だって実証のしようがない」

張超は首を横に振った。「覆したいのではありません」

厳良がふいに口を開いた。「では、一体何を求めているんです？」

「厳先生なら、写真を見ればきっとわかるはずです」

「写真はどこに？」

「私の自宅の本棚の、ごく普通の書類入れに入っています」

取り調べの後、趙鉄民は厳良を一人残して打ち合わせをした。すぐに一本の電話を受け、切ってから厳良に告げた。「あたしは江陽を殺したのは絶対に胡一浪じゃないとにらんでるよ」

厳良は言った。「もちろん、胡一浪がやるわけありません。とっくにわかってましたよ」

「ならどうして早く言わない？」趙鉄民は恨めしそうだ。

厳良はため息をついて遠くを見ると、ゆっくり説明した。「この事件の裏に大きな物語があることは勘づいてましたが、彼らの計画通りに捜査を進めてこそ、その物語をより多くの人に知らせることができるんです」

趙鉄民は厳良の考えを悟り、話を続けた。「胡一浪が江陽に二十万を支払った件について聴取させた。胡は確かに自分が払ったと認めたが、写真のことは何も持ち出さず、江陽が出所した後に濡れ衣を着せられたと言って賠償を求めてきて、頻繁に会社と自分自身に迷惑をかけてきた、としか言わん。最初は相手にしなかったし通報することも考えたが、結局は同情から金をやったそうだ。当時、江陽はもう末期の肺癌だったからだ。省の腫瘍専門病院の診断書もある」

厳良は呆然としたが、ひどく驚いた様子はなかった。「末期の肺癌？　そんなに重要なことをどうして調べてなかったんですか」

趙鉄民はため息をついた。「江陽は医療保険に入ってなかった。病院の方もネットワークに入ってなかったから、死ぬ前に肺癌の末期だったなんてあたしらにゃ寝耳に水だったんだ。どういうわけだか、解剖報告書にもその点は書かれてなかった。こう考えると、江はおそらく自殺だな。自殺を大事件に仕立てて、十年前の冤罪事件に対して世間の注目を集めようとした。ただあたしらが当初やった色んな鑑定の結果はどれも他殺だった。どうやって自殺したんだ？　まさか張超が手助けを？　だがそれも不可能だな、たとえそうだとしても司法解剖はごまかせん」

厳良が指摘した。「陳明章（チェン・ミンジャン）の存在を忘れちゃいけません。彼は専門家です。ここの鑑定設備は全部、陳の会社が製造したものでしょう。彼なら鑑定の原理を一番よくわかってて、他殺の痕跡を作る能力があります。解剖で江陽の肺癌が見つからなかったと言いましたね？　おそらく監察医時代の人脈を利用して、裏で働きかけたんでしょう」

趙鉄民はハッとした。「陳も絡んでるのか？　だがなぜ張超は有罪になってまでこのヤマを暴露しようとしたんだ？　言っとくが、奴は公共の安全を危険にさらした罪で数年間の懲役は免れないんだぞ。どんなに江陽と親しくても、事業や家庭を捨ててこれほど大きな犠牲を払うなんて、並大抵の奴にはできっこない！」

厳良はため息をついた。「きっと李静（リー・ジン）を深く愛してるんでしょう」

59

江陽(ジアン・ヤン)が目を覚ますと、目の前には朱偉(ジュー・ウェイ)、陳明章(チェン・ミンジャン)、張超(ジャン・チャオ)、李静(リー・ジン)の四人がおり、みな気を揉んで自分を見つめていた。

ゆっくりと頭を巡らして周囲を観察し、陳を見て笑顔になる。「個室ですね？　古参幹部の待遇だ」

陳は苦笑して頷いた。

「じゃあ、僕はあとどのくらいだって？」

「何……何があとどのくらいだって？」陳ははぐらかした。

「みなさんが来た上に、張先生と李静までいるということは、僕の時間は長くないんでしょう」

朱偉がすぐさま言った。「バカなことを言うな！」

江陽は笑った。「推測してみましょう。医学の知識は多くありませんが、状況からして普通は癌ですね。たしか最後に喀血しましたから、肺癌ですか？」

「君……」陳の表情が陰っていき、みなはうつむいた。

「末期なんですね？」

朱偉は慌てて否定した。「違う、絶対に末期なんかじゃない！」

陳が付け足す。「中期だ、治る見込みは大きい」

「そうですか？」江陽は相手を見つめ、あまり信じていないようだ。

しばらくして陳は言い直した。「中期と末期の間だ。本当だ。検査結果を見せてもいい」

江陽は無表情で天井を仰いだ。長い数分間が過ぎ、ふと笑って尋ねる。「妻と子どもはこのことを？」

陳明章は頷いた。「こっちに向かってる。夜には着くはずだ」

「いつ退院できますか」

「ちゃんと治すんだ。海外で治療を受けさせてやる。必ず良くなる」

江陽は深く息を吸って笑った。「この病気のことなら少しは知ってます。末期の手前の生存率は……治療で少し持ちこたえても、何年も生きられません。僕は……」じっと口をつぐむ。「やり残したことがまだたくさんあります」

朱偉が恨めしそうに尋ねる。「何をしたいんだ？」

「もう長くないのなら、もう一度試したいです」

陳明章は首を振った。「申し立てが成功したところで何になる？　何十万元かの賠償金を国からもらうことに意味があるか？」

「ありますよ！」江陽はベッドに身を起こし、真剣にみなを見つめた。「手元には写真も被害者リストもあります。絶対に事実を公にして、正義を取り戻さないと！」

その時、張超が近寄り、嘆息して言った。「江陽、前にも言った通り、この事件はどうしようもない。私の話を聞かないから、君はこの十年間――」

「くそったれが！」傍らの朱偉が大股で近寄り、張超の首をつかんで壁に押しつけ怒鳴りつけた。「どういうわけでそんなこと言うんだ？　こいつが間違いをしでかしたか？　最初から最後まで間違ってなんかいねえ！　あんた大学の先生だろう、賢いつもりか、何でも知ってるつもりか。最初に問題に気がついたのにあんたが黙ってたからその後のことが起きたんだ。その上、江陽に罪を認めさせて三年も刑務所に入れた！　世の中にはあんたのように賢いふりした奴らばっかりだ、だから孫紅運(スン・ホンユン)みたいな畜生どもが無法の限りを尽くしてるんだよ！」みなが慌てて引き離す。

張超はもがいて弁解した。「江陽の服役は確かに私の責任だ。だが当時、事件を覆すのはまったく不可能――」

朱偉は彼の顔を殴りつけてさえぎった。「おまえこそ本当のろくでなしだ！　なぜ最初に言わなかった？　おまえは侯貴平（ホウ・グイピン）がおかしな死に方をすることを願ってた、李静を横取りしたかった、侯貴平の無実の死を望んでたんだろう！　李静が江君に会いに来て調査を依頼したら、おまえは陰で彼女を巻き込むなと言った。李静に侯貴平を忘れさせたい一心だったんじゃないのか？　おまえの悪だくみはとっくの昔にお見通しだ、言わずにおいたのは顔を立ててやったんだ。なのに今日になってもぬけぬけとそういうことを言いやがるのか⁉」

陳明章と李静は朱偉を抱きかかえて後ろへ引き離した。朱偉は馬鹿力で、本来なら誰にも押さえられないのだが、江陽までベッドを降りて自分を引き止めに来ようとしているのを見て仕方なく力を緩め、怒って窓辺に向かった。タバコを出したが、江陽が肺癌だったと思い出し、悩んだ挙句に箱ごと力いっぱい窓から投げ捨てた。

李静の両の目から涙がこぼれ、まっすぐ頬を伝った。冷ややかな目で夫を見つめている。

張超は焦って弁解した。「違う……本当にそんなことではないんだ、私は……わざとじゃない、私……私は……」

「もういい」氷のように冷たい李静の声が病室にこだました。

張超はすがるような目で彼女を見つめた。「私は……みんなに良かれと思って――」

「出ていって」

「私は――」

「帰って」

張超は黙り込み、長い間その場に立っていた。最後にのろのろと足を動かし、ドアの前でそっと振り向いた。「君は？」

「ここで江陽に付き添います」李静は彼を見ようともしない。

重いため息の中、張超はドアを開けて病室を出ていった。

60

二〇一二年九月。

江（ジアン）市のとある喫茶店の個室。

五人はそろって部屋に入ったが、張超（ジャン・チャオ）だけはやや離れた場所で、終始、居心地の悪そうな表情を浮かべている。周囲が繰り返し諌めたために朱偉（ジュー・ウェイ）はもう八つ当たりすることはなかったが、張超に向ける視線は常に敵対心をはらんでいた。

朱偉は恨めしそうに言った。「江（ジアン）君が病気とわかってからは会うたびにタバコが吸えなくなっちまった。おい、さっさと治ってくれよ」

江陽（ジアン・ヤン）は笑って答えた。「僕は気にしませんから、吸ってください。長年、雪さんのタバコの匂いを嗅いできたんで、それがないとどうも慣れなくて」

朱偉は座ったままため息をつき、タバコを吸う仕草をしては、また拳を握り締めたりしている。

江陽は急いで話題を変えた。「葛麗（ゴー・リー）の調査がどうだったか聞かせてください。来週また化学療法なんです。いい知らせがあるといいんですが」

「葛麗か……」朱偉は眉間に皺を寄せた。

「調べがつかなかったんですか？」

朱偉は首を振った。「ついたが、彼女は……精神科に入院してる」

「精神科？」

「十年前に心を病んだ」

江陽は座り直した。「どうして？」

「彼女は……侯貴平（ホウ・グイピン）が死ぬ前に退学した。理由は……妊娠したんだ。実家に帰って出産した」

みなは呆然と目を見張っている。

朱偉は話を続けた。「男の子を産んだが、のちに岳軍（ユエ・ジュン）の家に買い取られたそうだ。祖父母が売ったんだ。葛麗は病気になって精神科に入れられた。祖父母はその数年後に相次いで死んだ。本人はまだ入院してる」

江陽の目が次第に大きく見開かれた。「初めて丁春妹（ディン・チュンメイ）と岳軍に会いに行った時、丁春妹には子どもがいました。覚えてますよね」

朱偉は頷いた。「その子だ。今は江市の超高級な私立小学校に通ってて、毎日車で送り迎えされてるよ」

「誰が送迎を？」

「車を調べたら、カーングループのものだった。子どもは濱江区（ビンジアン）の別荘地に住んでて、生活費はおそらく孫紅運（スン・ホンユン）が持ってるはずだ」

江陽が冷たく尋ねる。「孫紅運の子ですか？」

朱偉は首を振る。「いや」

「じゃあ、誰の？」

「覚えてるか、子どもの姓は夏（シア）だった」

江陽は呆然とし、しばらくして尋ねた。「夏立平（シア・リーピン）の子ども？」

朱偉はゆっくりと頷く。「今の中国共産党省委員会組織部副部長だ」

「証拠はあるんですか？」江陽は切実な表情だ。

「ない」朱偉はやるせなく首を振って続けた。「俺は派出所にいるから、誰かについて調べるのは簡単なんだ。葛麗が入院してることはすぐにわかった。地元の村人から彼女が若い頃に出産し、子どもは岳軍の家に売られたと聞いた。岳家に夏という姓の子が養子登録された時期と、葛麗の子が売られた時期は完全に一致した。何度も聴き取り調査をして、清市と江市でも調べて、やっとその子を見つけた。精神科にも行った。医者によると、葛麗の入院費用は全部胡一浪が払ってるそうだ。子どもは数カ月に一度、葛麗に会いに病院に行ってる。尾行してみると、夏立平は週末によく子どもに会いに行って、遊びに連れ出してた。夏には家庭があって、成人した娘もいる。たぶん男の子ができたってことで特に大事にして、隠し子がバレる危険を冒してまで会いに行ってるんだろう。だが全部、単に俺が調査しただけで、何の証拠もない」

その時、李静がふいに尋ねた。「子どもはいつ養子登録を？」

「二〇〇二年四月だ。まだ生後六カ月ほどだった」朱偉が答える。

李静はやや考えて言った。「二〇〇二年四月から逆算して、あと九カ月遡ると、葛麗は妊娠した時まだ十四歳になってなかったということ？」

朱偉は頭を振った。「そうだ」

李静は喜んで言った。「それが証拠よ！　葛麗はまだ生きて、精神科に入院してる。派出所で葛麗の戸籍情報を取得できるでしょう。子どもと葛麗、夏立平を親子鑑定すれば、夏と葛麗の子だと証明できるんじゃない？　彼女は妊娠した時、十四歳になってなかったから、夏の当時の行為は強姦になる。これこそ直接の証拠よ！　証人も物証も探す必要ない。これさえあれば夏の刑事責任は絶対に免れない、そうでしょう？」

顔を上げ期待を込めて見回したが、みなの顔に笑みがないことに気づいた。「法律的には間違ってないでしょう？」

もう一度周囲を見回して賛同を求めるが、誰も反応しない。

ややあって、張超がゆっくりと口を開いた。「君の言う通りだが、適用しようがない」

「どうして？」李静は理解できない。

「夏立平は組織部副部長だ。精神の病を抱えている女性との間に私生児をもうけたと告発したとして、証拠は？　ないなら、親子鑑定しかない。だが、どういう理由で鑑定する？何の根拠もない告発でも鑑定しなければならないとなったら、誰であろうと幹部の私生児だと告発さえすれば、鑑定しなければいけないことになってしまうだろう？　事件は十年も隠蔽されてきたんだ。陰の勢力の大きさは完全に想像を超えている。その子は今、私たちにとって唯一の手がかりだ。絶対に間違いは犯せない」

目の前の証拠は刑事犯罪の直接的証拠に完全になり得る上に、夏立平を調べることで孫紅運の一味を一網打尽にすらできる。にもかかわらず、これほど近くにあるのに触れることはできないのだ。

ややあって、張超は息を大きく吸うとまた言った。「江陽、この件はしばらく置いておくんだ。落ち着いて病気を治しなさい。君の弁護士として、冤罪を覆せるよう代わりに検察院に申し立てるよ」

朱偉は思わず冷笑した。「張大先生は高額弁護士だ。俺や江君にそんな金はない。陳さんがあんたのような大先生に依頼したいかどうか聞いてみないとな。言っとくが、当時あんたが江君を懲役刑にしたんだ。何を考えてるかわかったもんじゃない」

陳明章が小声で止める。「ちょっと黙ってろ」朱偉はふくれっ面で口を閉じた。

「私は……金はいらない」張超は気まずそうに言って妻に目をやったが、相手は反応しない。がっかりした様子でうなだれて言った。「君たちにどう思われようと、私は……当時の行為を埋め合わせしたい。君たちは……君たちはみんな、とても勇敢だ」

江陽が静かに言った。「ありがとうございます、張先生。ですが、今は身体は大丈夫ですから、自分でできます。手続きはよくわかってますので、ご面倒はおかけしません」

「私は……」張超は言いかけたが、呑み込むしかない。

陳明章はため息をついて言った。「張先生の提案は素晴らしい。代わりに私が決定しよう。すべて張先生にお任せする。江君、来週は化学療法なんだろう。しっかり休養するんだ。ここ数日は奥さんと息子さんを江市に迎える準備をさせてる。全部、ちゃんと手配するよ」

「そんな……いけません、もう十分すぎるほどやってくれました」江陽は感極まって陳明章を見つめる。

陳は笑って手を振った。「私は少し金を出しただけだ。ここ数年というもの、君と雪ちゃんの行動は全部そばで見ていたが、ともに立ち上がる勇気はずっとなかった。私も勇敢な人間ではないんだ。君と雪ちゃんには心から敬服するよ」

61

二〇一三年一月、元旦が過ぎたばかりの頃、陳明章（チェン・ミンジャン）の会社の事務室。

張超（ジャン・チャオ）は三人の前に腰を下ろして笑顔を浮かべた。「省高検は江陽（ジアン・ヤン）の申し立てを受理した。だが冤罪を覆すには時間がかかり、すぐにというわけにはいかない。一、二週間ごとに問い合わせるつもりだ。いい知らせがある。新体制の政府は司法改革を進める方針で、先月、省高裁が殺人事件を一件、再審理で無罪にした。これが一つの模範として、全国的に大きな反響を呼んでいる。各地で冤罪事件の見直しの波が起きるだろう。この改革は大きな希望だ。社会全体が変われば、江陽の事件も必ず逆転できるぞ！」

江陽はほほ笑んだ。「張先生、ありがとうございます」

「とんでもない。これは唯一、私が君にしてやれることだ」その時、ふと朱偉（ジュー・ウェイ）と陳明章がうつむいて黙り込み、先ほどの話にも反応していないことに気づいた。思い返すと、部屋に入って来た時に江陽が礼儀正しく挨拶しただけで、ほかの二人は上の空だった。朱偉は敵意を示しもせず、話が耳に入らないようだ。

「君たち……どうしたんだ？　もしかしてまだ私のことを……」

朱偉と陳明章はやはり何も言わない。

江陽が説明した。「先生のせいじゃありません。その……治療効果が思わしくなくて、肺癌はもう末期だと診断されたんです」

張超は一瞬、冷気を吸い込んだかのように感じ、目のふちが赤くなった。末期の肺癌患者の半年生存率はほぼ零パーセントだ。

江陽は相変わらず気にとめていない様子で、三人を見て笑って言った。「そんなにしかめっ面をしないでください、僕はまだ死んでないんですから。初めて知った話でもなし、こういう日が来ることはとっくに予想してました。癌もまだ大丈夫です。最後の二、三週間だけは全身に広がって苦しいそうですが、この前もそうでしたよ。ひどい風邪を引いたくらいに思えばいいんです。今もたまに咳が出ますが、たいしたことありません。ほら、雪さん、笑顔を見せてください」

朱偉は頬杖をついて彼をじっと見つめると、ゆっくりと口をゆがめて笑ってみせた。

末期の肺癌と診断されてからは誰も彼に療養を勧めず、ただ楽しんでくれればいいと思うようになっていた。

「それでいいんです。今は毎日、妻や息子と一緒に楽しく過ごしてますよ。みなさんにはとても感謝してます。先のことは気にしてません。陳さんに借りたお金はたぶん返せませんが。なんでしたら昔、僕からゆすり取った八百元に利子がついたことにして、帳消しにしてもらえませんか？」

陳明章は笑って言った。「大損だ。君のような高利貸に出くわすとはな。わが生涯で最悪の取引は、あの時、君から八百元取ったことだ」

「当時の物価を考えてくださいよ。何食もインスタントラーメンにしてあの八百元をひねり出したのに、情け容赦なくもぎ取っていったんですから」

みんなは声を上げて大笑いした。

しばらくすると江陽は冷静になり、ふいに改まって三人に言った。「医師によると、おそらくあと三カ月から五カ月だそうです。もう長くありません。あと一つやりたいことがあるんです。止めないでもらえますか」

陳は緊張して尋ねた。「何をしたいんだ？」

「ここ十年、ほとんど一つのことしかしてきませんでした。でも結局、やり遂げる方法がなくなりました。もう僕には時間がなくなってしまったんです。たぶんこれも運命でしょう。死ぬことで世間の注目を集め、すべての真相を公にして、犯罪者に然るべき罰を受けさせたいんです」

朱偉は厳しい声で叱りつけた。「何をバカなこと言ってるんだ⁉」

江陽は言った。「病院から告知を受けた後、長いこと考えました。自殺したらどうだろうって。派手に死ぬんです！　大きな注目を集める自殺です。その後で人々は、僕が以前は検察官だったこと、なぜ服役したか、十年間何をしてきたか、それに写真と被害者リストのことを知るでしょう。みなさんは事の経緯をひそかにネットにあげてください。きっと大きな反響を呼んで、真相が白日の下にさらされるに違いありません！」

朱偉は罵った。「おかしくなったのか？　何をバカ言ってるんだ！　たとえあと一日しか生きられなくても、ちゃんと生きてくれ。奥さんや子どもと団欒してくれよ！」

陳明章は言った。「雪ちゃんの言う通りだ。おかしな考えを起こすんじゃない。そんなことをしても何にもならないぞ」

張超は言った。「長年、検察官をしてきたんだ。わかってるだろう、君たち検察官が最も嫌うのは何か。パフォーマンスで法律に抗議することだ。自分に火をつけたり自殺してみせたりはすべて、どうしようもなく愚かな人間こそがすることだ。そんなことをして何になる？　なるようにしかならないんだ」

江陽は三人の説得にも動じず、考えを押し通す態度だった。朱偉は彼と口論を始め、怒りのあまり窓を開け、首を突き出してタバコを吸い始めた。

陳はまだ傍らでなだめている。

張超は部屋の片隅に腰を下ろしてうつむき、彼らが争うのを何も言わずに見ていた。

口論は午後いっぱい続き、最後に朱偉が言い放った。「自殺したいんだな、わかった、やれよ。おまえが死んだ後に写真やら色んな経緯やらをネットにあげるなんて期待するなよ。言っとくがな、そんなことはあり得ない。おまえが死んだって、品行不良の検察官が出所後に生活の落差に耐えきれずに自殺したんだと派出所に片づけられるのが落ちだ。誰もおまえがこの十年、何をしてきたかなんて知りやしない。みんながおまえを自業自得だと罵るんだ！」

江陽は言い返した。「雪さんはそんなに無関心ではいられないと思います」

「俺が？　ハハハ、だったら犬死にしろよ、俺がどうするか、やってみろ！」

陳は言った。「喧嘩はやめろ、何にもならん。君が自殺しても意味はない。何も変えられないんだ。私らだって君が死んでも何もできやしない」

江陽は二人を見つめて長いため息をついた。その時、部屋の隅に離れて座り、うつむいて一言も言わない張超に気づき、意見を求めた。「張先生、先生は賛成してくれますか」

張超は首を横に振った。「いや」

朱偉が大声で言った。「見ろ、俺たちですらおまえを手助けしないんだ。おまえの張先生が面倒を引き受けるもんか」

陳明章は冷たい声で叱りつけた。「朱偉、その臭い口を閉じてられないのか？」

その時、張超は江陽をまっすぐ見つめ、ゆっくりと言った。「本当に死にたいのなら、死に方を変えるといい」

朱偉はたちまちカッとなった。「何をバカ言ってるんだ！」

張超はなおも真剣に江陽を見ている。「君の死に手を貸そう――手続的正義と引き換えに！」

62

「いけません」張超（ジャン・チャオ）の計画を聞いて、江陽（ジアン・ヤン）は案の定、拒否した。「それでは先生が服役することになる。李静（リー・ジン）も同意するはずありません」

「それは心配ない。説得するつもりだ」張超は譲らない。

朱偉（ジュー・ウェイ）は怒って叫んだ。「もちろんダメだ。牢屋に行きたいなら一人で行け、それで江陽を三年も服役させた償いをするんだな！　だがそんなくだらん思いつきで江陽を殺すことは絶対に許さん！」

「朱偉さん！」江陽は椅子から立ち上がって叫んだ。「黙っててもらえますか？　僕の服役と張先生は関係ありません！」

「だがこいつの計画はみすみすおまえを殺そうというんだぞ！」

「そうじゃなかったら？　そうじゃなかったら僕は死なないんですか？」江陽は冷笑した。

「張先生の意見は検討してもいいと思います。ただ、僕は誰も巻き込みたくないだけです」

朱偉は怒って言った。「本来ならおまえは自然に……自然にそうなるはずだ。だが今は自分から前もって……」

江陽は目を閉じてため息をつき、口調を和らげた。「雪さん、医師はあと三カ月から五カ月だと言いましたが、もし僕を興奮させて内出血でもしたら、明日にはダメになるかもしれないんですよ」

朱偉は慌ててなだめた。「まず座れ、冷静に話すから、それならいいだろ？」

江陽は椅子に戻ると、三人を見渡して言った。「僕は元々、何カ月もない身です。ただ少し早まるだけです。ましてや癌の最後の段階はとても苦しく、生活も不自由になる。そんなふうに苦しみながら死ぬより、うまく利用した方がいいんじゃありませんか」

朱偉と陳明章（チェン・ミンジャン）は深いため息をついた。

江陽はまた言った。「張先生、先生のお考えはとてもいいと思います。僕はパフォーマンスしか考えてなくて、あまりに低俗でした。先生のおっしゃる手続的正義こそ最も理想的な計画です。ただ、そこまで多くの代価を払わせたくありません。みなさんを巻き込まずに僕一人で実行できて、同じ効果を上げる方法はありませんか」

張超は首を横に振った。「不可能だ。手続的正義を実現するには、君が死んだ後のことはほかの者が果たさなければならない」陳明章の方を向く。「陳社長は証券投資に長けているから、当然、収益とリスクは正比例するという理屈はおわかりでしょう」

陳は答えた。「私は江君に賛成だ。死をもってこの件を果たすことには反対しないが、確かに張先生が犠牲になる必要はない。そんなことをすれば監獄行きに決まっている。贖罪の気持ちで江君の遺志を引き継ぐことはない」

「そういうつもりではない」張超は首を振った。「正直に言えば贖罪の気持ちはある。江君に対してだけではなく、侯貴平にもだ。朱偉に言われたことは一つも間違っていない。確かに私はずっと前から李静を好きだったし、疑問点に気づいても何も言わなかったのは面倒を恐れたからだ。その後は利己的な考えで、彼女の世界から侯貴平の影を根こそぎ追い出したかった。だからこそ捜査をしても無駄だとずっと嘘をつき続けて諦めさせたんだ。侯貴平にも、李静にも申し訳ないことをした。もし行動によって過去の過ちを償うことができないなら、これからどんな顔をして李静の前に出ればいいのかわからない。彼女は何もなかったように振る舞うかもしれないが、私にはできない。だから江君、この提案を断らないでくれ。私はもう若くない。一時の衝動でこんなことを言っているのではないんだ。よく考えた結果なんだよ」

朱偉は唇を結んで何も言わず、立ち上がってタバコを吸いに部屋を出ていった。

残った三人は無言だった。長い時間が過ぎ、陳が口を開いた。「その計画はあまり練られていない。穴が多くて、最終的に望む場所までたどり着けないだろう」

張超はほほ笑んだ。「短時間で思いついたただの骨組みだ。まだ時間はたくさんある。最終的に実行に移すには、段取りの一つ一つを細かく決めなければ。私たち四人の力を集めるんだ。監察医、警官、検察官、弁護士、この四人はそれぞれ専門分野に精通したエキスパートだ。力を合わせれば必ず最後までやり通すことができる」

江陽はどこか迷っていた。「このためにみなさんを面倒に巻き込みたくないんです。それではたとえ成功しても何にもなりません」

張超は言った。「そんなことにはならない。私が面倒をかぶることは避けられないが、陳社長や朱偉は計画にどんな穴があるか意見を出すだけにして、実行には関わらない。きっちり口裏を合わせてこそ、こちらの犠牲を最小限にとどめることができる」

陳明章は眉をひそめた。「だがあなたが李静を説得するだけじゃなく、江君も郭紅霞（グオ・ホンシア）を納得させなければならないぞ。彼女にはすべてを知る権利がある。おそらく……」

江陽は首を振った。「陳さん、紅霞を見損なってますよ。みなさんから見ればごく普通の女性で、学歴もなく、家で子どもの世話や簡単な仕事をするほかは何もわからず、何もできないように見えるかもしれない。でも彼女はとても強い女性です。知り合ってからずっと、僕が何をしているかを理解して、応援し続けてくれたんです。ここ数年、こんなに多くの目に遭ったのに責めるようなことは一言も言わないし、ましてや諦めろなんて言ったことがありません。今度もきっと応援してくれるはずです。ただ……」目のふちが赤くなる。「僕は生涯、彼女に申し訳ないことをしました」

陳明章は唇を噛んだ。気は進まないが、かといってより良い方法も見つからなかった。

63

一週間後、四人は集合した。それぞれ手に原稿を持っている。

張超（ジャン・チャオ）は全員を見回した。「修正後の計画に何か意見は？」

朱偉（ジュー・ウェイ）がぶつぶつ言った。「こんなことをしたら、江君（ジアン）は本当に収賄と賭博、女遊びのレッテルを貼られちまうぞ。これで……これでいいのか？　万が一、最後までやり通せなかったら、江君の名誉は完全に地に落ちるじゃないか」

江陽（ジアン・ヤン）は気にかけず笑った。「僕のイメージはもうその通りじゃないですか？」

「だが実際は全然違うだろ！」

張超は言った。「すべては最後の逆転のためだ。徹底的に汚れてこそ、最後は清廉潔白になれるんだ」

朱偉は何度もかぶりを振った。「どっちにしろ俺は反対だ！」

江陽がじっと見つめる。「反対でも、決まった通りにやるんですよね？」

「俺は……くそっ！」朱偉は憤慨して拳を振り回した。

江陽は笑った。「ベテラン刑事の視点から意見を出してください。あとはどんなことに気をつければいいか」

朱偉は深くため息をつき、仕方なく原稿を手に取った。「まったくおまえらときたらどうしようもないな。じゃあ、言うぞ」

江陽は笑い出した。「雪さんは口では反対といいながら、絶対に何度も検討してるはずだって思ってましたよ」

「うるせえ」朱偉は白い目を向けると、まじめな顔で切り出した。「張先生が捕まったら、開廷までは必ず自分を犯人だと警察に思い込ませるんだ。ほかの状況を疑わせちゃいけない。今の計画からすれば単純なヤマで、証拠は確かだし隠さず白状するから、警察は普通ならそれ以上何も疑わない。だがあんたが有名な刑事弁護士だってことを考えると、そんなに衝動的に罪を犯し、その後でまたそんなに協力的に罪を認めるのは疑問を持たせるかもしれない。それになぜ死体を棄てるのを翌日にしたのか、なぜ地下鉄に行ったのか、こういう質問に筋が通るように答えられるかどうかが重要な鍵になる。もちろん、警察は普通、疑わしいというだけでほかの不自然な行動まで調べたりはしない。容疑者の多くは第三者から見れば理屈に合わないおかしなことをするから、警察もとっくに慣れてて、捜査は証拠がそろってるかどうかだけを見る。動機は問わない。しかし俺たちの計画はあんたと江君の負担が大きい。万に一つの失敗もないようにしなきゃならん。供述を覆す前に警察に疑われるわけにはいかないから、台詞の一部を修正する必要がある。それから、供述を覆した後の再捜査では、必ず江君の人間関係を調べるだろう。携帯の通話記録は絶対だ。だから今日から陳（チェン）さんは江君に電話をするな。君らが親しいと知られないようにだ。主にこの二つだ。何も問題なければ、俺が担当するこの部分を整理して修正する」

張超が補足する。「供述を覆した後は警察の捜査を導く必要がある上に、可能な限り多くの人を捜査に参加させる必要がある。真相を知る人が多ければ多いほど、孫紅運（スン・ホンユン）たちは人脈に頼って事件をもみ消すことができなくなる。だから捜査を導く段階では、リズムが肝要だ。朱偉はすぐに警察の取り調べの対象になってはいけない。ちょうどいいタイミングで目が行くように仕向けるんだ。朱偉もこの先は江君に電話をしてはいけない。私に連絡してくれれば伝言する」

朱偉は少し考えて賛成した。

張超は陳明章（チェン・ミンジャン）に向き直った。「陳社長、江陽が私に絞殺されたように見せかけることはできるかね」

陳は頷いた。「私の専門分野だ。わが社は警察向けの鑑定設備を製造している。人間工学を応用して絞殺時の力と角度をシミュレーションすることはもちろん可能だ。だが一つ、私は……」言いかけて止める。

江陽が促した。「陳さん、難しいことがあるなら遠慮なく言ってください」

陳は言った。「難しいのは私ではなく、君だ。窒息死は非常に苦しい。みずから首を輪の中に入れた後、もし苦痛に耐えられなかったらロープを引っ張れば外すことができる。だが一分間こらえれば、その後はロープの力が強まって、君は——後悔しても遅くなる」

江陽は気にとめず笑い出した。「最初の一分間は自分の意志で我慢できます。一分を過ぎてから本能的にロープを引っ張っても外れない。望み通りです。装置が脆くて、火事場の馬鹿力で外してしまわないかが心配ですが」

陳はため息をついて続けた。「張先生は翌日部屋に行った時、壁の装置を外すのを忘れないでください。外した部品はベランダの隅に置いておくんです。見た目は古い伸縮式の物干し台で、注意を引きません」

張超は言った。「忘れないよ」

「江君が死んだ後の解剖報告書では、肺癌を隠すように言っておく。監察医の世界は狭いんだ。とっくに辞めたとはいえ、ささやかな人脈はまだあるから安心してくれ」陳は付け足した。

江陽は頷いて言った。「検察の目から見て、補うべき穴は何もありません」

四人は長いこと繰り返し検討を重ねた。張超がすべてのポイントを記録して言った。

「段取りも台詞も、全員一つも間違えてはならない。すべての細部を記憶するんだ」

みなは頷いた。

陳明章は疑わしげに張超に目をやった。「どうやって李静を説得したんですか？　何がどうなってもあなたは監獄行きです。彼女はあなたの妻だ、どうしたって――」

張超はほほ笑んでさえぎった。「もちろん最初は反対した。だが彼女は私を理解している。最後はやはり承知してくれた。警察の捜査が始まったら計画通りにやってくれるだろう。彼女の対応については安心しているよ。だが江陽、君の奥さんは事情聴取に対して……」

江陽は笑った。「もう説得しました」

みなはひとしきりため息をついた。張超は言った。「要するに私たちの計画の核心は、影響を拡大して大事件にすることだ。できる限り多くの人を捜査に参加させて十年間の真実を手に入れさせるには、捜査班の格が高ければ高いほどいい。最後に、私が提案するシンプルな条件を呑むよう彼らに迫る。だからみんなは事情聴取では焦らず、その段階ごとに適切な手がかりと証言を提供するんだ。真相をすべて最初から知らせてはいけない。さもないと影響範囲が小さすぎる。忖度（そんたく）して圧力をかけられたら、私たちの苦労は水の泡だ」

64

二〇一三年の春節（旧正月）の後、郭紅霞（グォ・ホンシア）と子どもは平康（ピンカン）へ戻り、江陽（ジアン・ヤン）は江市（ジアン）に残って最後の計画にとりかかった。

二月中旬、江陽は胡一浪（フー・イーラン）に電話をかけて、侯貴平（ホウ・グイピン）の撮った写真が何枚か手元にあること、そこには大物幹部が女児をホテルへ連れ込もうとしているところが写っていることを告げ、話がしたいともちかけた。

胡はプライベートラウンジの個室を予約し、江陽は単身で向かった。安全面については心配していなかった。江陽は複写した写真のみ持参しており、もし胡が手を下して江陽を殺害すれば、それで事件を逆転できるからだ。

証拠が取れるかもしれないと、朱偉（ジュー・ウェイ）はペン型レコーダーか小型カメラを持っていくことを提案したが、張超（ジャン・チャオ）はそのアイデアを却下した。レコーダーやカメラでは実質的な証拠を手に入れることはできないし、見つかれば計画そのものが失敗するからだ。

予想通り、江陽がラウンジに到着すると胡一浪は検知器で全身をくまなくチェックさせ、電子機器を持っていないことを確認してようやく席を勧めた。

「電話で言われたことがよくわからないんだが、君の言う写真とは何のことだ？」胡はほほ笑んで尋ねた。

江陽は冷笑した。「そうですか？　侯貴平はその写真のために死んだのでは？」

「ええ？」胡は頭を振る。「何を言ってるのかよくわからないな。ちょっと見せてくれないか」

江陽はバッグから写真を出して渡した。

胡一浪は目を走らせて眉をひそめ、写真を二つに裂くと脇へ放り捨て、顔を上げて彼を見つめた。「私に会いに来た目的は？」

「僕は仕事も生活も家庭も全部失いました。すべてあなた方のせいです。その写真と引き換えに賠償金五十万元を払ってもらいたい。出過ぎた要求ではないでしょう」

胡一浪は思わずせせら笑った。「何を根拠に？　この写真は何の事実も表してないのに証拠にできるのか？　君は元検察官だろう。証拠の定義はよくわかってるはずだ」

江陽は肩をすくめた。「もちろん証拠にはなりません。ですが、誰かが規律検査委や検察院に告発を続け、ネットにもあなた方の社長が未成年の女児を使って役人に性的接待をしていたと書き込んでこの写真を添えれば、多くの面倒が起こるはずです」

「誹謗中傷だと告発されたら、君はもう一度刑務所に入ることになるぞ」冷ややかに見つめる。

江陽はくつろいで笑った。「かまいませんよ、僕からすれば元の場所に舞い戻るだけです。その写真は法律の上ではあなた方をどうすることもできませんが、僕の話を信じる人は多いはずです。特に、女児をホテルに連れ込もうとしている写真がまだこの世に残っていて、その原因が単に五十万元を出さなかったためだとあなた方の大幹部である夏立平（シア・リーピン）氏が知ったら、たいそうお怒りになるんじゃありませんか？」

胡一浪は冷たい目で江陽をじっと見た。ややあって歯ぎしりをして言った。「どうしてもこうしなければならないのか？　妻子のことは考えないのか？　離婚したとはいえ、まだ二人のことを気にかけてるんだろう」

江陽は声を上げて笑い、すぐにバッグから一通の書類を出して渡した。「まだ僕を脅迫できると思ってるんですか？」

見ると、それは江陽の癌の診断書だった。ため息をついて返すと言った。「残念だ。これほど長い間やりあってきて、最後がこんな結末とは。だが、今になって大金を手に入れてどうする？」

「おっしゃる通り、僕はまだ前の妻と息子を気にかけてます。あなた方に公職を追われ、死んでも恩給は出ないんです。だから二人に何かを残してやらなければ。五十万元で写真を買い取るかどうか考えてみてください。僕に残された時間は多くありませんから、あなた方の考える時間も多くは残っていません」

胡一浪は立ち上がり、携帯電話を出すと部屋の外で電話をかけた。十数分後に戻ってきて尋ねた。「その写真はどこで手に入れた？」

江陽は笑った。「そんなことを教える必要はありません。どっちにしろ手に入れたんです」

「写真の出所を教えれば、十万元上乗せしてやる」

「それは無理です。価格交渉をする余地はありません」

胡はかすかに眉をひそめた。「だが写真の出所がわからなければ、買い取った後にもう焼き増しがないかどうかどうしてわかる？」

「写真の原本は一枚だけです。侯貴平が当時たくさん焼き増しをしなかった理由はわかってるはずです。ネガはカメラの中にあり、カメラはとっくにあなた方に持ち去られたんですから」

胡一浪は江陽をじっと観察して頷いた。「君と写真の取引をしたいわけではない。ただ君への同情から六十万元を支払うだけだ。原本をこちらに渡したら、我々の間のことはすべてここまでだ。どうだね」

「どうぞご自由に。取引でも恩給でも、どんな言い方をしたって僕にとって違いはありません。金が口座に入り、物はあなた方に渡る。それだけのことです」

「いいだろう。ではどうやって取引をする？」

江陽は言った。「今日の退勤時刻までに口座に入金してくれれば、原本を郵送します」

「金が先か？」胡は目を細めた。「なぜ直接会って交換しない？　君さえよければ、今日のうちに取引を終えてもかまわない」

「直接？」江陽は冷笑した。「無理やり写真を奪われて金をもらえなかったらどうすればいいんです？　あなた方が僕を騙したのは一度きりじゃない。そんなことが信じられますか？」

「では金を払った後に君が写真を送ってくることはどうやって保証する？」

「僕が写真を残しておいても数ヵ月経てば役に立たなくなります。何度も金を要求することはないと約束しますよ。長い付き合いだ、僕の性格はよくわかってるでしょう」

「そいつは……」胡一浪は笑った。「全額を支払ってから品物を受け取るような取引はお目にかかったことがない。社長も同意しないだろう」

江陽は眉をひそめた。「では今日、前金として二十万元を払ってください。数日後に会って残りの金を渡してくれればいい。そうすれば僕は少なくとも二十万は手に入る」

胡一浪は少し考えて答えた。「わかった。そうしよう」

65

続く数日間、胡一浪（フー・イーラン）は何度も江陽（ジアン・ヤン）に電話をかけて早く取引を終えたいと告げたが、江陽はそのたびに、原本は平康（ピンカン）にあり自分はまだ江（ジアン）市の病院にいる、もうすぐ帰るから安心するようにと答えた。

十日が過ぎても同じ答えだったため胡はしびれを切らし、再度電話して尋ねた。「具体的にいつ平康に戻れるんだ？」

「もうすぐ、もうすぐです」

「いい加減に小細工はやめろ。一体どうしたいんだ」明らかに我慢の限界のようだ。

江陽ももはや装わない。「すみません、冗談だったんです。原本はここにありますが、渡すつもりはまったくありません。あなた方が以前どんなふうに僕を騙したか忘れないでください。僕はただ、死ぬ前の最後の数カ月間、あなた方を一度からかってみたかっただけなんですよ」

胡一浪は怒りを込めて冷たく言った。「君が死を恐れまいと知ったことか。忘れるなよ、平康には君の……フン」

「元妻と息子がいる、そうでしょう?」

胡が冷ややかに相槌を打つ。

「申し訳ありませんが、僕たちの通話はすべて録音してるんです。今の部分も含めてね。ですから元妻と息子に何かあれば、あなたは申し開きができなくなりますよ」

「貴様——」

「二十万元をどうも。ほかに何かおっしゃりたいことは?」

胡一浪は相手が録音していると知って多くを話せず、怒り心頭で電話を切った。

江陽は張超（ジャン・チャオ）と朱偉（ジュー・ウェイ）を見て笑った。「どうですか?」

張超は親指を立てた。「オスカーものだ!」

朱偉は鼻を鳴らすと身体をそむけた。

江陽にはわからない。「雪さん、どうしたんですか」

しばらくして朱偉がやっと向き直ると、その鋭い目には涙がたまっていた。「この電話をかけ終えたら、計画では、おまえは……おまえにはあと一週間しか残ってない」むせび泣いて言葉を続けられない。

江陽は笑い出した。「とっくに予定してたことじゃないですか？」

朱偉は深くため息をつき、黙ったままソファに身を沈めた。

「やめてください、雪さんはもう五十を過ぎた大人なんですよ。どんな場面でも経験してきたでしょう。まだご機嫌を取ってほしいんですか？」

朱偉は彼をにらみつけ、こらえきれずに噴き出した。

「数日したら張先生と喧嘩をしないと。雪さんは通報担当ですよ。そうだ、通報用の携帯のプリペイドカードは用意しましたか？」確認すると、からかって言った。「雪さん、通報する時は自然な口調にしてくださいね。さあ、やって見せてください。その時、何というか」

朱偉の図太い顔が赤くなった。「俺は……俺は予行演習なんかしないぞ！」

「じゃあ言い間違えないってどうやって保証するんですか。計画書通りに台詞を言ってください。あんまりぎこちなかったら最初の捜査で見破られちゃいますよ」江陽はふざけ始める。

「どっちにしろ期待通りにやってやる。だが内心じゃ悩んでるんだ！　おまえと張さんのどっちの気が変わっても、俺にとっちゃ願ってもないことだ」懇願するように二人を見るが、どちらも首を横に振った。

そうした会話はすでに数え切れないほど繰り返され、そのたびに彼は失望していた。すべては彼らの最後の願いに向けて、止めることのできない力に引っ張られているかのように、前へと進み続けていた。

二月二十八日夜、江陽と張超は殴り合いの喧嘩をした。朱偉は匿名で通報し、派出所の警官が訪れて仲裁し、事件を記録した。警官が立ち去った後、張超は江陽を絞殺する真似をし、江陽は爪で張超の腕と首に傷をつけた。張超を送り出した後、江陽は爪の中の皮膚組織を残しておくために手を洗わなかった。

三月一日夜、江陽は張超の服を身につけ、張超の車を運転して居住区へ戻った。サンバイザーを下ろし、頭を車内の暗がりへ後退させて、監視カメラに顔が写らないようにした。部屋に戻ると準備を整え、明かりを消して、装置に取り付けられたロープの輪の中に首を入れ、リモコンでスイッチを入れるとそれを窓から放り投げた。目を閉じて歯を食いしばり、拳を握り締めた。輪が縮まっていく。

建物から遠く離れた場所で、陳明章(チェン・ミンジャン)と朱偉は明かりが消えるのを見届けてからも、そのまま長い長い間立っていた。明かりは二度と灯らなかった。

朱偉は何も言わずにうなだれて立ち去り、漆黒の夜の中に消えた。陳明章はため息をついて自分のベンツに乗り込み、酒場へと走らせた。

張超は北京のホテルで横たわり、天井を見つめたまま夜を明かした。

李静（リー・ジン）は自宅で、ここ数ヵ月間の江陽と張超の写真を見つめ、声を出さずに泣いた。

郭紅霞（グオ・ホンシア）は平康の家で子どもを寝かしつけると一人でリビングに座り、一晩中ぼんやりとテレビ画面を眺め、ディスプレイの信号が消えるまでチャンネルを変えなかった。

三月二日午後、酒に酔った張超はあえて普段とはまったく異なる汚れた古着を身にまとい、江陽の死体の入ったスーツケースを引きずってタクシーを呼び止めた。地下鉄の駅前を通過する時、一台の乗用車が後ろから猛然と加速してタクシーに追突し、双方は車を停めて交通警察を呼び、交渉を始めた。

乗用車を運転していたのは陳明章の会社で働く信頼厚い社員で、計画のことは何も知らなかったが、相手が交通警察だろうとほかの警官だろうと、運転中の不注意で追突してしまったと答える約束をしていた。そうすれば何の面倒にも巻き込まれないはずだ。

張超は理由をつけてスーツケースを引きずりながらその場を離れ駅へ向かった。駅構内では陳明章と朱偉が離れた場所で見守っていた。朱偉の胸には様々な感情が入り乱れていたが、怒りを込めてにらみつけることしかできなかった。陳明章は黙って自分の目を指さし、逮捕される時の写真と普段の外見を大きく変えて、北京の二人の顧客に気づかれないように、後で眼鏡を捨てろという仕草をしてみせた。張超はかすかに頷いて安心させると、死体を発見させるためのパフォーマンスを始めた。

66

李静(リー・ジン)は爪を軽く噛みながら、警官が本棚を調べるのを静かに見守っていた。しばらくして頭を巡らせ、窓の外のはるかな虚空に目をやった。

厳良(イエン・リアン)は彼女を見やるとそっと近寄り、並んで窓の外を眺めた。「ご主人はあなたを深く愛しているんですね」

「もちろんです」李静は何でもないことのように答えた。

「あなたもご主人を愛していますか」

「もちろん」

厳良は向き直った。「では、なぜ止めなかったんです?」

「何をおっしゃってるのかわかりません」

「あなた方の計画は、もう九割方わかりました」

「そう?」李静はやはりこちらを見ず、ひどく冷たい口調だった。

「ほかのあらゆる道がすべて閉ざされたからこそ、この道を選んだんですね。きっととてもつらい決断だったでしょう。早いうちにいくつか気がついていましたが、私の権力には限界があり、何も手助けできませんでした。唯一できたのは、可能な限り趙(チャオ)さんを説得して、捜査を続けさせることだけでした」

李静は振り向いて彼を見つめたが、何も言わなかった。

ほどなく一人の警官が本棚から書類入れを発見して厳良に手渡した。開けると、中には写真が数枚入っている。画質の粗さからみて、何枚かは撮影されてもう長い時間が過ぎているらしい。カーンホテルの前の風景だ。残り数枚は新しく、男と十歳くらいの子どもが並んで歩いているところだった。いずれも盗撮されたものだ。

写真のほかに、書類入れには葛麗(ゴー・リー)という名の人物の戸籍と現状に関する資料、さらに一人の男の子の戸籍、転籍記録、就学状況、在籍する学校の学年やクラスの資料があった。

厳良は一通り目を通し、新旧の写真を細かく見比べると黄ばんだ一枚を李静に見せ、一人の女の子の手を引いてホテルに入ろうとしている男を指して尋ねた。「誰ですか？」

「十数年前の清(チン)市常務副市長、今の党省委組織部副部長の夏立平(シア・リーピン)です」

厳良は眉を寄せて数秒考え、深く頷いた。「張超(ジャン・チャオ)の狙いがわかりました」

彼はすぐに警官たちに捜査の終了を告げた。

撤収の準備をしていると、李静がふいに呼び止めた。「ほかに何かご用件は？」強く拳を握り締め、全身をかすかに震わせている。何かを言おうとしては止め、数秒後、ついに苦しそうに一言絞り出した。「お願いします」

厳良は力強く頷いてみせると、背を向けて部屋を出た。

その瞬間、この女性は確かにとても美しいと彼は思った。

張超はその場に厳良一人だけで、ほかに取調官がいないことに気づいた。監視カメラを見上げると、レンズは死角を向いている。そっとほほ笑んだ。「どうやら今日も特別なおしゃべりのようだ」その時、厳良の前に置かれた書類入れに気づいて思わず嘆息した。「厳(イエン)先生はもう私の動機がわかったんだな」

厳良は頷いた。「とても慎重な計画です。十年にわたる冤罪の見直しを、特捜に直接要求しないとは」

張超は苦笑した。「特捜の権限に限りがあることはわかっている。もし真相を供述するのと引き換えに冤罪の見直しを求めていたら、きっと私の要求は果たされず、君たちも江陽の死の真相を得られずにいたに違いない。お互いに傷つけ合って、永遠に結果の出ない行き止まりにはまり込む必要があるかね？」

「だからあなたの最後の要求はとてもシンプルだった。あの子と夏立平、葛麗の親子鑑定をさせること。子どもが夏と葛麗の間に生まれたと証明できさえすれば、出生日から逆算して、夏が当時十四歳未満だった葛麗と性行為をし、刑法に触れていたことを証明できる。奴が捕まれば、犯罪者集団を一網打尽にすることができ、江陽（ジアン・ヤン）の十年間の努力も無駄にならない」

張超は否定しなかった。「親子鑑定をすること。この要求は君たちにとって決して難しくはないだろう」

厳良は問い返した。「趙さんの階級で夏を捜査するのは難しくないと？」

「直接捜査してもらおうなどと大それた望みは持っていない。しかし、親子鑑定の一件なら、君たちはきっと多くの方法を考えて私のこの小さな望みをかなえてくれるだろうと思っただけだ」

厳良は小さく笑った。「どうやら警察の能力をよくご存じのようだ。この計画はきっとあの傑出した古参の刑事――平康（ピンカン）の白雪、朱偉（ジュー・ウェイ）さんの功労があったんでしょうね？」

「朱偉はこの件とはまったく関係ない。私が考えたのだ。彼はずっと、私が江陽を服役させたことを恨み、会うたびに殴りたそうだった。協力などできるものか」

「そうですか？」厳良は曖昧に濁した。「では陳明章（チェン・ミンジャン）はどうやって江陽の自殺を手助けしたんです?」

張超は一瞬口をつぐんだ。「意味がよくわからないな」

「胡一浪（フー・イーラン）たちは江陽を殺しはしないでしょう。江陽はすでに末期の肺癌で、長く生きられないからです。その上、彼らにとって脅威となる証拠は何も持っていない。彼の死因は自殺でしかあり得ない。しかし、一般の人間が自殺しても警察に他殺という結論を出させることはできない。それをなし遂げるには、技術面で陳明章の助けを借りるほかはない。それから、あなたが地下鉄の駅に行く前に乗っていたタクシーは乗用車に追突されましたが、その車の持ち主は陳と面識があった。これは偶然とは言い難いですね」

張超は目をわずかに細め、厳かに言った。「陳明章はこの件とは無関係だ。彼は江陽の最後の決意を何も知らない」

厳良はため息をついた。「まあいいでしょう。江陽は事件の見直しのために数カ月早く自分の命を終わらせ、あなたは過去の過ちを償うためにみずから服役しようとしている。朱偉と陳明章を巻き込まずにね。では、親子鑑定の結果を手に入れた後、次にどうしてほしいですか?」

「結果を特捜のメンバー全員に公開するんだ」

「公開すれば必ず夏立平を裁けると?」

張超は冷たく笑った。「私はずっと賭けをしてきたが、私たちは自分たちの勝利を信じないわけにはいかなかった。ただこう思ってきた。もしこれで勝てないのなら、十年に及ぶ真実の戦いに完全にピリオドを打ってもかまわない、と。なぜなら私たちは全力を尽くし、もはやこれ以上は不可能なのだから」ため息をつき、まっすぐに厳良を見すえる。「特捜のメンバーは省警察庁や省高検、市警から集められた。さらに多くの人々がこの事件に注目している。親子鑑定の結果は特捜の幹部たちに知らされた後、それぞれの所属機関に報告されるだろう。これほど多くの人々、これほど多くの機関が犯罪の事実を知りながら、夏立平がなお安穏としていられるはずがない！」

厳良は敬意を込めた視線を張超に向けて頷き、ややあって言った。「もしこの事件で出会ったのが趙さんや私ではなく、別の……たとえば事なかれ主義の特捜班長だったら、どうするつもりだったんです？」

張超は笑った。「もちろん、その設定は考えた。だから捜査を導き続けねばならなかったのだ。特捜のより多くのメンバーが十年前の真相を徐々に知っていくように。多くの人が知れば知るほど、真実は隠蔽が難しくなる。捜査の継続を望まないのなら、江陽事件も永久に未解決となり、警察は世間が納得するような答えを示すことができない。これは私と警察との間の勝負だったのだ」

彼は少し言葉を切ってから続けた。「厳先生にはとても感謝している。初めて会った時から私の動機に疑問を持っていたのに、止めようとせず、逆に私の指示通りに捜査を進めるよう警察に促してくれた」

厳良はほほ笑んで尋ねた。「初めて会った時に私が疑問を持ったことは、どうして？」

「私の眼鏡と服装について尋ねたのは君が最初だったからだ。私は近視で、あの日の駅での行動は初めから計画していて間違いは許されなかったため、眼鏡をかけて行かねばならなかった。しかし逮捕される時は眼鏡を外し、服も髪型も薄汚なく見せる必要があった。そうすれば報道の中の私は普段とは別人に見え、北京の証人に事前に見破られることは避けられる。さもないと計画そのものが出だしからつまずいてしまう。君から何度か眼鏡について質問された時はとても緊張した。君を欺いていると知りつつ、私の秘密を守ってくれることをひたすら願っていた」

厳良は率直に言った。「初めは単なる好奇心であなたが何をしたいのか知りたかっただけですから、疑問を趙さんに伝えはしませんでした。より多くの情報を得た後、私にできる唯一のことは、趙さんに捜査を続けてもらうことでした」

67

週末の夜、江(ジアン)市濱江(ビンジアン)区の広々とした道路脇に一台の地味な乗用車が停まっていた。厳良(イエン・リアン)が運転席に座り、窓を半分開けて趙鉄民(チャオ・ティエミン)とともに外を見ている。

そこから離れた交差点には、交通警察のパトカーが停まっている。

その時、一台のアウディが向こうから飛ばしてきた。交通巡査が手を振って合図すると、すぐに速度を落として路肩に停まった。

窓が開き、巡査が運転席側に近寄る。

距離があるため厳良にはよく見えず、傍らの趙鉄民に尋ねた。「夏立平(シア・リーピン)は確かに運転手を使わずに自分で運転してるんですね？」

趙は頷いた。「そうだ。週末にはいつも自分で子どもに会いに行き、自分で運転して濱江新市街の居住区に戻る。隠し子がいるという秘密を多くの人間に知られたくないんだろう」

交通巡査がアルコール検知器を出し、運転手に息を吹きかけさせる。

夏立平はノズルを手に取って大きく息を吹き込み、車を出そうとした時、ふいに巡査が厳しく一喝した。「降りろ！」

「何だって？」夏は不愉快そうに相手を見やった。

「飲酒運転だ、降りろ、病院で採血をする！」巡査は叱りつけ、二人の警官が近づいてアウディを取り囲み、逃がさない態勢を取った。

「そんなことがあるものか！」夏はにらみつけた。「酒は飲んでいない。飲酒運転のわけがない！」

巡査は検知器を目の前に差し出した。「見てみろ、ぐずぐず言わずに降りるんだ！」

「測定間違いだ、私は飲んでいない。この器械が壊れてるんだ！」夏は降りようとしない。

「無駄話は止めて、さっさと降りろ！」巡査はドアを開けようとしたが、ロックされている。窓から手を伸ばして解錠すると、ドアを開けて夏を引きずり出し、連れていこうとした。

夏立平は逆上した。「手を放せ、訴えるぞ！　貴様はどこの所属だ、おまえらの上司に電話してやる」

巡査はせせら笑った。「好きにしろ、だが今はそうはいかん。さあ、病院へ行くんだ！」

　夏立平は運転席から引きずり出され、強引にパトカーに押し込まれた。彼は政府幹部だが、このような時に自分の身分を明かして警官に圧力をかけるのは適切ではないとわかっていた。江市は省都で、メディアは発達している。この程度のことで取り締まりに協力しなかったことが暴露されたら、たとえ本当に酒を飲んでいなくてもたちどころに非難されるだろう。はらわたは煮えくり返っていたものの、仕方なく警官とともにパトカーに乗って病院へ向かった。

　警官の付き添いのもとで採血を終えた十分後、交通巡査は彼に謝罪し、アルコール検知器が故障していたと認めた。夏立平は腹を立ててはいたが、この時はやはり節度を保ち、この下っ端警官とやりあうべきではないと考えて、怒りに息を荒げながらパトカーに乗って自分の車のある場所へ送らせた。

　アウディが走り去ると趙鉄民は電話をかけ、話を終えると厳良に笑ってみせた。「私の部下の演技はなかなかだろう。夏立平は最初から最後まで部下の胸章に目をやらなかったぞ」

「見られてもかまいませんよ。最近は飲酒運転の取り締まりを強化していて人手が足りないから刑事が駆り出されてるんだと言えばいい。この程度の仕事にこき使われるのは自分の階級の水準や品格を大いに損なうことだ、とね。しかし、万が一にもあなたが調べてることは知られちゃいけません」

趙はせせら笑った。「早晩、知ることになるさ。だが奴はあたしにゃ手を出せんよ。市警所属だからな。市警がこの程度のことであたしを処分するもんかね」

数日のうちに、江華(ジアンホア)大学医学院のある教師が衛生省の書類を携え、江市のとあるインターナショナルスクールを訪れた。学校役員に面会すると、現在おこなっているテーマ研究のため省内の児童の栄養状態を調べており、各地で児童を年齢別に選んで微量元素の保有状態を検査する必要があると説明した。

学校側は要請に従って六年生の名簿を提供し、研究チームは数名の児童を無作為に抽出して血液検査をおこなった。その中の一人に、夏という姓の男児がいた。

研究チームは学校を出ると厳良のもとへ直行した。厳良は早くから待ちかまえており、小さな試験管に入った血液サンプルを受け取ると感謝を述べ、チームの友人に秘密厳守を重ねて頼んだ。相手は快く応じた。

68

高棟（ガオ・ドン）の執務室は固く閉ざされていた。彼はデスクの前で、眉根に皺を寄せて手元の親子鑑定の結果をにらんでいた。

趙鉄民（チャオ・ティエミン）はその向かいに座り、両手の指を組んでやきもきしながら意見を待っている。

高棟はその報告書に何度も繰り返し目を通すと、初めてゆっくりとデスクに置き、タバコに火をつけて深く吸い、尋ねた。「江陽（ジアン・ヤン）のヤマは解決したのか？」

趙は頷いた。「ええ、もう最終段階です。まだ特捜班内には周知してませんがね。鑑定結果を張超（ジャン・チャオ）に見せたら満足してました。妻にも一通渡すようにと。李静（リー・ジン）に持ってったら、張超が供述を覆した後に拘置所で面会した時、自宅にＵＳＢメモリを隠したと言われた、といきなり言い出しましてね。それで江陽の死は自殺で、張超の犯行じゃないと証明できるそうです。あの頃は気が張ってたもんだから忘れてた、今日になってやっと思い出したと言ってました」

高棟は灰を弾いた。「もう演技をする必要はなくなったんだ。ただ適当な口実を設けて、真相を俺たちに伝えたいだけだろう。ＵＳＢの中身は何だ？」

「動画です。江陽はあの夜自殺する前に、カメラに向かってたっぷり半時間、主にこの十年間の経緯と、なぜ最後に自殺を選んだかをしゃべったんです。この間に見つけた多くの間接証拠を示してました。最後に、これは自分一人の考えでやることで他人は関係ない、張超がこれを見たら、動画データと証拠を適切な時に関連部門に渡すようにと頼んでました。話し終えると椅子の後ろに立って、頭をロープの輪の中に入れてスイッチを押し、リモコンを投げ捨てたんです。一分ほどして手をロープに伸ばしましたが、その時にはもう抜け出せなくなってて、いくらも経たずに彼は……彼は死にました」

言い終えると趙鉄民はどこか暗い表情だった。誰であろうと、どんなに強く冷酷な人間であろうと、その動画を見ればおのれの無力さに虚脱を感じるに違いなかった。

高棟は聞き終えてもしばらくじっと押し黙ったままだった。ややあって言った。「それがほかの人間と無関係なわけがない。張超は関連部門に動画を渡すよう頼まれたのに、死体を遺棄するため地下鉄へ向かった。まさかとっさに思いついた行動じゃないだろう」

「厳良（イエン・リアン）は、計画は張超、江陽、朱偉（ジュー・ウェイ）、陳明章（チェン・ミンジャン）、李静が長いこと練ったものだと言ってます。張超によると江陽がこの自殺動画を撮ったのは、なんでも『ライフ・オブ・デビッド・ゲイル』っていうアメリカの映画に触発されたんだそうです。江陽の元妻の方は計画の全容を知りませんでした。江陽と張超が自分の妻をどう説得したかはわかりません」

趙鉄民はしばし言葉を切ってから続けた。「この計画は江陽の死の数ヵ月前に立てられたと厳良は考えてます。江陽の通話記録によれば、一月初め以降、朱偉や陳明章とは連絡を取ってません。一方、張超との通話頻度は上がってました。陳と朱が計画に加わったっていう嫌疑を晴らすためでしょうな。張超は逃げられずに監獄に入るしかないが、ほかの者を巻き添えにするのは避けたかったんです。計画の全容を見るに、古参刑事の朱偉が捜査対策を指示してます。人間工学に基づいて江陽を絞殺したあの装置は、もちろん陳明章の傑作でしょう。李静も重要な役どころでした。張超に協力して、ちょうどいいタイミングであたしらに手がかりを提供し、間違った方向へ行かないよう、計画通りに捜査を続けさせたんです」

高棟は笑い出した。「どうやら厳良の奴はとっくに真相を知ってたな？」

「厳良は初めから張超には特別な目的があると疑ってましたよ。ただずっと動機がわからなくて、最後にようやくわかったんです。張超がとったのは迂回戦略で、事件解決を交換条件に親子鑑定をさせ、それを夏立平（シア・リーピン）の犯罪の直接証拠にして過去の十年にわたる冤罪を覆し、真犯人を逮捕させることだった、ってね」

「たいしたものだ、実にたいしたものだ！」高棟は天井を仰いで呟いた。「俺が言ったことを覚えてるか？　このヤマでは捜査だけをしろ、裏のつながりにはかまうな、と」

趙は頷いた。

高棟は説明した。「江陽はここ数年、省の幹部たちに手紙を送り、十年間の経緯を詳しく知らせていた。省のある幹部がそれをひそかに俺に転送してきた。書かれていたことには本当に驚いたが、江陽には証拠がなく、俺も真偽を確かめようがなかった。ましてや関わってる役人の階級はもはやこっちの能力を超えていたからな。張超の罪状否認が大きな反響を呼んで初めて、死んだ江陽があの手紙の主の検察官だったと気づいた。その話を思い返して、今回の罪状否認の大芝居には絶対に大きな裏事情があると確信したからこそ、捜査を継続させたんだ」

趙鉄民は一番気にかかっていたことを尋ねた。「夏立平が十四歳未満の女児を強姦したことにはもう確かな証拠がありますが、この後どうすれば？」

高棟はわずかに考えた。「特捜班には、このことを知ってる人間は？」

「数人の検察官には伝えました。もう省高検に報告してるはずですが、上からの明確な指示はまだでして」

高棟は冷笑した。「組織部副部長だからな。奴の背後に誰がいるかわからん以上、誰も自分から捜査に出張(でば)りたがらないだろう」

　趙鉄民は眉をしかめた。「それから、このことに関わるな、おまえにとって悪いことになるって忠告してきた奴もいましたよ。江陽のヤマを解決すりゃいいんだ、捜査報告書では容疑者の動機については触れるな、ってね」

　高棟は新しいタバコに火をつけて嘆息した。「夏立平にはもうこのことが伝わってる。今頃は居ても立ってもいられないだろうよ。実を言うと、俺にも指図してきた奴がいたぞ。あちらさんは階級が高くて断るわけにいかないから、俺はこのヤマにはまったく関わってない、おまえに会ったらきっちり指導するとだけ言っておいた」

「そいつは……」趙は不満げだ。「そいつは……それで済ませちまうんですか？　奴らはこれほどのことをしでかしたんですよ。児童性的虐待、殺人、証拠隠滅、司法関係者の迫害、まったく……」歯ぎしりをして、葛藤しているようだ。「あたしゃ厳良にも、張超にも約束したんです。全力を尽くして、真相を明らかにするって」

　高棟はちらりと見やると軽く笑った。「代わりに指導しておくとは言ったが、おまえという刑事課長は自分を買いかぶってて、ひどく頑固で、指導のしようがない。俺は直属の上司でもないし、おまえは規律違反をしたわけでもなく、単に自分の本務に忠実だっただけで、俺にもどうしようもない」

趙鉄民は眉をひそめた。「つまり、真相をそのまま公開すべきだと？」

高棟は彼に指を突きつけた。「おまえの課が以前扱ったあの冤罪事件だが、見直しをしたのは市検の張（ジャン）副検察長だ。実にまっすぐな人で、見直しのために何年も奔走して多くの困難や妨害に遭ったが、ずっと諦めなかった。特捜班班長のおまえが直接、真相を公にするのは具合が悪い。江陽の話と親子鑑定の結果を張副検察長に持っていくのが最も適切な対応かもしれんな」

69

二〇一三年十二月三日、省人民大会堂。

会場の外に、「二〇一三年全国優秀検察官張(ジャン)××氏業績報告会」という横断幕がかかっている。

会場内のひな壇に名札が十数枚並べられている。それぞれ省と市の検察院、政府、宣伝部門の幹部だ。ひな壇の下には省内各地から集まった検察官数百人が着席し、ほかに警察や裁判所など関連機関の代表が駆けつけていた。

カメラのフラッシュが焚かれる中、数人の主要幹部が序列に従って発言し、それが一通り終わると司会者がこの日の主役——先月、最高検から本年度全国優秀検察官の称号を授与された張検察官にマイクを渡した。

張検察官は五十歳あまりで、髪には白いものがかなり交じっている。マイクを受け取って幹部と来賓に挨拶し、咳払いをして真顔になると、会場の人々を見回してから意表を衝く行動に出た――胸の優秀検察官章を外し、ゆっくりと卓上に置いたのだ。

そしておもむろに口を開いた。「私にはこの褒章を身につけることはできません。単に力の及ぶ範囲の仕事をしてきただけで、何ほどのこともないからです。私よりもはるかにこの褒章にふさわしい、一人の検察官がいます。彼はある真実を明らかにするために十年の歳月を費やし、そのために青春、事業、名声、前途、家庭など数え切れない代償を支払いました。果ては……果ては自分自身の生命すらも。しかし――」声を高め、いっそう真剣な表情になる。「しかし真相は明らかに目の前にあるのに、ここにいる何人かは見て見ぬふりをしている！」気迫に満ちたこの出だしにすべての者が気圧された。

彼は言葉を続けた。

その報告は長かったが、席を立つ者はおらず、早めに退席する予定だった省幹部すらその場に残っていた。


拘置所の面会室で、厳良は分厚いアクリルガラス越しに張超に報告した。「張検察官は省の表彰大会で、自分の受章のことには一言も触れず、その場にふさわしくないあなた方の物語を、実にふさわしくないタイミングでお話しされましたよ」

初めは無反応だった張超だが、長い時間ののちに、その両の目に熱い涙をあふれさせた。

厳良は続けた。「張検察官には深い感銘を受けました。ああいう大会であんなことを話すのは大きな勇気がいります。今や事件は省のすべての司法機関の知るところとなり、夏(シア)立平(・リーピン)の罪はすでに公にされ、誰にもかばうことはできなくなりました。近く逮捕されるはずです。孫紅運(スン・ホンユン)たち関係者も逃れることはできないでしょう。江陽(ジアン・ヤン)は安らかに眠れますよ」

張超の涙は首元まで伝ったが、本人はまったく気づかない。

「あなたの行為は法に触れましたが、おそらく検察は事情を知って情状酌量を求め、減軽となるはずです。さほど心配することはありません」

「心配などしていない。十年か。本当に長すぎた」張超は静かにそう言うと、ガラスにぼんやりと映る自分の顔を見つめた。半年前にはまだ溌溂(はつらつ)としていた彼は、今やほとんど白髪になっている。彼はその影に向かってため息をついた。「人というのは、こうして老いるのだな……」

70

二〇一四年三月六日　江市(ジアン)××新聞

江市警察署は先頃、昨年注目を集めた地下鉄構内死体運搬事件を解決に導いた。張超(ジャン・チャオ)容疑者は殺人犯ではなかったが、事件の詳細は個人情報に関わるため、公表されていない。張容疑者は証拠捏造、捜査妨害および公共の安全を脅かした罪で、一審で懲役八年を言い渡され、控訴しない考えをその場で明らかにした。

……

二〇一四年三月九日　××新聞

調査によると、中国共産党省委員会組織部の夏立平(シア・リーピン)副部長が三月八日、職場の西棟から飛び降りて死亡し、警察は自殺と断定した。警察の捜査と本人の遺書によれば、夏氏と妻は長年、病気を患っており、精神面での負担が重く、これを苦にしたものとみられる。

……

二〇一四年三月十四日　××新聞ニュースサイト

三月十三日午前十一時頃、清(チン)市警察署の李建(リー・ジエングオ)国政治委員が同署六階執務室から墜落死した。市警関係者によると事故だったという。李氏をよく知る関係者によれば、氏は今年四十九歳、仕事ぶりは勤勉で、誠実な性格だった。署内では訃報に対して氏を悼む声が上がっている。

二〇一四年三月十九日　深圳(しんせん)証券取引所カーン製紙公告

弊社役員秘書の胡一浪(フー・イーラン)は、心不全のため、二〇一四年三月十九日午後に逝去した。享年四十六。これにより弊社理事会構成員は八名となり、会社法と弊社定款の規定に合致しており、適法で有効である。理事会の決定により、新任の理事会秘書を選任するまでの期間は、呂（リュ）××副理事長を代理として任命する。その他の経営および管理状況はすべて平常通り。

……

二〇一四年五月八日　江市警察署公式ウェブサイト

本署刑事課課長趙（チャオ・）鉄民（ティエミン）は規律に大きく違反し、捜査中の事件に関する重要な機密情報を警官以外の者に漏洩し、捜査に深刻な影響をもたらした。これにより趙鉄民を免職とし、司法調査の対象とする。

……

趙鉄民が居酒屋の個室に入ると、そこにいたのは朱（ジュー・）偉（ウェイ）と厳（イエン・）良（リアン）だけだった。厳良はこちらを見ると「李静（リー・ジン）がさっきまでいましたが、しばらく泣いて、出ていきましたよ」と言ってため息をついた。「こんな結末とは……」

趙は苦笑した。「高（ガオ）さんからおまえに感謝するって伝言だ。捜査の時に、高さんの意を受けてたことを漏らさなかっただろう」

厳良は嘆息した。「ですが、趙さんは警官じゃない俺に重大な機密情報を漏らしたってことで、職を失ってしまいましたよ」

趙は声を上げて笑った。「高さんは数年後に別の部署に異動させてくれると言ってたぞ。刑事じゃなく、警察の別の仕事に就いたって人民に奉仕することには変わりゃせん。何を恐れる？」朱偉を指さす。「平康(ピンカン)の白雪だって派出所で楽しくやってるじゃないか？」

朱偉は彼を見てやはり我慢できずに声を上げて笑い出し、三人はコップを上げて乾杯した。

朱偉は窓の外をじっと見つめた。その夜の空は墨を流したように暗く、思わず悲しみがこみ上げて、酒瓶を手に取ると大きく喉に流し込んだ。

厳良も今回の結末はまったく理解できないというように頭を振った。

趙鉄民は苦笑した。「高さんは、あたしらの最大の誤算は夏立平だったと言った。てっきり奴がこのヤマで最高クラスの人間だと思ってたが、実はそうじゃなかった。だから夏は飛び降りて、孫紅運(スン・ホンユン)は生き残ったんだ」

「ほかに誰が？」

「知らん」

厳良は黙り込んだが、すぐに三人とも笑い出した。その夜はみな大いに飲んだが、口数は少なかった。

空は暗かった。いつになれば明けるのか、彼らにはわからなかった。

中国共産党中央規律検査委員会執務室で、委員会書記は真っ青な顔で目の前の書類を見つめ、周囲の職員も不安げに彼を見つめていた。

彼は静かに立ち上がり、書類をデスクに放り出すと、誰にも目をやらずに部屋を出ていった。

二〇一四年七月二十九日、巨魁が墜ちた。

長い夜が明けるとき

編集者・ライター　菊池　篤

『検察官の遺言』は、元警察官の数学教授・厳良（イエン・リアン）を探偵役とする〈推理之王〉シリーズ三部作の最終作だ。前作『悪童たち』もハヤカワ・ミステリ文庫から邦訳刊行されている。

紫金陳（し・きんちん）はウェブを主戦場としてきた作家だ。浙江（せっこう）大学在学中に小説投稿サイトに公開した『愛はわからない』（『愛不明白』。未訳。以下、未訳作品の仮邦訳は筆者。銭鐘書（せん・しょうしょ）の『囲城』の現代版を狙って書いた、恋愛にまつわるシニカルな小説だったという）が注目され、二〇〇五年に書籍化してデビューして以来、前期においては作風が非常に幅広い作家として知られていた。

『若き投資の神』（『少年股神』。未訳。「股神」とは「株式投資の神様」の意で、中国ではウォーレン・バフェットをそう呼ぶことが多い）のような、株式市場を舞台にした経済サスペンスもあれば、母校を舞台にしたホラー小説『禁忌之地』（未訳。ウェブ掲載時のタイトルは『浙江大のこわい夜』／『浙大夜惊魂』）も初期の代表作だ。

そんな彼がミステリを書くようになったきっかけは、東野圭吾の『容疑者Xの献身』との出会いだったという。同作の現代中国版を志向して二〇一二年に執筆されたのが、〈官僚謀殺〉シリーズの第一作となる『知能犯之罠』（『設局』、原題は「罠を仕掛ける」の意。邦訳は行舟文化刊）である。

同作は実際に当時の中国で問題になっていた、政府主導の都市再開発をめぐる様々な事件・トラブルから着想を得て、強引な地上げに巻き込まれて殺された母親の復讐のために、都市開発の主導者たちを次々と殺害する犯人を描いている。倒叙形式で書かれ、探偵役となる捜査官・高棟（ガオ・ドン）（『検察官の遺言』に登場する高棟と同一人物だ）と犯人の徐策（シュー・ツァー）が学生時代の親友であったという設定に『容疑者X』の影響が見て取れる。同作は大きな反響を呼び、掲載元のウェブフォーラム「天涯社区」で読者投票による年間「作家ベストテン」「作品ベストテン」双方に選出された。

現在、五作目まで書き続けられている〈官僚謀殺〉シリーズは、その名（本国での出版に際して、このあまりにも挑発的で物騒なタイトルは〈高智商（高IQ）犯罪〉シリーズと改められた）の通り、いずれも官憲の横暴によって家族や恋人を奪われた者たちが、憎むべき汚職官僚を殺害していくという筋書きになっている。

〈推理之王〉は、『知能犯之罠』とそれに続く〈官僚謀殺〉シリーズ第二作『ケミカルクイーンの逆襲』（『化工女王的逆襲』。未訳）を上梓したのちに、二〇一三年から新たに始めたシリーズだ。

第一作『証なき罪』（『無証之罪』）は邦訳されていないが、ドラマ版の『Burning Ice〈バーニング・アイス〉―無証之罪―』が日本でもBS12やWOWOWなどで放送・配信されており、ご覧になっている方も少なくないだろう。原作とは中盤以降の展開が大きく異なり、主人公・厳良が現職の刑事になっているなどキャラクター設定の改変もあるが、殺人を犯してしまった男女の前に謎めいた男が現れ、『完全犯罪にしてあなたたちを救ってあげよう』と協力を申し出る……という導入は共通だ。こちらも『容疑者X』を思わせる筋書きではあるが、「謎めいた男」、高名な法医学者だった駱聞（ルオ・ウェン）が殺人事件捜査の攪乱という「献身」を通じて何を企んだのかという犯罪計画と犯人心理の設定は、〈ガリレオ〉シリーズの諸作とも、先行する〈官僚謀殺〉の二作品とも明らかに異質である。

駱聞の、そして本作『検察官の遺言』の江陽（ジアン・ヤン）と張超（ジャン・チャオ）の計画が、『知能犯之罠』の徐策や『ケミカルクイーンの逆襲』の、ずっと片思いしてきた女性の死後（無実の夫を拘留して殺した警察に自爆テロを仕掛けたのだ！）、彼女の復讐を引き継ぎ、その家族を守るために犯行を重ねる陳進（チン・ジェン）と大きく異なるのは、〈官僚謀殺〉の犯人たちはいずれもターゲットに直接、手を下して次々に殺害していくが、〈推理之王〉では――三部作の中でも他の二作とは雰囲気の違う『悪童たち』については後述するとして――犯人の狙いはあくまで司法・警察あるいは世論を動かし、「敵」の罪を白日の下に晒すことにあるという点だ。

犯人が警察の捜査や社会制度そのものをハックして、自ら相手に手を下すことなく間接的に目的を達成するというアイディアは『知能犯之罠』の時点で既に見られるが、あくまで複数描かれる犯行の中の一手段であったのに対し、『証なき罪』『検察官の遺言』ではそれがメインプロットに昇格しているのだ。

復旦（ふくたん）大学の大衆文学研究者である戦玉冰（ジアン・イーピン）は〈官僚謀殺〉について、ウェブ連載小説としての要請から空想的で爽快感を重視した筋立てになっており、その作劇には武侠小説（娯楽性の強い時代・任侠小説ジャンル）の影響が見えると指摘する。

初めてミステリに挑戦するうえで、読者を惹きつけPV数を稼ぐために「悪党を成敗する」スリリングでスカッとするシーンをいくつも盛り込む必要があったのが〈官僚謀殺〉の二作であったのなら、それを経てサスペンス作家としての人気を確立させたのちに別アプローチの〈推理之王〉をスタートさせたのは、単なる心境の変化ではなく、こちらの方向性こそ本来の紫金陳の志向であったと言えるかもしれない。

さらに『検察官の遺言』は、『証なき罪』からも一歩、作劇のアプローチを変えている。犯人の動機の描き方だ。

『証なき罪』の駱聞が目論んだのは、妻子を殺害した犯人をある「突飛な方法」を用いて探すことだった。母親を殺された『知能犯之罠』の徐策も、愛し続けた女性の家族を守るために犯行を重ねる『ケミカルクイーンの逆襲』の陳進も、共通するのは「愛する人を奪われたから」という血縁的な動機だ。

それに対して本作の江陽と、最初に殺されてすべてのきっかけとなる侯貴平(ホウ・グイピン)は、いずれも本来は苗高郷(ミャオガオ)の犯罪とは無関係な部外者だ。彼は「かかわる必要のない」事件にのめり込み、被害者を悼み、裁かれない悪を憎む気持ちに突き動かされて文字通り命懸けの告発へと突き進む。江陽の行動原理は「法律家としてのプライド」であり、侯貴平のそれは「教師としての責任感」だった。互いに職務への熱意から事件解明に奔走するふたりは合わせ鏡のようであり、「犠牲になった教え子のため」という侯貴平の怒りは、物語の終盤でついに迷いを振り切り、人生を賭した計画に身を投じる張超の姿にも重なる。それまでの作品でエモーショナルに扱われた血縁的な関係とは温度感の異なる、「教師と教え子」

という社会的関係が紫金陳作品において重要になる萌芽は、先行する『悪童たち』やこちらは〈官僚謀殺〉シリーズの『知能犯の時空トリック』（『物理教師的時空詭計』、邦訳は行舟文化刊。『ケミカルクイーンの逆襲』に続く第三作）において見ることができるので、いずれも邦訳が刊行されている両作と読み比べてみるのも面白いだろう。

この変化は意識的なもので、紫金陳は「ミステリマガジン」二〇二四年三月号のインタビューで、「復讐を出発点としない、より深い社会問題を内包する事件の話」にしたかったと語り、江陽を検事に設定したことにより、合理的な手段で犯罪者を法の下に引きずり出し、社会に真実を明らかにする物語が書けたと解題している。

この時期（ミステリを書き始めた二〇一二年から『検察官の遺言』が書かれた一七年まで）の紫金陳の作風の変遷を端的にまとめれば、復讐という「個人」の物語から、不正義の告発という「社会」の物語へのスライドだと言えるだろう。あるいはそれも、ウェブ小説として「バズらせる」ために読者が共感しやすく分かりやすい直接的な犯行動機を持ち込まねばならないという制約から自由になった結果なのかもしれない。

＊

『検察官の遺言』は、「二〇一四年七月二十九日、巨魁が墜ちた。」の一文で終わる。

中国の読者は誰しも、この日付を見ただけで何を意味しているのか分かり、衝撃を受けた。この日、現実の中国で政府高官の失脚劇があったからだ。警察のトップたる公安部長を歴任し、二年前まで中国共産党の最高意思決定機関である中央政治局常務委員会の一員であった周永康（ジョウ・ヨンカン）に「重大な規律違反」があったとして中央紀律検査委員会による捜査が始まったと、国内メディアが一斉に報じたのである。

習近平（シー・ジンピン）政権が「虎もハエも叩く」と称して展開していた反汚職キャンペーンの一環であり、周永康は江沢民元主席派の重鎮で習近平の政敵と目されていた（一二年に失脚した重慶市党書記の薄熙来（ボー・ジーライ）とともに、習の主席就任を妨害しようとしたとも言われている）ために標的にされたとの見方が強いが、党内序列第九位の大物だった周が「墜ちた」ことは国民に大きな驚きを与えたという。

『検察官の遺言』に登場する地名はすべて架空のものだが、結末に至って読者は何がモデルであったかを理解する。孫紅運（スン・ホンユン）と卡恩（カーン）グループは、明らかに周が省の委員会書記を務めるなど関係が深く有力な政治基盤であった四川省で、彼の庇護下で急成長した劉漢（リュウ・ハン）率いる四川漢龍集団がモチーフになっている。

金庫番と「汚れ役」を任されていた劉は、周の失脚に先立つ一四年二月に関係者三十六人とともに起訴された。犯罪組織の結成、賭場の開設、談合、恐喝などずらりと並んだ罪名の中には計九人の殺害容疑すらあった。劉には死刑判決が下されたが、法廷で取り乱し「私は四川の〈貴人(おえらがた)〉のために仕事をしてきただけだ」と泣き叫ぶ姿は報道されると大きな反響を呼び、インターネット上で動画が拡散された。

本作の最終章は、新聞やニュースサイトの記事として事件関係者が次々と不審死を遂げていることが語られる非常に不気味な演出となっているが、実際に周永康事件を巡っても、重慶市の公安幹部や、周の秘書の義弟で証券マンだった人物をはじめ複数の関係者が同時期に「自殺」や「病死」を遂げていることが新唐人電視台などで報道されており、周陣営による口封じだったと言われている。

そうした現実とのリンク、そして周の裁判においては報道統制が敷かれ、半ば秘密裏に処理されたこともあって、本作は読者に「実際の周永康事件の裏にも、こうしたまだ語られぬ事件があり、それを暴こうと立ち上がった誰かがいたんじゃないか」と想像させることに成功している。

それは、あるいは陰謀論的想像力を呼び込む危うい仕掛けであるとも言えるが、作者が本作を血縁的な復讐譚にしなかったことがここで効いてくる。多くの人が、社会問題が存在することを知りながらも「どうせ何も変わらないのだから、自分が被害者にならない限り見て見ぬふりしてやり過ごした方が賢い」と思って、あるいは思わされて生きている。本作はそんな読者の諦念にくさびを打ち込み、他人事を他人事にすることを許さず「こんな風に生きられる人がいるんだ」「自分にも何かできるかもしれない」とエンパワメントする力強さを持った一冊だ。

本作の原題は『長夜難明』。直訳すれば「長い夜は明けがたい」となる。常態化した政治汚職という暗黒の「夜」は「難明」かもしれないが、それでも決して「不明（明けない）」ではないのだとの、作者の祈りが感じられるタイトルである。

二〇二三年十二月

悪童たち（上・下）

坏小孩
紫金陳（しきんちん）
稲村文吾訳

ひと気のない静かな山中。男は邪魔な義理の両親を殺した。それは完全犯罪になるはずだった。だが、その決定的瞬間を三人の子供が目撃していた！　彼らは男を恐喝しようとするが……。二転三転していくストーリーと、息もつかせぬサスペンス。華文ミステリの新境地にして、チャイニーズ・ノワールの傑作が登場！

ハヤカワ文庫

訳者略歴　訳書『流浪蒼穹』郝景芳（共訳），『ガーンズバック変換』陸秋槎（共訳）（以上早川書房刊），『移動迷宮　中国史ＳＦ短篇集』（共訳），『夜の潜水艦』陳春成ほか

HM=Hayakawa Mystery
SF=Science Fiction
JA=Japanese Author
NV=Novel
NF=Nonfiction
FT=Fantasy

検察官の遺言

〈HM489-3〉

二〇二四年一月二十日　印刷
二〇二四年一月二十五日　発行
（定価はカバーに表示してあります）

著者　紫金陳
訳者　大久保洋子

発行者　早川浩
発行所　株式会社　早川書房
郵便番号　一〇一 - 〇〇四六
東京都千代田区神田多町二ノ二
電話　〇三 - 三二五二 - 三一一一
振替　〇〇一六〇 - 三 - 四七七九九
https://www.hayakawa-online.co.jp

乱丁・落丁本は小社制作部宛お送り下さい。
送料小社負担にてお取りかえいたします。

印刷・株式会社精興社　製本・株式会社フォーネット社
Printed and bound in Japan
ISBN978-4-15-184653-3 C0197

本書は活字が大きく読みやすい〈トールサイズ〉です。